चाणक्य
और
जीने की कला

चाणक्य और जीने की कला

प्रस्तुति

बकुल बक्शी

प्रभात प्रकाशन

प्रकाशक
प्रभात प्रकाशन प्रा. लि.
4/19 आसफ अली रोड, नई दिल्ली–110002
फोन : 23289777 • हेल्पलाइन नं. : 7827007777
इ-मेल : prabhatbooks@gmail.com ❖ वेब ठिकाना : www.prabhatbooks.com

संस्करण
2025

अनुवाद
डोयल बोस

मूल्य
तीन सौ रुपए

मुद्रक
नरुला प्रिंटर्स, दिल्ली

★

CHANAKYA AUR JEENE KI KALA
Rendered by Bakul Bakshi
(Hindi translation of 'CHANAKYA STRATEGY')

Published by **PRABHAT PRAKASHAN PVT. LTD.**
4/19 Asaf Ali Road, New Delhi-110002
by arrangement with R.R. Sheth & Co.

ISBN 978-93-5322-466-0

₹300.00

परिचय

मगध का राजा धन नंद अपनी सभा में बैठा हुआ था, जहाँ पर आचार्य चणक के छोटे पुत्र विष्णुगुप्त राजा का ध्यान राज्य की वर्तमान व्यवस्था की ओर आकर्षित करने का प्रयास कर रहे थे।

विष्णुगुप्त ने धन नंद से कहा कि प्रजा उनकी शासन-व्यवस्था से पूरी तरह से असंतुष्ट है।

राजा ने घमंड के साथ पूछा, "इसका कारण क्या है?"

"महाराज, जो भी प्रजा कमाती है, उसका आधा हिस्सा कर चुकाने में चला जाता है। बाकी बचे आधे पैसों में से आधा हिस्सा हमारे भ्रष्टाचारी कर्मचारी ले लेते हैं। आम आदमी भारी कर और भ्रष्ट कर्मचारियों की भ्रष्टता की दोहरी मार से व्यथित है।" विष्णुगुप्त ने महाराज के सामने विस्तार से नागरिकों की गंभीर अवस्था का वर्णन किया।

राजा धन नंद ने विष्णुगुप्त की शिकायत को अनसुनी करते हुए कहा, "अगर नागरिक राज्य कर का सही तरीके से भुगतान नहीं करेंगे तो न्याय-व्यवस्था किस तरह से सुचारु रूप से चलेगी? एक तो वे ईमानदारी से राज्य कर का भुगतान नहीं कर रहे हैं, दूसरी ओर हमारी ही राज-व्यवस्था पर आरोप भी लगा रहे हैं।"

महाराज की बात सुनकर विष्णुगुप्त ने तीव्र स्वर में कहा, "महाराज, आप यह बात न भूलें कि आप यह जो ऐश्वर्यपूर्ण जीवन जी रहे हैं और आपका जो भी वैभव है, वह सारा सामान्य नागरिकों द्वारा राज्य कर के रूप में राज्य को भुगतान किए जानेवाले धन के कारण है।"

विष्णुगुप्त के तीव्र स्वरों को सुनकर, उनके दुःसाहसी व्यवहार को देखकर सभा में उपस्थित सभी लोग सन्न रह गए। फिर सभा में विष्णुगुप्त की बात को लेकर फुसफुसाहट होने लगी। सच तो यह है कि सत्य हमेशा बहुत कड़वा होता है। बहुत

कम लोग ही ऐसे होते हैं, जो सच को स्वीकार कर पाते हैं। धन नंद एक क्रूर और अहंकारी राजा था। वह अपने अधीनस्थ कर्मचारियों के साथ क्रूरतापूर्ण व्यवहार करता था। दूसरी तरफ विष्णुगुप्त ने न्याय शास्त्र, नैतिक विज्ञान और अर्थशास्त्र की पढ़ाई की थी। उन्हें पता था कि अत्याचार और क्रूरता सहने की एक सीमा होती है। जब लोगों पर अत्याचार किया जाता है तो वे विद्रोह का स्वर उठाते हैं। वे राजा को इस बात के लिए सचेत करना चाहते थे कि अभी भी समय है, वह जाग्रत् हो जाए। अभी भी राज्य में न्याय-व्यवस्था में सुधार लाकर स्थिति को सुधारा जा सकता है। जब महाबलशाली राजा रावण का अहंकार चूर-चूर हो गया, उसे वानरों की सेना ने हरा दिया तो फिर धन नंद जैसे साधारण राजा की क्या औकात है।

विष्णुगुप्त की तर्कसंगत और सही बातों को सुनकर भी राजा प्रभावित नहीं हुआ। उसे विष्णुगुप्त उसके सबसे बड़े दुश्मन नजर आने लगे। उनके साथ दुर्व्यवहार करते हुए राजा ने अपने सैनिकों को आदेश दिया कि इस ब्राह्मण को घसीटते हुए मेरी सभा से निकालकर इसे मेरे राज्य की सीमा से बाहर फेंक दिया जाए। यह एक राजा के लिए काम करता है, लेकिन बोल नागरिकों के पक्ष में रहा है। यह मेरा दुश्मन है। इस पर अब और अधिक विश्वास नहीं किया जा सकता।

विष्णुगुप्त ने अपनी बात समझाते हुए राजा से कहा, "महाराज, मैं आपका शुभचिंतक और कर्मचारी हूँ। मैं तो बस, आपको आनेवाले दुर्दिन से बचने के बारे में सचेत कर रहा था।"

"तुम मुझे सचेत कर रहे हो, महाराज धन नंद को, जो इस देश पर राज्य करता है, तुम्हारा साहस कैसे हुआ मुझसे इस तरह की बात करने का!" राजा गुस्से से काँपते हुए अपने सैनिकों से बोला, "इस मूर्ख ब्राह्मण को तुरंत ही इस सभा से निकालकर बाहर फेंक दो।"

राजा की बात सुनकर सैनिकों ने विष्णुगुप्त को बलात् घसीटते हुए सभा से बाहर कर दिया। सैनिक भी अपने राजा की तरह ही क्रूर थे। जबकि विष्णुगुप्त के लिए लोगों की भलाई ज्यादा मायने रखती थी। भले ही उन्होंने अपना घर छोड़ दिया, फिर भी उनके मन में राज्य और राज्य के नागरिकों के हित की भावना जीवित रही।

उन्होंने सोचा कि इस राज्य में रहनेवाले नागरिक किसी भी तरह से सुरक्षित नहीं हैं। जब एक देश का राजा खुद ही शोषक हो तो वहाँ रहनेवाले लोगों का जीवन दुष्कर ही होता है। एक क्रूर राजा की वजह से वे अपनी मातृभूमि को छोड़ने के पक्ष में किसी भी तरह से नहीं थे। राज्य-सीमा से बाहर जाते समय उन्होंने मन-ही-मन

धन नंद के शासन को समाप्त करने की शपथ ली।

वे जानते थे कि इस तरह का काम एक अकेले व्यक्ति के लिए करना मुश्किल है। उनका लक्ष्य स्पष्ट था; लेकिन उसे किस तरह से पूरा करना है, यह एक बड़ी समस्या थी। उसी समय उन्हें तक्षशिला विश्व विद्यालय में अर्थशास्त्र पढ़ाने का प्रस्ताव मिला। वर्तमान में यह अफगानिस्तान में स्थित है। तक्षशिला में आचार्य विष्णुगुप्त को 'चाणक्य' के नाम से जाना गया।

यह लगभग 330 ई.पू. की बात है। मगध के लोग अपने राजा के अत्याचारों से दुःखी थे। अब वे बदलाव चाहते थे। अब वे राजा के रूप में मगध के सिंहासन पर एक ऐसे व्यक्ति को बैठा देखना चाहते थे, जो राज्य में सुख-समृद्धि लाने के साथ-साथ उसकी सीमाओं का विस्तार भी कर सके। इसी दौरान चाणक्य की मुलाकात चंद्रगुप्त से हुई। वह एक कुशल योद्धा था। चाणक्य ने चंद्रगुप्त की शक्ति और प्रतिभा को महसूस किया। चाणक्य ने सोचा कि उनकी चतुराई और चंद्रगुप्त की शक्ति अगर दोनों एक साथ मिल जाएँ तो राजा धन नंद का सर्वनाश कर सकते हैं। दोनों मित्र बन गए। उन्होंने सबसे पहले पंजाब और सिंध प्रदेश पर अपना अधिकार किया।

उस समय पंजाब और सिंध का शासक अलेक्जेंडर था। उसके शासन से लोग खुश नहीं थे। वहाँ के नागरिक अलेक्जेंडर को सिंहासन से हटाना चाहते थे। चंद्रगुप्त ने उस स्थिति का लाभ उठाया। चाणक्य की मदद से उसने विदेशी शासकों को अपने देश से बाहर निकालने की रणनीति तैयार की। तभी से चंद्रगुप्त ने चाणक्य को अपने गुरु के रूप में स्वीकार कर लिया।

दोनों ने एक साथ मिलकर मगध के शासक धन नंद पर आक्रमण किया। हालाँकि धन नंद के पास बहुत बड़ी सेना थी, लेकिन उसके पास लोगों का सहयोग नहीं था। यही वजह थी कि धन नंद हार गया और मगध पर चंद्रगुप्त का शासन स्थापित हो गया। इसके बाद से चाणक्य को रणनीति कौशल में माहिर मान लिया गया। धन नंद की हार के बाद चाणक्य ने अपनी शिखा को बाँध लिया। ऐसा माना जाता है कि जब धन नंद ने विष्णुगुप्त को अपनी सभा से अपमानित करके निष्कासित किया था, उस समय उन्होंने यह प्रतिज्ञा ली थी कि वे अपनी शिखा को तब तक नहीं बाँधेंगे, जब तक धन नंद के शासन का अंत नहीं हो जाता।

चाणक्य के आशीर्वाद से मौर्य शासन की शुरुआत हुई। पाटलिपुत्र (वर्तमान में पटना) को मगध की राजधानी बनाया गया। चाणक्य को चंद्रगुप्त के शासन के प्रधानमंत्री (महामात्य) के पद पर बिठाया गया। चाणक्य ने चंद्रगुप्त को लोगों के

महत्त्व और उनके सहयोग के बारे में बताते हुए कहा, "नागरिक ही किसी सत्ता की नींव होते हैं। जब किसी राज्य में रहनेवाले नागरिकों की भलाई होगी तो राज्य का भी भला होगा। किसी भी राजा का मुख्य कार्य राज्य के नागरिकों की भलाई और समृद्धि को बढ़ाना होता है। जब प्रजा सुखी व समृद्ध होगी तो राज्य की समृद्धि स्वतः ही होगी। राजा को इस बात का भी ध्यान रखना चाहिए कि अगर कोई स्थिति उसके लिए खुशहाली लानेवाली, लेकिन प्रजा के लिए दुःख का कारण बननेवाली हो तो ऐसी स्थिति बिल्कुल भी नहीं आने देनी चाहिए।"

बाद में चाणक्य 'कौटिल्य' के नाम से जाने गए। कौटिल्य ने 'अर्थशास्त्र' पर एक पुस्तक भी लिखी, जिसे अर्थशास्त्र की जानकारियों का खजाना भी कहा जाता है। इस पुस्तक में राजा और सामान्य नागरिकों से संबंधित नीतियों का उल्लेख किया गया है। साथ-ही-साथ इसमें राजा के व्यवहार से संबंधित नीतिशास्त्र (आचार-संहिता) का वर्णन करने के अलावा प्रजा के व्यवहार, धार्मिक अभ्यास और समाज में स्त्री की भूमिका का सारगर्भित वर्णन किया गया है। चाणक्य द्वारा व्यवहार में लाए गए नियम वर्तमान में भी सभी उम्र के लोगों के लिए समान रूप से लागू होते हैं।

चंद्रगुप्त ने आचार्य चाणक्य की सहायता से अपने राज्य का पूर्व से लेकर पश्चिम तक विस्तार किया। पश्चिम में गांधार (वर्तमान में अफगानिस्तान) से लेकर दक्षिण में मैसूर तक सभी क्षेत्र चंद्रगुप्त के राज्य की सीमाओं के अंतर्गत आते थे। तिब्बती लामा तारनाथ और जैन साहित्य के अनुसार, चाणक्य ने 16 राजाओं को अपने वशीभूत किया था। चाणक्य द्वारा पूर्व में मगध के लिए निर्धारित शासन-व्यवस्था पूरी तरह से आज के प्रजातंत्रीय शासन-व्यवस्था की तरह थी। वह व्यवस्था पूरी तरह से प्रशासन, अच्छी तरह से व्यवस्थित नौकरशाही, कानून व्यवस्था, कृषि के विस्तार, कला और शिल्प, व्यापार आदि पर केंद्रित थी। चाणक्य की शासन-व्यवस्था के मूल में नागरिकों की भलाई की आकांक्षा निहित थी। चंद्रगुप्त और चाणक्य दोनों की ही धर्म में गहरी आस्था थी। वृद्धावस्था आने पर चंद्रगुप्त ने बौद्ध धर्म की शरण ले ली। 300 ई.पू. के लगभग मगध ने पूरे बारह वर्षों तक बहुत बुरी स्थिति का सामना किया। चंद्रगुप्त ने मगध के सिंहासन पर अपने पुत्र बिंदुसार को बिठा दिया और एक जैन आचार्य भद्रबाहु के साथ मैसूर चले गए। चंद्रगुप्त ने अपने आपको पूरी तरह से एक बौद्ध भिक्षु के रूप में ढाल लिया। अंततः बौद्ध धर्म के नियमों पर चलते हुए उनका स्वर्गवास हो गया।

मगध से चंद्रगुप्त के चले जाने के बाद भी चाणक्य महाराज बिंदुसार के साथ

एक मंत्री के तौर पर कार्यरत रहे; हालाँकि मगध की शक्ति अब पहले जैसी नहीं रही थी। बिंदुसार अपने पिता चंद्रगुप्त की तरह शासन-व्यवस्था को सुचारु रूप से चलाने में सक्षम नहीं था। वह पूरी तरह से अपने मंत्री सुबंधु के वश में था। सुबंधु खुद प्रधानमंत्री (महामात्य) बनना चाहता था, इसलिए वह चाणक्य को अपना शत्रु समझता था। वह हमेशा चाणक्य को अपमानित करने का मौका तलाशता रहता था; लेकिन कभी भी वह अपने प्रयास में सफल नहीं हो पाया। लेकिन सुबंधु ने चाणक्य को अपमानित करने का प्रयास करना नहीं छोड़ा। उसने बिंदुसार के जन्म और उसके जन्म के समय हुई उनकी माता की मृत्यु के बारे में सुन रखा था।

जैन साहित्य में इस बात की जानकारी मिलती है कि चंद्रगुप्त आचार्य चाणक्य की सलाह से शत्रुओं से बचने के लिए अपने भोजन के साथ थोड़ी मात्रा में विष का सेवन भी करते थे। एक बार चंद्रगुप्त की पत्नी दुर्धा, जो कि गर्भवती थी, ने चंद्रगुप्त के लिए परोसे गए विष-युक्त भोजन का सेवन कर लिया। उसके गर्भ में पल रहे बच्चे को बचाने के लिए दुर्धा का ऑपरेशन करना पड़ा। उस प्रक्रिया में बच्चा बिंदुसार तो बच गया, लेकिन उसकी माता दुर्धा की मृत्यु हो गई।

बिंदुसार इस घटना से अनभिज्ञ था। सुबंधु ने चाणक्य पर इलजाम लगाते हुए उसकी माता की मृत्यु का कारण उन्हें ठहरा दिया। अत: गुस्से में आकर बिंदुसार ने चाणक्य को अपने राज्य से बाहर निकाल दिया। इस घटना से आहत होकर चाणक्य ने अपनी सारी संपत्ति गरीबों में दान कर दी और स्वयं अनशन पर बैठ गए। दाइयों से अपने जन्म की घटना की सच्चाई पता चलने पर बिंदुसार ने चाणक्य से क्षमा माँगते हुए फिर से उनसे मगध का महामात्य बनने का अनुरोध किया। किंतु चाणक्य ने राज्य में किसी भी प्रकार की आधिकारिक भागीदारी के पद पर आसीन होने से मना कर दिया।

बिंदुसार ने सुबंधु को मंत्री पद से हटाकर उसे उसके किए की सजा दी। इस बात के लिए सुबंधु चाणक्य से बदला लेने के लिए तत्पर हो गया। उसने चाणक्य के लिए एक कार्यक्रम का आयोजन किया और उसमें चाणक्य को मरने के लिए आग के हवाले कर दिया। इतिहास में चाणक्य का समय 285 ईसा पूर्व से 350 ईसा पूर्व के बीच में बताया जाता है। ब्रिटिश इतिहासकारों ने चाणक्य को एक कुटिल व्यक्तित्व का स्वामी कहा। लेकिन अपनी पुस्तक 'भारत : एक खोज' में जवाहरलाल नेहरू ने इस बात का खंडन किया है।

उन्होंने अपनी पुस्तक 'भारत : एक खोज' में बताया कि चाणक्य बहुत संकोची और सादगीपूर्ण जीवन जीनेवाले व्यक्ति थे। उन्हें राजकीय सुख-समृद्धिपूर्ण

जीवन-शैली पसंद नहीं थी। यह सच है कि उनका उद्देश्य राजकीय उपलब्धियों को हासिल करना था, लेकिन उन्हें साधारण ब्राह्मण की तरह जीवन व्यतीत करना ही पसंद था। उन्हें कपटी व्यक्तित्व का स्वामी कहना किसी भी तरह से उचित नहीं है। चाणक्य की नीतियों में राजनीति, अर्थशास्त्र, धर्म और नैतिक मूल्य—सबकुछ समाहित थे। ऐसे व्यक्ति को, जो कि प्रजा के हित की बात सोचने वाला हो, किसी भी तरह से कपटी नहीं कहा जा सकता।

'चाणक्य से सीखें जीवन जीने की कला' पुस्तक में किसी भी व्यक्ति के लिए महत्त्वपूर्ण और लाभदायक सभी तथ्यों को समाहित किया गया है। यह पुस्तक सभी शासकों को शासन किस तरह से करना चाहिए, इसकी शिक्षा देती है। चाणक्य ने स्त्रियों को समाज में अपनी भूमिका को समझने और सभी धर्म भिक्षुओं को समाज में धर्म से संबंधित सच्ची बातों की शिक्षा देने की ओर अग्रसर होने को कहा। यह पुस्तक सभी व्यक्तियों के जीवन के विभिन्न पहलुओं को छूने का प्रयास करेगी। हालाँकि इससे पहले भी चाणक्य के सिद्धांतों से संबंधित अनेक पुस्तकें अनुवादित होकर प्रकाशित हो चुकी हैं। इस पुस्तक में चाणक्य के लिखे सभी श्लोकों का अर्थ उचित उदाहरणों के माध्यम से आसान भाषा में समझाने का प्रयास किया गया है।

अधीत्येदं यथाशास्त्रं नरो जानाति सत्तमः।
धर्मोपदेशविख्यातं कार्याकार्यं शुभाशुभम्।।

'चाणक्य से सीखें जीवन जीने की कला' पुस्तक का अध्ययन करने के पश्चात् कोई भी व्यक्ति इस बात को आसानी से समझ सकेगा कि समाज में उसका उचित व्यवहार क्या होना चाहिए। सभी व्यक्ति इस बात को समझ पाएँगे कि उन्हें क्या करना चाहिए और किन बातों को करने से बचना चाहिए।

प्रस्तावना

इस पुस्तक में कुल 17 अध्याय हैं। 'चाणक्य नीति' में चाणक्य द्वारा लिखित मूल श्लोकों का प्रयोग किया गया है। प्रत्येक श्लोक के अर्थ को आसान भाषा में उदाहरण के साथ वर्णित किया गया है। इस पुस्तक में वर्णित सिद्धांत, जो कि लगभग दो सहस्त्र वर्ष से भी पुराने हैं, आज इक्कीसवीं सदी में भी उतने ही प्रासंगिक हैं, जितने उस समय थे।

इस पुस्तक को लिखते हुए मैंने इस बात का पूरा ध्यान रखा है कि पुस्तक पूरी तरह से अपने मूल रूप में रहे। इसे लिखते हुए मेरा उद्‌देश्य रहा है कि इसकी भाषा सरल हो और पाठकों के मन-मुताबिक हो। आचार्य चाणक्य के कुछ सिद्धांत, विशेषकर महिलाओं और जाति के संबंध में, आज के समाज में असंगत हैं। लेकिन पुस्तक में लिखे गए विचार आज से लगभग दो सहस्त्र वर्ष पुराने हैं। उनमें से कुछ बातें आज के समय के अनुकूल नहीं हैं। कुछ बातों को छोड़कर यह पुस्तक पूरी तरह से वर्तमान समय में स्वीकार करने योग्य है। एक ऐसी पुस्तक, जो समय व काल की सीमाओं में बँधी होने के बावजूद उत्कृष्ट है। वास्तव में, चाणक्य की नीतियाँ उत्कृष्ट साहित्य हैं।

—बकुल बख्शी

अनुक्रम

अध्याय-1

अमृत अमृत है, जीवनदायी है, अतः विष में पड़े हुए अमृत को ले लेना ही उचित होता है। सोना यदि कहीं गंदगी में भी पड़ा हो तो उसे उठा लेना चाहिए। अच्छा ज्ञान या विद्या किसी निम्न जाति वाले व्यक्ति से भी मिले तो उसे खुशी से ग्रहण कर लेना चाहिए। इसी तरह, यदि दुष्ट कुल में भी कोई गुणवान्, सुशील, श्रेष्ठ कन्या हो तो उसे स्वीकार कर लेना चाहिए।

शुरुआत

प्रणम्य शिरसा विष्णुं त्रैलोक्याधिपतिं प्रभुम्।
नानाशास्त्रोद्धृतं वक्ष्ये राजनीतिसमुच्चयम्॥1॥

अनेक राजनीतिक संकलनों में संकलित राजनीतिक सिद्धांतों का वर्णन करने से पूर्व सर्वप्रथम मैं तीनों लोकों (स्वर्ग, पृथ्वी, पाताल) के स्वामी भगवान् विष्णु के चरणों में अपना सिर नवाकर नमन करता हूँ।

मैं कौटिल्य, अपने राजनीतिक सिद्धांतों का वर्णन करने से पूर्व सबसे पहले भगवान् विष्णु के चरणों में हाथ जोड़कर नमन करता हूँ। यहाँ पर मैं राजनीति की नीतिपरक बातों का वर्णन कर रहा हूँ। अपने सिद्धांतों का विस्तारपूर्वक वर्णन करने से पूर्व मैं सृष्टि का निर्माण करनेवाले और उसे चलानेवाले भगवान् श्रीविष्णु के चरणों में वंदन करता हूँ। मैं कौटिल्य, यहाँ पर राजा और उसकी भलाई से संबंधित उल्लेखनीय सिद्धांतों का वर्णन कर रहा हूँ, प्रजा के उल्लेखनीय नीतिपरक सिद्धांतों का वर्णन कर रहा हूँ। जब राजा इन सिद्धांतों का इस्तेमाल अपने राजकार्य को सुचारु रूप से चलाने के लिए करेंगे तो इसे 'राजधर्म' (राजा का कर्तव्य) कहा जाएगा और

जब प्रजा राज्य के कल्याण के लिए अपने दायित्वों का सही तरीके से निर्वहण करेगी तो उसे 'राष्ट्रधर्म' (राष्ट्र के प्रति कर्तव्य) कहा जाएगा। मैं विष्णुगुप्त कौटिल्य, भगवान् विष्णु की अनुकंपा से राजधर्म और राष्ट्रधर्म की विस्तृत विवेचना कर रहा हूँ।

श्रेष्ठ मनुष्य कौन

अधीत्येदं यथाशास्त्रं नरो जानाति सत्तमः।
धर्मोपदेशविख्यातं कार्याऽकार्यं शुभाऽशुभम्॥2॥

धर्म का उपदेश देनेवाले, कार्य-अकार्य एवं शुभ-अशुभ को बतानेवाले इस नीतिशास्त्र के सिद्धांत को पढ़कर जो व्यक्ति इसे सही रूप से जानता और उसका पालन करता है, वही व्यक्ति श्रेष्ठ मनुष्य है।

नीतिशास्त्र में वर्णित इस सिद्धांत के महत्त्वपूर्ण मुद्दों, जैसे—धर्म क्या है ? इसका सिद्धांत क्या है ? अच्छा कार्य क्या है ? सही और गलत में क्या अंतर है ? बुरा निर्णय क्या है ? वास्तव में जो व्यक्ति इन सारी बातों के बारे में जानता है, वही श्रेष्ठ मनुष्य है।

एक़ चतुर और ज्ञानी व्यक्ति इन सिद्धांतों पर पूरी तरह से अमल करता है। वह सही और गलत बात के बीच के अंतर को समझ पाता है। नीतिशास्त्र के ये सिद्धांत सफल और संतुष्टिपूर्ण जीवन जीने की कुंजी हैं। ये सिद्धांत व्यक्ति को प्रयोजन-युक्त जीवन जीने की शिक्षा देते हैं।

कोई व्यक्ति युद्धक्षेत्र में तब तक सफल नहीं हो सकता, जब तक उसे हथियारों का सही तरीके से इस्तेमाल करना न आता हो। इसी तरह से जीवन भी एक युद्धक्षेत्र की तरह है। अगर आप भी जीवन जीने की कला में निपुण नहीं हैं तो आप समाज में उत्पन्न होनेवाले विवादों को समझकर उनका निपटारा नहीं कर पाएँगे। यह जरूरी नहीं है कि कोई व्यक्ति समाज की बुराइयों से लड़ने के लिए अपने पास तलवार ही रखे। इसके लिए उसे किसी भी मुश्किल से बचने के लिए शांति और धैर्यपूर्ण व्यवहार करने का हुनर आना चाहिए। नीतिशास्त्र के ये सिद्धांत रक्षा कवच की तरह कार्य करते हैं और जरूरत पड़ने पर ये जीवन की लड़ाई लड़ने के लिए तलवार की तरह हथियार भी बन जाते हैं।

लोगों की भलाई

तदहं सम्प्रवक्ष्यामि लोकानां हितकाम्यया।
येन विज्ञानमात्रेण सर्वज्ञत्वं प्रपद्यते॥3॥

मैं (चाणक्य) लोगों की भलाई की इच्छा से अर्थात् लोकहितार्थ राजनीति के रहस्य वाले उस पक्ष को प्रस्तुत करूँगा, जिसे केवल जान लेने मात्र से ही व्यक्ति स्वयं को सर्वज्ञ समझ सकता है।

किसी भी व्यक्ति को अपने जीवन में अपनाने से पहले उसके बारे में अच्छी तरह से जानना और समझना बेहद जरूरी होता है। राजनीति में किसी भी सिद्धांत की प्रभावशीलता उसके प्रभाव और लोगों द्वारा उसकी स्वीकार्यता पर निर्भर करती है। मैंने यहाँ पर जिन राजनीतिक सिद्धांतों की विवेचना की है, उसे लोगों की भलाई के लिए लागू करने के लिए एक सशक्त शासक की जरूरत है, जो इन सिद्धांतों को समझकर लोगों के हित के संबंध में सही निर्णय ले सके।

मूल सिद्धांत कभी भी नहीं बदलते हैं। जो भी बदलाव होते हैं, वे व्यक्तिगत तौर पर ही होते हैं। जिस प्रकार से किसी भी निर्मित इमारत में बदलाव लाया जा सकता है, ठीक उसी प्रकार से लोगों की भलाई न करनेवाले शासक को भी बदला जा सकता है। अगर एक बार कोई व्यक्ति इन सिद्धांतों को समझ लेता है तो वह किसी भी विपरीत परिस्थिति के पीछे के उचित कारण को भी आसानी से समझ लेता है।

दुःखों का कारण

मूर्खशिष्योपदेशेन दुष्टस्त्रीभरणेन च।
दुःखितैः सम्प्रयोगेण पण्डितोऽप्यवसीदति॥4॥

मूर्ख शिष्य को पढ़ाने से, उपदेश देने से, दुष्ट स्त्री का भरण-पोषण करने से तथा दुःखी लोगों का साथ रखने से विद्वान् व्यक्ति भी दुःखी होता है, साधारण व्यक्ति की तो बात ही क्या है।

किसी मूर्ख व्यक्ति को सलाह देना व्यर्थ है। इससे उसके जीवन में कोई खास बदलाव नहीं हो पाता है। इसके बारे में एक कहावत है कि कभी किसी पशु के समक्ष धार्मिक पुस्तकों का पठन न करें। मूर्ख व्यक्ति पशु के समान ही होता है, जो अच्छे और बुरे के बीच के अंतर को नहीं समझ पाता है। एक पुरानी कहानी के माध्यम से

इस बात को अच्छी तरह से समझा जा सकता है।

एक बंदर बरसात होने पर पेड़ पर बैठा पानी में भीग रहा था। उसी पेड़ पर अपने घोंसले में बैठी चिड़िया ने उसे सलाह दी—तुम अपने रहने के लिए कोई ऐसी जगह क्यों नहीं बना लेते, जहाँ पर तुम धूप और बरसात से बच सको। चिड़िया की बात सुनकर बंदर को क्रोध आ गया। क्रोध में आकर उसने चिड़िया का घोंसला भी तोड़ दिया। इस कहानी से यह शिक्षा मिलती है कि कभी किसी मूर्ख को उसकी भलाई के संबंध में भी सलाह न दो। किसी व्यक्ति के लिए यह भी बेहद जरूरी है कि वह अपनी सूझ-बूझ का इस्तेमाल करके किसी मूर्ख की पहचान कर सके।

ऐसे व्यक्ति की तुलना बेईमान पत्नी से की जाती है। ऐसे जीवन साथी के साथ जीवन बिताना बहुत ही मुश्किल और दुःखदायी होता है। इस तरह की स्त्री के साथ किसी भी तरह का संबंध बनाना अपमानजनक और दुःखपूर्ण होता है। बेईमान पत्नी को सहयोग देना किसी साँप को पालने के समान ही है।

एक सच्चा व्यक्ति दुःखी व्यक्ति की मदद करता है, भले ही वह उसकी बातों को महत्त्व न दे। किसी की बातों को न माननेवाले व्यक्तियों का आत्मविश्वास और आत्म-मूल्य बहुत कम होता है। उनका दिल और मन निराशा से भरा होता है। वे किसी भी कार्य को पूरी तरह से संपन्न करने के योग्य नहीं होते हैं। बुद्धिमान व्यक्तियों को ऐसे व्यक्तियों की संगति में नहीं रहना चाहिए। ऐसे व्यक्ति की संगति में रहने से बुद्धिमान व्यक्ति की बुद्धि भी नष्ट होने लगती है।

मृत्यु का कारण

दुष्टा भार्या शठं मित्रं भृत्यश्चोत्तरदायकः।
ससर्पे च गृहे वासो मृत्युरेव न संशयः॥5॥

इसमें कोई संदेह नहीं है कि दुष्ट पत्नी, कुटिल दोस्त, सवाल-जवाब करनेवाले सेवक के साथ और जिस घर में साँप हो, वहाँ पर रहना मृत्यु का कारण बन जाता है।

जीवन रूपी गाड़ी में पति-पत्नी का साथ दो पहियों की तरह होता है। अगर वे दोनों एक-दूसरे के साथ संतुलन बनाकर नहीं चलेंगे तो जीवन के रास्ते में बहुत सारी अड़चनें आएँगी। बुरे विचारोंवाली पत्नी किसी भी पुरुष के लिए अभिशाप के समान होती है। वह किसी सज्जन व्यक्ति के जीवन को दुःखपूर्ण बना सकती है। कुटिल बुद्धि वाली पत्नी स्वार्थी होने के साथ-साथ परिवार की खुशियों को नष्ट

करनेवाली होती है। जिस घर में ऐसी स्त्री होती है, उस घर की एकता खंडित होने के साथ ही वह घर समाज में हँसी का पात्र भी बन जाता है।

यह सच है कि अगर किसी व्यक्ति के पास सच्चा मित्र है तो वह बहुत ही भाग्यशाली है। किसी के लिए भी सच्चा मित्र पाना बहुत मुश्किल है। हर व्यक्ति एक ऐसा दोस्त चाहता है, जो आपके सुखों का ही नहीं, आपके दु:ख का भी साथी बने। जिस प्रकार से बुरे वक्त में हवा भी अपना रुख बदल लेती है, ठीक उसी प्रकार से बुरे दोस्त भी संकट के समय अपना रास्ता बदल लेते हैं।

किसी भी व्यक्ति को कार्य करने के लिए एक ऐसा नौकर रखना चाहिए, जो उसकी बात माननेवाला और उसके प्रति ईमानदार हो। अगर आपका नौकर आपकी बात नहीं मानता है तो परिवार के दूसरे लोग भी आपके साथ उसी के जैसा व्यवहार करने लगते हैं। जो नौकर अपने मालिक की बात का जवाब देता है, वह परिवार में अपने मालिक के सम्मान को कम करनेवाला होता है। जरूरत से ज्यादा होशियार नौकर रखना घर में किसी साँप को रखने के समान होता है। ऐसा व्यक्ति विश्वास के लायक नहीं होता है। वह अपने मालिक पर कभी भी आक्रमण कर सकता है। ऐसे नौकर को तुरंत ही अपने घर से निकाल देना चाहिए।

बचाव : कब और किससे

आपदर्थे धनं रक्षेद् दारान् रक्षेद्धनैरपि।
आत्मानं सततं रक्षेद् दारैरपि धनैरपि॥6॥

विपत्ति के समय धन की रक्षा करनी चाहिए। धन से अधिक रक्षा पत्नी की करनी चाहिए। किंतु आत्मरक्षा का प्रश्न सम्मुख आने पर धन और पत्नी का बलिदान भी करना पड़े तो उसमें हिचकना नहीं चाहिए।

ऐसा कहा जाता है कि किसी पर भी जरूरत से ज्यादा भरोसा करना हमेशा घोर निराशा का कारण बनता है। विपत्ति के समय हमेशा अपने आप पर ही विश्वास करना चाहिए। समय बहुत बलवान् होता है। एक ही पल में यह एक शक्तिशाली व्यक्ति को कमजोर व्यक्ति में बदल सकता है। एक बुद्धिमान व्यक्ति मुश्किलों से भागता नहीं है; बल्कि वह उसका सामना करने के लिए अपने धन के एक हिस्से को बुरे समय के लिए बचाकर अलग रखता है, ताकि विपत्ति के समय उसे किसी से मदद न माँगनी पड़े।

एक सज्जन व्यक्ति का यह दायित्व है कि वह अपनी पत्नी की रक्षा करे। वह समाज में परिवार की प्रतिष्ठा का प्रतीक है। अगर वह विवाह के बाद अपना घर छोड़कर चली जाए तो ऐसे व्यक्ति का जीवन और समृद्धि दोनों ही व्यर्थ हैं। हालाँकि यह भी एक सच है कि अगर व्यक्ति के ऊपर खतरा है तो उसका प्रथम कर्तव्य पहले खुद को बचाना है। उस स्थिति में खुद को बचाने के बाद ही व्यक्ति को अपनी पत्नी और धन को बचाना चाहिए।

बिना पैरों के भी सक्रिय लक्ष्मी

आपदर्थे धनं रक्षेच्छ्रीमतां कुत आपदः।
कदाचिच्चलिते लक्ष्मीः सञ्चितोऽपि विनश्यति॥7॥

आपत्ति काल के लिए धन की रक्षा करनी चाहिए। लेकिन आपत्ति धनवान् का क्या करेगी, अर्थात् धनवान् पर आपत्ति आती ही कहाँ है! सभी जानते हैं कि लक्ष्मी बिना पैरों के भी चलायमान हैं। वे तो चंचला होती हैं, पता नहीं कब नष्ट हो जाएँ। यदि ऐसा है तो फिर संचित धन भी नष्ट हो जाए, कुछ कहा नहीं जा सकता।

देवी लक्ष्मी बहुत चंचल हैं। वे बिना पैरों के भी चलायमान हैं। वे किसी के भी जीवन में बिना किसी सूचना के प्रवेश करती हैं और उसके जीवन से बिना किसी चेतावनी के चली भी जाती हैं। जब वे किसी व्यक्ति के जीवन से जाती हैं तो धनवान् व्यक्ति भी अपनी सारी सुख व समृद्धि खो देता है। धनी व्यक्ति को कभी भी इस गलतफहमी में नहीं रहना चाहिए कि उसकी समृद्धि हमेशा बनी ही रहेगी।

राजा भोज बहुत ही धनी और परोपकारी राजा थे। वे अपने धन का इस्तेमाल हमेशा अच्छे कार्यों में ही करते थे। उन्होंने अपने कर्मचारियों को भी इस बात का निर्देश दिया था कि उनके राजकोष का इस्तेमाल परोपकार के कार्यों के लिए ही किया जाए। उनका ऐसा मानना था कि परोपकार और अच्छे कार्यों में धन खर्च करने से वह उनकी जरूरत के समय वापस मिल जाएगा।

किन स्थानों पर न रहें : 1

यस्मिन् देशे न सम्मानो न वृत्तिर्न च बान्धवाः।
न च विद्याऽऽगमः कश्चित् तं देशं परिवर्जयेत्॥8॥

जिस देश में सम्मान न हो, जहाँ कोई आजीविका न मिले, जहाँ अपना कोई भाई-बंधु न रहता हो, जहाँ विद्या अध्ययन संभव न हो—ऐसे स्थान पर नहीं रहना चाहिए। अर्थात् जिस देश अथवा राज्य में निम्नलिखित सुविधाएँ न हों, उस स्थान को अपना आवास नहीं बनाना चाहिए—

- जहाँ व्यक्ति का सम्मान न हो।
- जहाँ व्यक्ति को कोई काम न मिल सके।
- जहाँ आपका कोई सगा-संबंधी या परिचित व्यक्ति न रहता हो।
- जहाँ विद्या प्राप्त करने का साधन न हो, अर्थात् जहाँ स्कूल, कॉलेज और पुस्तकालय आदि न हों।

अगर आप उपर्युक्त स्थिति वाले किसी भी स्थान पर निवास कर रहे हों तो तुरंत ही उस स्थान को खाली कर देना चाहिए। ऐसे स्थान पर रहने से किसी व्यक्ति की सामाजिक, आर्थिक और बौद्धिक जरूरतें कभी भी पूरी नहीं होंगी, जिसकी वजह से व्यक्ति कभी भी संतुष्ट नहीं रह पाएगा।

किसी भी व्यक्ति के व्यक्तिगत विकास के लिए सामाजिक, आर्थिक और बौद्धिक जरूरत को पूरी करनेवाली सुविधाओं का होना अनिवार्य है। ऐसा स्थान, जहाँ व्यक्ति के व्यक्तित्व और उसकी बुद्धिमत्ता का विकास संभव न हो; ऐसा स्थान, जहाँ शिक्षा को कोई महत्त्व न मिलता हो। अगर कोई व्यक्ति ऐसे स्थान पर रहता है तो उसकी तुलना पशु से की जाती है। बुद्धिमत्ता का विकास नैतिक मूल्यों को बढ़ानेवाला होता है। जब आपके जीवन में नैतिक मूल्यों को महत्त्वपूर्ण स्थान मिलेगा तो आपका जीवन स्वतः ही सुंदर बन जाएगा। ऐसा स्थान, जहाँ पर शिक्षा को महत्त्व न दिया जाता हो, वह स्थान व्यक्ति के जीवन के प्रति महत्त्व को कम कर देता है। ऐसे में व्यक्ति का जीवन उद्‌देश्यहीन हो जाता है।

किसी भी व्यक्ति को बुनियादी जरूरतों को पूरा करने के लिए यह बेहद जरूरी है कि वह जहाँ पर रह रहा है, वहाँ पर उसे उसकी योग्यता के अनुसार रोजगार के पर्याप्त अवसर मिलें। ऐसी जगह पर रहना बहुत मुश्किल है, जहाँ पर किसी व्यक्ति को अपने जीवन की जरूरतों को पूरा करने के लिए रोजगार का पर्याप्त साधन न

मिल पाए। वास्तव में, बेरोजगारी कुंठा को जन्म देती है, जो आगे चलकर अपराध में तब्दील हो जाती है।

किन स्थानों पर न रहें : 2

धनिकः श्रोत्रियो राजा नदी वैद्यस्तु पञ्चमः।
पञ्च यत्र न विद्यन्ते न तत्र दिवसं वसेत्॥9॥

जहाँ कोई सेठ, वेदपाठी विद्वान्, राजा और वैद्य न हो; जहाँ कोई नदी न हो, वैसे स्थानों पर नहीं रहना चाहिए। इन पाँच स्थानों पर एक दिन भी नहीं रहना चाहिए—

- जिस शहर में कोई धनवान् व्यक्ति न हो।
- जिस देश में वेदों को जाननेवाले विद्वान् न हों।
- जिस देश में कोई राजा या सरकार न हो।
- जिस शहर में कोई वैद्य (डॉक्टर) न हो।
- जिस स्थान के पास कोई भी नदी न बहती हो।

ऐसी जगह पर एक दिन के लिए भी रहना उपयुक्त नहीं है। किसी भी व्यक्ति के जीवन को सुचारु रूप से चलाने के लिए, जहाँ पर वह रह रहा है, वहाँ पर धनी व्यक्ति, ब्राह्मण, राजा, वैद्य और एक नदी का होना आवश्यक है।

बिना किसी राजा या शासक के कोई भी स्थान अराजकता से परिपूर्ण होता है और वहाँ पर किसी भी प्रकार की समृद्धि भी नहीं होती है। जिस जगह पर ब्राह्मण और वैद्य न हों, वहाँ पर रहना भी उचित नहीं है। किसी सामाजिक कार्यक्रम का आयोजन करते समय हमें धन की जरूरत होती है, किसी ब्राह्मण की सेवाओं की जरूरत होती है। जब हम बीमार होते हैं तो हमारा इलाज करने के लिए वैद्य (डॉक्टर) की जरूरत होती है।

ऐसे बहुत सारे प्रमाण मिलते हैं, जहाँ बहुत सारी सभ्यताओं का विकास किसी नदी के किनारे पर हुआ है। जीवन वहीं पर विकसित और पल्लवित होती है, जहाँ पर कोई नदी हो। जिन स्थानों पर ये सारी सुविधाएँ उपलब्ध हों, रहने के लिए उसी स्थान का चयन करना चाहिए। नदी किनारे पनपी सभ्यता के कुछ उदाहरण हैं—हड़प्पा व मिस्र की सभ्यता आदि। आज भी बहुत सारे शहर ऐसे हैं, जहाँ पर नदियाँ हैं।

अनुचित स्थान : 3

लोकयात्रा भयं लज्जा दाक्षिण्यं त्यागशीलता।
पञ्च यत्र न विद्यन्ते न कुर्यात् तत्र संस्थितिम्॥ 10॥

आचार्य चाणक्य कहते हैं कि जिस स्थान पर आजीविका न मिले; लोगों में भय, लज्जा, उदारता तथा दान देने की प्रवृत्ति न हो, ऐसी पाँच जगहों को भी मनुष्य को अपने निवास के लिए नहीं चुनना चाहिए। इन पाँच चीजों को विस्तार से बताते हुए वे कहते हैं कि जहाँ निम्नलिखित पाँच चीजें न हों, उस स्थान से कोई सरोकार नहीं रखना चाहिए—

- जहाँ रोजी-रोटी का कोई साधन या आजीविका अथवा व्यापार की स्थिति न हो।
- जहाँ लोगों में लोक-लाज अथवा किसी प्रकार का भय न हो।
- जिस स्थान पर परोपकारी व्यक्ति न हों और जिनमें त्याग की भावना न पाई जाती हो।
- जहाँ लोगों को समाज या कानून का कोई भय न हो।
- जहाँ के लोग दान देना जानते ही न हों।

बुद्धिमान व्यक्ति रहने के लिए ऐसे स्थान का चयन बिल्कुल भी नहीं करता है, जहाँ पर कोई धनवान् व्यक्ति न हो। धनवान् व्यक्ति के न रहने का मतलब जीविका के लिए किसी साधन का उपलब्ध न होना है। जहाँ पर स्त्री और पुरुष में लोक-लाज का भय न हो, वह स्थान भी रहने के लायक नहीं होता है। ऐसा स्थान, जहाँ पर कोई परोपकारी व्यक्ति न हो, जिसमें त्याग की भावना न हो और जो किसी जरूरतमंद को दान देनेवाला न हो, ऐसा स्थान भी रहने के लिए उचित नहीं है।

उपर्युक्त स्थानों पर रहना किसी व्यक्ति के लिए उचित नहीं होता है, क्योंकि वहाँ पर जीविका का साधन उपलब्ध नहीं होता है। जिस स्थान पर कोई राजा या शासक न हो, उस स्थान पर रहनेवाले व्यक्ति को समाज और कानून का भय नहीं होता है। ऐसे स्थान पर किसी सज्जन व्यक्ति का रहना नरक में रहने के समान होता है। जिस स्थान पर कानून व्यवस्था ठीक न हो और व्यक्तियों में लाज-शर्म का भाव न हो, वहाँ पर किसी प्रतिष्ठित व्यक्ति का रहना अपनी प्रतिष्ठा को हानि पहुँचाना ही है।

बेहतर समाज के लिए समाज में रहनेवाले व्यक्तियों के बीच में शालीनता का

रहना बेहद जरूरी है। जिस स्थान पर शिष्टता का अभाव हो, वहाँ का वातावरण कभी भी अच्छा नहीं हो सकता। बेशर्म व्यक्ति पशु के समान ही होते हैं।

संबंधों की पहचान संकट आने पर होती है

जानीयात् प्रेषणे भृत्यान् बान्धवान् व्यसनाऽऽगमे।
मित्रं चाऽऽपत्तिकालेषु भार्यां च विभवक्षये॥11॥

आचार्य चाणक्य संबंधियों की पहचान के संबंध में कहते हैं कि किसी महत्त्वपूर्ण कार्य पर भेजते समय सेवक की पहचान होती है। दुःख के समय बंधु-बांधवों की, विपत्ति के समय मित्र की तथा धन नष्ट हो जाने के बाद पत्नी की पहचान होती है।

मनुष्य एक सामाजिक प्राणी है, इसलिए समाज में रहते हुए वह सभी लोगों के साथ संप्रेषण बनाए रखता है। कोई भी व्यक्ति अकेला नहीं रह सकता। अपने उद्देश्यों की प्राप्ति के लिए उसे एक नौकर की, मित्र की, संबंधियों की और पत्नी की जरूरत होती है। ये सभी आपके अच्छे दिनों में आपके साथ रहते हैं; लेकिन बुरे दिनों का क्या ? एक बुद्धिमान व्यक्ति ऐसे व्यक्ति की पहचान आसानी से कर पाता है, जो उसके अच्छे-बुरे दोनों दिनों में उसके साथ रहता है।

आचार्य चाणक्य कहते हैं कि अगर किसी नौकर की ईमानदारी, उसकी बुद्धिमानी और विश्वसनीयता की जाँच करनी हो तो उसे कोई मुश्किल कार्य करने को दें। अगर वह आसानी से उस कार्य को पूरा कर लेता है तो इसका यह मतलब है कि वह आपके बुरे दिनों में भी आपका साथ निभाएगा। इसी तरह दुःख का समय पड़ने पर कोई व्यक्ति अपने रिश्तेदार की विश्वसनीयता और उसके अपने प्रति प्रेम को परख सकता है।

जीवन अच्छे-बुरे दिनों का चक्र है। एक क्षण कोई व्यक्ति खुशियों से चहक रहा है, तो दूसरे ही क्षण उस पर मुश्किलों का पहाड़ भी टूट सकता है। किसी व्यक्ति के जीवन में आया बुरा और अच्छा समय उसके मित्रों और संबंधियों की विश्वसनीयता की पहचान कराता है। अगर वे आपके बुरे दिनों में आपकी मदद करते हैं, तो वे आपके विश्वास के योग्य हैं। किसी व्यक्ति के जीवन में आया बुरा समय उसकी पत्नी की विश्वसनीयता और समर्पण की जाँच भी कराता है। बुरे वक्त में अपने जीवन साथी के प्रति उसका व्यवहार यह प्रकट करता है कि उसका प्रेम उसके पति के प्रति सच्चा है या सिर्फ दिखावा है।

सच्चा मित्र कौन

आतुरे व्यसने प्राप्ते दुर्भिक्षे शत्रु-संकटे।
राजद्वारे श्मशाने च यस्तिष्ठति स बान्धवः॥12॥

आचार्य चाणक्य बंधु-बांधवों, मित्रों और परिवारजनों की पहचान के संबंध में बताते हुए कहते हैं कि रोग की दशा में या बीमार होने पर, असमय मृत्यु, शत्रु से घिर जाने पर, राजकार्य में सहायक के तौर पर कार्य करनेवाला तथा मृत्यु होने पर श्मशान भूमि में ले जानेवाला व्यक्ति सच्चा मित्र और बंधु है।

आचार्य चाणक्य कहते हैं कि जो निश्चित को छोड़कर अनिश्चित का सहारा लेता है, उसका निश्चित भी नष्ट हो जाता है, अनिश्चित तो स्वयं नष्ट होता ही है। इसका तात्पर्य यह है कि अनिश्चित का तो विश्वास करना ही मूर्खता है। उसे तो नष्ट ही समझना चाहिए। अर्थात् ऐसे व्यक्ति की स्थिति अकसर 'आधी तज पूरी को धावे, आधी मिले न पूरी पावे' वाली होती है। लेकिन वह आधी और पूरी दोनों को ही नहीं प्राप्त कर पाता है।

यो ध्रुवाणि परित्यज्य अध्रुवं परिषेवते।
ध्रुवाणि तस्य नश्यन्ति अध्रुवं नष्टमेव च॥13॥

जो व्यक्ति आपके बुरे समय में, जैसे—बीमारी में, पत्नी का साथ छोड़कर चले जाने की स्थिति में, कानूनी मुश्किलों के समय में, अच्छा समय न होने पर आपकी मदद करे, वही सच्चा मित्र है। ऐसे समय में किसी व्यक्ति को संपूर्ण समर्पण, विश्वास और साथ की जरूरत होती है। जो बुरे समय में साथ निभाए, वास्तव में वही दोस्त होता है। जीवन का ऐसा सिद्धांत है कि जो व्यक्ति जरूरत पड़ने पर किसी दूसरे व्यक्ति की मदद करता है, उसे भी जरूरत पड़ने पर दूसरों का साथ मिलता है। इसका मतलब यह है कि अगर आप बुरे वक्त में किसी को रोने के लिए अपना कंधा देते हैं तो वह भी आपकी मुश्किलों में आपके काम आएगा। दुविधा में दोनों का ही नुकसान होता है। जिस प्रकार से घास चरने के लिए गई भेड़ अपना ऊन खो देती है, ठीक उसी प्रकार से जो नियमित कार्य को अनियमित कार्य के लिए छोड़ देता है, उसे अपने वर्तमान कार्य से भी हाथ धोना पड़ता है।

इसका तात्पर्य यह है कि अगर कोई व्यक्ति अपनी वर्तमान नौकरी को दूसरी नौकरी के लालच में छोड़ देता है, वह पुरानी नौकरी से भी वंचित रह जाता है।

विवाह संबंध बराबरी में हो

वरयेत् कुलजां प्राज्ञो विरूपामपि कन्यकाम्।
रूपवतीं न नीचस्य विवाहः सदृशे कुले॥14॥

विवाह के संदर्भ में अपने विचार व्यक्त करते हुए आचार्य चाणक्य कहते हैं कि विवाह करते हुए रूप और कुल में से कुल को श्रेष्ठता देनी चाहिए। बुद्धिमान मनुष्य को चाहिए कि वे रूपवती न होने पर भी कुलीन कन्या से विवाह कर लें; किंतु नीच कुल की कन्या यदि रूपवती व सुशील भी हो तो भी उससे विवाह न करें, क्योंकि विवाह समान कुल में करना ही श्रेयस्कर होता है।

'गरुडपुराण' में लिखा गया है कि किसी भी व्यक्ति को विवाह और मित्रता हमेशा बराबरीवाले व्यक्ति से ही करनी चाहिए। जो व्यक्ति उसके समान गुणोंवाला और उसके बराबर हैसियतवाला हो, हमेशा विवाह और मित्रता उसी व्यक्ति से करनी चाहिए। भारत में बहुत सारे लोगों की सोच ऐसी है कि उनका बच्चा अपनी ही बिरादरी में विवाह करे। हालाँकि यह सोच बहुत ज्यादा रूढ़िवादी और संकुचित मानसिकता को दरशाती है, लेकिन वास्तविकता यह है कि उनकी यह सोच पूरी तरह से व्यावहारिक और तर्कसंगत है। किसी भी लड़के-लड़की को अपनी जाति में विवाह करने से एक-दूसरे को समझने और परिवार में तालमेल बनाने में आसानी होती है। इसका कारण यह है कि दोनों के पारिवारिक मूल्य और रीति-रिवाज एक जैसे ही होते हैं।

किसी भी विवाह का आधार सुंदरता और लड़के या लड़की के परिवार के पास ज्यादा धन होना नहीं होना चाहिए। जब कोई व्यक्ति सुंदरता और धन को आधार बनाकर विवाह करता है तो ऐसे रिश्ते की उम्र ज्यादा नहीं होती है; क्योंकि एक-दूसरे को समझकर व्यवहार करने की भावना निहित नहीं होती है। आचार्य चाणक्य के अनुसार, किसी विवाह की सफलता का मापदंड अपने समुदाय की अच्छी घरेलू लड़की से विवाह करना होता है। ऐसी लड़की आपके परिवार के नैतिक मूल्यों को समझकर उसी के अनुरूप व्यवहार करती है। नीची जाति से आनेवाली स्त्री भले ही कितनी भी सुंदर और समझदार क्यों न हो, कोई भी बुद्धिमान व्यक्ति उससे विवाह करने की बजाय अपनी जाति और समुदाय की खानदानी लड़की से ही विवाह करता है।

किस पर भरोसा न करें

नखीनां च नदीनां च श्रृङ्गीणां शस्त्रपाणिनाम्।
विश्वासो नैव कर्तव्यः स्त्रीषु राजकुलेषु च॥15॥

विश्वसनीयता के लक्षणों की चर्चा करते हुए आचार्य चाणक्य कहते हैं कि लंबे नाखून वाले हिंसक पशुओं, नदियों, बड़े-बड़े सींग वाले पशुओं, शस्त्रधारियों, स्त्रियों और राजपरिवारों का कभी विश्वास नहीं करना चाहिए; क्योंकि ये कब घात कर दें, आपको चोट पहुँचा दें, इसका कोई पता नहीं।

हिंसक पशुओं, जैसे शेर, चीता और भालू अपने व्यवहार में हिंसक होते हैं। ऐसे पशुओं से हमेशा दूर रहना चाहिए। ये पशु बिना किसी चेतावनी के हमला कर सकते हैं। इसी तरह से बड़े सींगोंवाले और हथियार रखनेवाले व्यक्ति से बचकर ही रहना चाहिए। ऐसे लोगों का भरोसा नहीं करना चाहिए। बड़े सींगोंवाले पशु और हथियार रखनेवाला व्यक्ति भी क्रोध आने पर बिना किसी चेतावनी के हमला कर सकता है। ऐसे लोग बहुत खतरनाक होते हैं। इनके साथ सावधानीपूर्वक रहना चाहिए।

किसी नदी के बहाव और उसकी गहराई को नापा नहीं जा सकता है। ये दोनों ही बातें अलग-अलग हो सकती हैं और इनके बारे में अंदाजा लगाना घातक साबित हो सकता है। किसी भी नदी को पार करते समय ध्यान रखें, अन्यथा आप नदी में डूब सकते हैं।

आचार्य चाणक्य कहते हैं कि अमीर परिवारों और स्त्री पर कभी भी पूर्ण विश्वास नहीं करना चाहिए। उनके अनुसार, किसी स्त्री की बात और उसके व्यवहार में बहुत अंतर होता है। वह जो कहती है, वह करती नहीं है। किसी भी स्त्री को कोई सलाह देने से पूर्व किसी भी व्यक्ति को सब तरफ से विचार कर लेना चाहिए। आमतौर पर स्त्रियों के सोचने-समझने की क्षमता सीमित होती है। वे सीमित विचारों, जैसे शत्रुता और प्रतिशोध से ही संचालित होती हैं। इसी वजह से वे किसी भी व्यक्ति की सलाह को गलत तरीके से ले सकती हैं।

इसी तरह से सभी संभ्रांत परिवारों का उद्देश्य ज्यादा-से-ज्यादा शक्ति एकत्रित करना ही होता है। उनकी पूरी रुचि सिंहासन पाने में ही रहती है। जो भी व्यक्ति उनके उद्देश्यों को पूरा करने में उनकी सहायता करता है, वह उनका मित्र होता है और जो भी उनके रास्ते की रुकावट बनता है, वह उनका शत्रु होता है। ऐसे व्यक्ति

किसी से भी अपने स्वार्थों की पूर्ति हेतु ही संबंध बनाते हैं। वे हमेशा कोई-न-कोई षड्यंत्र रचने में संलग्न रहते हैं। इसलिए किसी भी व्यक्ति को राजसी लोगों के साथ संबंध बनाते समय सावधानी बरतनी चाहिए, अन्यथा वे किसी-न-किसी प्रकार के षड्यंत्र का शिकार हो सकते हैं।

अंत महत्त्वपूर्ण है, अर्थ नहीं

विषादप्यमृतं ग्राह्यममेध्यादपि काञ्चनम्।
नीचादप्युत्तमा विद्या स्त्रीरत्नं दुष्कुलादपि॥16॥

आचार्य चाणक्य साध्य की महत्ता दरशाते हुए, साधन को गौण मानते हुए कहते हैं कि विष में से भी अमृत तथा गंदगी में से भी सोना ले लेना चाहिए। नीच व्यक्ति से भी उत्तम विद्या ले लेनी चाहिए और दुष्ट कुल से भी स्त्री रत्न को ले लेना चाहिए।

अमृत अमृत है, जीवनदायी है, अतः विष में पड़े हुए अमृत को ले लेना ही उचित होता है। सोना यदि कहीं गंदगी में भी पड़ा हो तो उसे उठा लेना चाहिए। अच्छा ज्ञान या विद्या किसी निम्न जातिवाले व्यक्ति से भी मिले तो उसे खुशी से ग्रहण कर लेना चाहिए। इसी तरह, यदि दुष्ट कुल में भी कोई गुणवान्, सुशील, श्रेष्ठ कन्या हो तो उसे स्वीकार कर लेना चाहिए।

इसी प्रकार, यदि समाज के निम्न वर्ग का व्यक्ति अच्छी शिक्षा, कला या मूल्यों से संपन्न है तो ऐसे व्यक्ति से सीखने में कोई आपत्ति नहीं होनी चाहिए। कमल कीचड़ में खिलता है, लेकिन स्वयं देवता भी उसे पसंद करते हैं। सिर्फ इस कारण कोई कमल को अस्वीकार नहीं करता कि यह कीचड़ में खिलता है।

स्त्री पुरुष के बराबर नहीं, बल्कि पुरुष से आगे

स्त्रीणां द्विगुण आहारो बुद्धिस्तासां चतुर्गुणा।
साहसं षड्गुणं चैव कामोऽष्टगुण उच्यते॥17॥

आचार्य चाणक्य पुरुषों की अपेक्षा स्त्रियों की क्रियावृत्ति की तुलना करते हुए कहते हैं कि स्त्रियों में आहार दोगुना, लज्जा चौगुनी, साहस छह गुना तथा कामोत्तेजना (संभोग की इच्छा) आठ गुना होती है।

एक स्त्री घर का ज्यादा-से-ज्यादा काम करती है, इसलिए उसका भोजन पुरुषों के मुकाबले अधिक होता है। स्त्रियाँ बहुत ज्यादा समझदार होती हैं। भारतीय स्त्रियाँ स्वभाव से अंतर्मुखी किस्म की होती हैं।

पुरुषों के मुकाबले स्त्रियाँ ज्यादा रोमांचक होती हैं। किसी स्त्री की मानसिक क्षमता किसी पुरुष के मुकाबले कहीं ज्यादा होती है। उसकी इच्छा-शक्ति पुरुषों से ज्यादा दृढ़ होती है। भारतीय समाज में स्त्रियों को माँ का दर्जा दिया गया है। माँ दुर्गा नारी शक्ति का जीवंत प्रमाण है। स्त्री को (माँ दुर्गा के एक रूप) 'नारायणी' के नाम से भी पुकारा जाता है।

□

अध्याय-2

मूर्खता कष्टदायक होती है। यह भी युवाओं की तरह ही होती है, जो किसी की नहीं सुनती। लेकिन सबसे ज्यादा कष्टदायक किसी पर निर्भरता होती है।

स्त्रियों के नकारात्मक पहलू

अनृतं साहसं माया मूर्खत्वमतिलुब्धता।
अशौचत्वं निर्दयत्वं स्त्रीणां दोषाः स्वभावजाः॥1॥

यहाँ आचार्य चाणक्य स्त्रियों के स्वभाव पर टिप्पणी करते हुए कहते हैं कि झूठ बोलना, साहस, छल-कपट, मूर्खता, अत्यंत लोभ, अपवित्रता और निर्दयता—ये सारे स्त्रियों के स्वाभाविक दोष हैं; अर्थात् स्त्रियों में यह प्रवृत्ति जन्मजात होती है।

आद्य शंकराचार्य का कहना है कि स्त्री नरक का द्वार है। संत तुलसीदास के अनुसार, जो स्त्री सत्य जाहिर नहीं करती है, वह नकारात्मकता से भरी होती है। हालाँकि यह बात साभी स्त्रियों पर लागू नहीं होती है। आचार्य चाणक्य स्त्रियों के सामान्य दोषों पर विचार करते हुए कहते हैं कि हर व्यक्ति में कुछ अच्छे और कुछ बुरे गुण होते हैं। बहुत बार ऐसा भी होता है कि कई पुरुष भी स्वाभाविक दोषों से परिपूर्ण होते हैं। वेदों में स्त्री का वर्णन प्रेम, सहृदयता और आसानी से क्षमा कर देनेवाली के रूप में हुआ है। उसके पास प्रेम का अशेष खजाना होता है, जो कभी भी समाप्त नहीं होता है। शास्त्रों (प्राचीन ग्रंथों) पर पुरुषों का एकाधिकार रहा है, इसलिए उसमें स्त्रियों के बारे में अपमानजनक टिप्पणी पढ़ने को मिल जाती है।

प्रसन्नता पिछले कर्मों के फल से मिलती है

भोज्यं भोजनशक्तिश्च रतिशक्तिर्वराङ्गना।
विभवो दानशक्तिश्च नाऽल्पस्य तपसः फलम्।।2।।

आचार्य चाणक्य का कथन है कि भोज्य पदार्थ, भोजन-शक्ति, रति-शक्ति, सुंदर स्त्री, वैभव तथा दान शक्ति—ये सभी सुख किसी अल्प समस्या का फल नहीं होते। अर्थात् सुंदर खाने-पीने को वस्तुएँ मिलें और जीवन के अंत तक भोजन को पचाने की शक्ति बनी रहे, स्त्री से संभोग की इच्छा बनी रहे तथा सुंदर स्त्री मिले, धन-संपत्ति को और दान देने की आदत भी हो—ये सारे सुख किसी भाग्यशाली को ही मिलते हैं। पूर्व जन्म में अखंड तपस्या से ही ऐसा सुख-सौभाग्य मिलता है।

अकसर ऐसा देखा गया है कि जो अमीर लोग होते हैं, वे किसी-न-किसी बीमारी से ग्रसित होते हैं; जबकि गरीब लोग, जिनके पास खाने के पैसे तक नहीं होते हैं, वे स्वस्थ होते हैं। सभी पुरुष सुंदर स्त्री के साथ दीर्घकालीन संबंध बना पाने में सक्षम नहीं होते हैं। इसी तरह से जिसका भाग्य अच्छा होता है, उसी के पास निरंतर सुख-समृद्धि का वास रहता है। किसी भी व्यक्ति के पूर्व जन्म में किए गए अच्छे कर्म ही उसे अगले जन्म में उसकी इच्छित वस्तुओं की प्राप्ति कराते हैं।

हर व्यक्ति में दान करने की क्षमता नहीं होती है। जो दान करना चाहते हैं, उनके पास इसके लिए पैसे नहीं होते हैं। जिनके पास पैसे होते हैं, वे अपनी कंजूसी के कारण दान नहीं कर पाते। जो व्यक्ति इस तरह के सुखों का आनंद लेते हैं, उनका जन्म लेना सफल हो जाता है।

धरती पर स्वर्ग

यस्य पुत्रो वशीभूतो भार्या छन्दाऽनुगामिनी।
विभवे यश्च सन्तुष्टस्तस्य स्वर्ग इहैव हि।।3।।

आचार्य चाणक्य का कथन है कि जिसका पुत्र उसके वशीभूत हो, पत्नी वेदों के मार्ग पर चलनेवाली हो और जो अपने वैभव से संतुष्ट हो, उसके लिए यहीं स्वर्ग है। अभिप्राय यह है कि जिस मनुष्य का पुत्र आज्ञाकारी होता है, सब प्रकार से कहने में होता है, पत्नी धार्मिक एवं

उत्तम चाल-चलनवाली होती है, सद्गृहिणी होती है तथा जो अपने पास जितनी भी धन-संपत्ति है, उसी में खुश रहता है, संतुष्ट रहता है, ऐसे व्यक्ति को इसी संसार में स्वर्ग का सुख प्राप्त होता है। उसके लिए पृथ्वी पर रहना ही स्वर्ग के समान होता है।

क्योंकि पुत्र का आज्ञाकारी होना, स्त्री का पतिव्रता होना और मनुष्य का धन के प्रति लोभ-लालच न रखना अथवा मन में संतोष बनाए रखना ही स्वर्ग में मिलनेवाले सुख के समान है।

आज्ञाकारी पुत्र, धार्मिक पत्नी और संतोष—ये तीन चीजें किसी भी व्यक्ति को स्वर्ग में होने का एहसास कराती हैं।

एक ईमानदार बेटा घर की मान-प्रतिष्ठा को और ज्यादा बढ़ाता है; जबकि एक दुराचारी बेटा घर की प्रतिष्ठा को हानि पहुँचाता है। हर पिता की इच्छा होती है कि उसका पुत्र आज्ञाकारी हो। एक आज्ञाकारी और धार्मिक पुत्र अपने पिता को मानसिक शांति और आत्मसम्मान प्रदान करता है।

अगर पत्नी न्यायपरायण, धार्मिक और गुणी होती है तो वह अपने पुत्र को अच्छे संस्कारों से पोषित करती है। घर में ऐसी पत्नी की उपस्थिति किसी भी पति के जीवन को पवित्र और महत्त्वपूर्ण बनाती है। वह अपने नैतिक मानदंडों से अपने परिवार की प्रतिष्ठा को बनाए रखती है। आचार्य चाणक्य आगे कहते हैं कि जो व्यक्ति अपनी वर्तमान सुख-संपत्ति में संतुष्ट रहता है, वह कभी भी दुःखी नहीं होता है। हालाँकि ऐसी निष्ठा किसी नियम के तहत विद्यमान नहीं है, लेकिन यह अपवाद रूप में मौजूद है। जिस व्यक्ति के पास आज्ञाकारी पुत्र, धार्मिक पत्नी और संतोष ये—तीनों चीजें विद्यमान हैं, वह धरती पर रहते हुए मानो स्वर्ग में रहता है।

एक सच्चा पुत्र, पिता, मित्र और श्रेष्ठ पत्नी

ते पुत्रा ये पितुर्भक्ताः स पिता यस्तु पोषकः।
तन्मित्रं यस्य विश्वासः सा भार्या यत्र निर्वृतिः॥4॥

आचार्य चाणक्य का कथन है कि पुत्र वही है, जो पिता का भक्त है। पिता वही है, जो पोषक है। मित्र वही है, जो विश्वासपात्र हो। पत्नी वही है, जो हृदय को आनंदित करे।

इस श्लोक में पिता, पुत्र, पत्नी और मित्र के कर्तव्यों का वर्णन किया गया है। एक अच्छे पिता का कर्तव्य है कि वह अपने पुत्र को सही मार्ग दिखाए और उसे देश का श्रेष्ठ नागरिक बनाए। एक पिता का कर्तव्य है कि वह अपने पुत्र को अच्छे संस्कार और अच्छी शिक्षा प्रदान करे। इसी तरह से एक पुत्र का यह कर्तव्य है कि वह अपने पिता की सेवा करे। ऐसे पुत्र का होना व्यर्थ है, जो अपने पिता की उपेक्षा करे—उस पिता की, जो उसे इस धरती पर लाया है। पुत्र के शुरुआती वर्षों में पिता का यह दायित्व है कि वह अपने पुत्र का पूरा ध्यान रखे, तभी वह उसके बुढ़ापे में उसका प्यारा पुत्र बन पाएगा।

विश्वास किसी भी संबंध की बुनियाद है। एक विश्वसनीय व्यक्ति ही अच्छा मित्र और रिश्तेदार बन पाता है। दोस्ती का रिश्ता विश्वास पर टिका होता है। किसी को भी ऐसे व्यक्ति को अपना मित्र नहीं बनाना चाहिए, जो विश्वसनीय न हो। इसी तरह से जो स्त्री अपने पति के साथ अच्छा व्यवहार करती हो और उसके प्रति विश्वास से परिपूर्ण हो, वही एक अच्छी पत्नी है।

दोमुँहा बोलनेवाले

परोक्षे कार्यहन्तारं प्रत्यक्षे प्रियवादिनम्।
वर्जयेत् तादृशं मित्रं विषकुम्भं पयोमुखम्॥5॥

आचार्य चाणक्य का कथन है कि पीठ पीछे बुराई करनेवाले तथा सामने प्रिय बोलनेवाले—ऐसे मित्र को मुँह पर दूध रखे हुए विष के घड़े के समान त्याग देना चाहिए।

अगर कोई व्यक्ति विष से भरे बरतन में दूध उड़ेलता है तो वह विष दूध नहीं बन जाता है। कुछ लोग ऐसे ही विष भरे पात्र की तरह होते हैं, जो आपके सामने आपकी बड़ाई करते नहीं थकते, लेकिन आपके पीठ पीछे आपकी छवि को धूमिल करने से जरा भी नहीं हिचकते। किसी भी व्यक्ति को इस तरह के दोस्तों और संबंधियों से दूर ही रहना चाहिए।

किसी पर भी भरोसा न करें

न विश्वसेत् कुमित्रे च मित्रे चाऽपि न विश्वसेत्।
कदाचित् कुपितं मित्रं सर्वं गुह्यं प्रकाशयेत्॥6॥

आचार्य चाणक्य का कथन है कि दुष्ट मित्र पर कभी भी विश्वास नहीं करना चाहिए, और पूरी तरह मित्र पर भी विश्वास नहीं,करना चाहिए। कभी कुपित होने पर मित्र भी आपकी बातों को सबसे बता सकता है।

चाणक्य एक कूटनीतिज्ञ थे। उनका ऐसा मानना था कि राजनीति में कोई भी विश्वसनीय नहीं होता है। इसलिए इसमें न तो किसी मित्र का और न ही किसी शत्रु का भरोसा करना चाहिए।

किसी भी व्यक्ति को स्वार्थी मित्रों, धूर्त व्यक्तियों, व्यर्थ के लोगों और अपनी बात पर न टिके रहनेवाले से दूर रहना चाहिए। कुछ रहस्य ऐसे होते हैं, जिनका भेद अपने बचपन के मित्र के सामने भी नहीं खोलना चाहिए। इसका कारण यह है कि कभी ऐसा भी हो सकता है, जब आपका मित्र अपनी गलत माँगों को पूरा करवाने के लिए आपको यह कहकर ब्लैकमेल करे कि अगर आपने उसका कार्य नहीं किया तो वह आपके रहस्य को उजागर कर देगा। इसी वजह से कुछ रहस्यों को कभी भी किसी के सामने नहीं खोलना चाहिए।

प्रचार न करें

मनसा चिन्तितं कार्यं वाचा नैव प्रकाशयेत्।
मन्त्रेण रक्षयेद् गूढं कार्ये चाऽपि नियोजयेत्॥7॥

आचार्य चाणक्य का कहना है कि मन में सोचे हुए कार्य को मुँह से बाहर नहीं निकालना चाहिए। मंत्र के समान गुप्त रखकर उसकी रक्षा करनी चाहिए। गुप्त रखकर ही उस कार्य को संपादित भी करना चाहिए।

हमेशा अपनी योजनाओं को छुपाकर रखना चाहिए। उसे किसी के भी सामने उजागर नहीं करना चाहिए। आप अपनी योजना को कार्य का रूप देने में पूरी तरह से जुटे रहिए; लेकिन जब तक वह पूरी न हो जाए, तब तक उसके बारे में किसी से भी न बताएँ। अगर आपने अपनी योजना सबके सामने प्रकट कर दी, लेकिन वह किसी वजह से पूरी नहीं हो पाई तो आप लोगों के बीच हँसी का पात्र बन जाएँगे।

अपने शत्रुओं को तो अपनी योजना की भनक भी नहीं लगने देनी चाहिए, अन्यथा वे आपके मार्ग में रुकावट और कठिनाइयाँ पैदा करने की कोशिश करेंगे।

सबसे बड़ा दुर्भाग्य

कष्टं च खलु मूर्खत्वं कष्टं च खलु यौवनम्।
कष्टातकष्टतरं चैव परगेहनिवासनम्॥8॥

आचार्य चाणक्य का कहना है कि मूर्खता कष्ट है, यौवन भी कष्ट है; लेकिन सबसे बड़ा कष्ट किसी दूसरे के घर में रहना है। वस्तुतः मूर्खता अपने आप में एक कष्ट है और यौवन भी व्यक्ति को दुःखी ही करती है।इच्छाएँ पूरी न होने पर भी दुःख तथा कोई काम बुरा हो जाए तो भी दुःख। इन दुःखों से भी बढ़कर दुःख है पराए घर में रहना।

एक मूर्ख व्यक्ति का समाज में कोई भी स्थान नहीं होता है। कोई भी व्यक्ति उसके साथ संबंध नहीं रखना चाहता है। वह सही और गलत में निर्णय नहीं ले पाता है। वह हमेशा गलत निर्णय लेता है और उसका खामियाजा भुगतता है। युवावस्था भी कष्टदायी होती है, लेकिन दूसरे अर्थों में। युवावस्था की तुलना उफनती हुई समुद्र की लहरों से की जा सकती है, जो लोगों की जिंदगियों को बिना किसी कारण के तबाह कर सकती हैं। इसी तरह से युवाओं को भी अगर सही मार्गदर्शन न मिले तो उनके अंदर नकारात्मक भावनाएँ आती हैं, जो अपने साथ-साथ किसी का भी सर्वनाश कर सकती हैं। युवाओं में बहुत ज्यादा क्षमता होती है; लेकिन उन्हें अपनी क्षमताओं का सदुपयोग करने के लिए सही मार्गदर्शन की जरूरत होती है। अगर मूर्खों को और युवाओं को सही मार्गदर्शन मिले तो वे मुश्किलों का सामना करने से बच जाएँगे। इन दोनों बातों से भी ज्यादा दुःख देनेवाली बात किसी के पास अपने घर का न होना है। पराए घर में रहने का दुःख इन दोनों दुःखों से बढ़कर है।

किसी पर निर्भर रहने का मतलब उसकी दया पर जीवित रहना है। ऐसा माना जाता है कि आत्मनिर्भरता खुशियों का कारण और दूसरों पर निर्भरता दुःखों का कारण होती है। किसी पर निर्भर रहनेवाला व्यक्ति अपनी पूरी स्वतंत्रता खो देता है। वह किसी दूसरे के आसरे पर गुलाम की तरह रहता है।

संतों में श्रेष्ठ गुण होते हैं

शैले शैले न माणिक्यं मौक्तिकं न गजे गजे।
साधवो न हि सर्वत्र चन्दनं न वने वने॥9॥

आचार्य चाणक्य ने कहा है कि न प्रत्येक पर्वत पर मणि-माणिक्य ही प्राप्त होते हैं, न प्रत्येक हाथी के मस्तक से मुक्तामणि प्राप्त होती है। संसार में मनुष्यों की कमी न होने पर भी साधु पुरुष सब जगहों पर नहीं मिलते हैं। इसी प्रकार, सभी वनों में चंदन के वृक्ष उपलब्ध नहीं होते हैं।

कुछ पर्वतों पर कीमती पत्थर पाए जाते हैं, लेकिन इसका यह अर्थ नहीं है कि सारे पर्वतों पर कीमती पत्थर मिलते हैं। ऐसा माना जाता है कि कुछ हाथियों के मस्तक पर मुक्तामणि प्राप्त होती है; लेकिन सभी हाथियों के मस्तक पर मुक्तामणि नहीं होती है। ऐसा ही संतों और चंदन के पेड़ के लिए भी कहा जा सकता है।

इस संसार में बहुत सारे लोग होते हैं; लेकिन सवाल यह उठता है कि इनमें से कितने लोग संत प्रवृत्ति के होते हैं? संत का तात्पर्य यह नहीं है कि वह लुटेरा है, नीरस व्यक्तित्व का स्वामी है या फिर ऐसा व्यक्ति, जो दूसरों के बारे में बुरा बोले। संत वह है, जो मानवता की भलाई के बारे में सोचता है। ऐसा व्यक्ति सच्चा समाज-सेवी होता है, जो बिना किसी व्यक्तिगत स्वार्थ के समाज की सेवा करता है। वह समाज को सही दिशा दिखानेवाले मार्गदर्शक के समान होता है। आप प्रतिदिन बहुत सारे लोगों से मिलते होंगे, लेकिन ऐसे संत जैसे गुणोंवाले पुरुषों से शायद कभी-कभार ही मुलाकात होती होगी। अगर कभी आपकी संत पुरुषों से मुलाकात हो जाए तो स्वयं को धन्य समझिए। इसी तरह से चंदन का पेड़ जंगल में उगता है, वह बहुत कम देखने को मिलता है।

यहाँ पर आचार्य चाणक्य कहते हैं कि संत पुरुष बहुत कम देखने को मिलते हैं, भले ही आप उन्हें दीये की रोशनी लेकर ही क्यों न ढूँढ़ें।

पुत्र के प्रति पिता के कर्तव्य

पुत्राश्च विविधैः शीलैर्नियोज्याः सततं बुधैः।
नीतिज्ञाः शीलसम्पन्ना भवन्ति कुलपूजिताः॥10॥

आचार्य चाणक्य यहाँ पुत्र के संबंध में उपदेश देते हुए कहते हैं कि

बुद्धिमान लोगों का कर्तव्य होता है कि पुत्र को सदा अनेक प्रकार से सदाचार की शिक्षा दें। नीतिज्ञ सदाचारी पुत्र ही कुल में पूजे जाते हैं। अर्थात् पिता का सबसे बड़ा कर्तव्य है कि पुत्र को अच्छी शिक्षा दे; क्योंकि नीतिज्ञ और शील-संपन्न ही कुल में सम्मान के अधिकारी होते हैं।

विद्यालय में बच्चों को ज्ञान मिलता है; लेकिन यह माता-पिता का दायित्व होता है कि वह अपने बच्चों में नैतिक मूल्य और संस्कार प्रतिरोपित करें। प्रत्येक पिता का यह कर्तव्य है कि वह अपने पुत्र के व्यक्तित्व में नैतिक मूल्य समाहित करे। अगर एक पिता में अच्छे संस्कार और नैतिक मूल्य होते हैं तो वह अपने पिता और परिवार को प्रतिष्ठा प्रदान कराता है। ऐसे व्यक्ति को हर जगह सम्मान मिलता है।

पुत्र को शिक्षित करना माता-पिता का कर्तव्य

माता शत्रुः पिता वैरी येन बालो न पाठितः।
न शोभते सभामध्ये हंसमध्ये बको यथा॥11॥

आचार्य चाणक्य पुत्र की शिक्षा के बारे में माता-पिता के कर्तव्यों पर जोर देते हुए कहते हैं कि बच्चे को न पढ़ाने-लिखानेवाली माता शत्रु तथा पिता वैरी के समान होते हैं। बिना पढ़ा-लिखा व्यक्ति पढ़े-लिखे लोगों के बीच में हंसों में कौए के समान होता है। अर्थात् उसे पढ़े-लिखों के बीच कोई भी सम्मान की दृष्टि से नहीं देखता है।

विद्या हर किसी के लिए हर समय मूल्यवान् है। जो व्यक्ति शिक्षित न हो, वह अपने परिवार, समाज और राष्ट्र के विकास में कोई उल्लेखनीय योगदान नहीं दे सकता। ऐसा व्यक्ति काम बिगाड़नेवाला और समाज के लिए एक जिम्मेदारी की तरह होता है। एक शिक्षित व्यक्ति को सब लोग सम्मान की दृष्टि से देखते हैं। इसलिए यह बेहद जरूरी है कि माता-पिता अपने बच्चों को अच्छी शिक्षा दें, ताकि उनके बच्चों का भविष्य उज्ज्वल बन सके। जो अभिभावक अपने बच्चे को शिक्षा देने जैसी प्राथमिक जरूरतों को पूरा नहीं कर सकते, वे व्यर्थ होते हैं और अपने बच्चों के लिए किसी शत्रु से कम नहीं होते।

शिक्षित व्यक्ति हंस के समान होता है, जबकि अशिक्षित व्यक्ति की तुलना कौए

से की जाती है। जिस प्रकार से हंस के बीच में कौआ अपमानित होता है, ठीक उसी प्रकार से अशिक्षित व्यक्ति शिक्षित व्यक्तियों के बीच में अपमानित महसूस करता है।

ज्यादा प्यार-दुलार हानिकारक

लालनाद् बहवो दोषास्ताडनाद् बहवो गुणाः।
तस्मात्पुत्रं च शिष्यं च ताडयेन्न तु लालयेत्॥12॥

आचार्य चाणक्य संतान के लालन-पालन में ज्यादा लाड़-प्यार के संदर्भ में उसकी मात्रा और सार के बारे में उपदेश देते हुए कहते हैं कि अधिक प्यार-दुलार से उसमें अनेक दोष तथा उसे अनुशासन नहीं बरतने पर और कोई गलत कार्य करने पर दंड देने से उसमें गुण आते हैं। इसलिए पुत्र और शिष्य पर प्यार-दुलार के साथ उचित अनुशासन और गलत कार्य करने पर दंड देने का सिद्धांत अपनाना चाहिए।

बच्चों को प्यार-दुलार के साथ-साथ सख्त अनुशासन में पालना चाहिए। जो बालक ज्यादा प्यार-दुलार में पलते हैं, वे बुरी आदतों को बहुत जल्दी स्वीकार कर लेते हैं। वे अच्छे-बुरे में पहचान करने के योग्य नहीं होते हैं। अपने बच्चों के प्रति जरूरत से ज्यादा आसक्त अभिभावक उन्हें पालने में अकसर इस तरह की गलतियाँ करते हैं। कभी-कभी बच्चों को प्यार के अलावा सजा भी मिलनी चाहिए। उनकी गलतियों को नजरअंदाज करना उनके व्यक्तित्व के विकास के लिए ठीक नहीं है। अगर बच्चा कोई गलती करता है तो यह माता-पिता का दायित्व है कि पहले वे उसे समझाएँ कि यह गलत है, ऐसा नहीं करो। अगर बच्चा समझाने से न समझे तो उसे दंडित करें। सच तो यह है कि जरूरत से ज्यादा प्यार-दुलार बच्चों को गलत आदतें सीखने के लिए उकसाता है, लेकिन अनुशासन उसे अच्छी आदतें सीखने को प्रेरित करता है।

आचार्य चाणक्य कहते हैं कि बच्चों को प्यार करना अच्छी बात है, लेकिन गलती करने पर उन्हें दंडित करना भी उतना ही जरूरी है।

उद्देश्यपूर्ण दिन

श्लोकेन वा तदर्धेन पादेनैकाक्षरेण वा।
अबन्ध्यं दिवसं कुर्याद् दानाध्ययन कर्मभिः॥13॥

यहाँ आचार्य चाणक्य स्वाध्याय की महत्ता बताते हुए कह रहे हैं कि

व्यक्ति को चाहिए कि वह किसी एक श्लोक का आधे या उससे आधे अथवा एक अक्षर का ही सही मनन करे। मनन, अध्ययन, दान आदि कार्य करते हुए अपने प्रत्येक दिन को उद्‌देश्यपूर्ण बनाना चाहिए।

किसी भी व्यक्ति के लिए वेदों का अध्ययन करना और जरूरतमंदों की सहायता करना बेहद जरूरी है। ध्यान-प्रार्थना करने से ही कोई व्यक्ति धर्म के अर्थ को समझ पाएगा। इससे ऐसे सवालों, जैसे—जीवन क्या है? और जीवन का उद्‌देश्य क्या है? का जवाब मिलता है। धर्म के बिना जीवन महत्त्वहीन है। प्रत्येक व्यक्ति को प्रतिदिन भगवान् की प्रार्थना और धार्मिक पुस्तकों का अध्ययन करना चाहिए। व्यक्ति को दिन में कम-से-कम प्रतिदिन एक श्लोक का आधे या फिर श्लोक के किसी एक अक्षर का ही अध्ययन कर लेना चाहिए। ऐसी आदतों से व्यक्तियों में नैतिक ज्ञान आता है और वे बुरी आदतों से बचे रहते हैं।

मानसिक अशांति के कारक तत्त्व

कान्तावियोगः स्वजनापमानः ऋणस्य शेषं कुनृपस्य सेवा।
दरिद्रभावो विषमा सभा च विनाग्निमेते प्रदहन्ति कायम्॥14॥

यहाँ आचार्य जीवन में छोड़ देनेवाली स्थितियों पर विचार करते हुए कहते हैं कि प्रियतम का पत्नी से वियोग, अपने लोगों से अपमानित होना, ऋण का न चुका पाना, दुष्ट राजा की सेवा, दरिद्रता और धूर्त लोगों की सभा—ये बातें बिना अग्नि के ही लोगों के शरीर को जला देती हैं।

बाहर जलनेवाली आग तो नजर आती है, लेकिन कोई भी व्यक्ति किसी दूसरे व्यक्ति के अंतःस्थल में जलनेवाली आग को नहीं देख पाता है। किसी के भी मन में जलनेवाली अग्नि उसके शारीरिक और मानसिक स्वास्थ्य के लिए हानिकारक होती है। इससे बचने के लिए यह जरूरी है कि व्यक्ति पत्नी से वियोग, अपने लोगों से अपमानित होना, ऋण न चुका पाना, दुष्ट राजा की सेवा, दरिद्रता और धूर्त लोगों की संगति जैसी छह स्थितियों को अपने जीवन से दूर रखे। तभी वह मानसिक शांति पा सकता है और अपने अंतर की आग से जलने से बच सकता है।

एक पेड़, स्त्री और राजा का पतन

नदीतीरे च ये वृक्षाः परगेहेषु कामिनी।
मन्त्रिहीनाश्च राजानः शीघ्रं नश्यन्त्यसंशयम्॥15॥

आचार्य चाणक्य अपने नीतिपरक वचनों के क्रम में आगे कहते हैं कि तेज बहाववाली नदी के किनारे लगनेवाले वृक्ष, दूसरे के घर में रहनेवाली स्त्री, मंत्रियों के बिना राजा—ये सभी शीघ्र ही नष्ट हो जाते हैं।

निस्संदेह स्वतंत्रता और सही मार्गदर्शन प्रसन्नता, शांति और समृद्धि प्रदान करती है; जबकि अनिश्चितता आपदा को आमंत्रित करती है। एक नदी में किसी भी समय बाढ़ आ सकती है। ऐसी नदी के किनारे स्थित वृक्ष कभी भी गिर सकते हैं।

आत्मसम्मान और सच्चा चरित्र किसी भी व्यक्ति के व्यक्तित्व का धन होता है। अपना घर छोड़कर किसी दूसरे के घर में रहनेवाली स्त्री अपने आत्मसम्मान को किसी भी तरह से बचा नहीं सकती है। किसी के ऊपर निर्भर रहनेवाली स्त्री मालिक की इच्छानुसार ही कार्य कर सकती है। जो व्यक्ति हमेशा किसी तरह के संशय में रहते हैं, उनके लिए अपने मानसिक तंत्रों को संतुलित रखना और अपने नैतिक मूल्यों को बचाए रखना मुश्किल होता है। उनका मानसिक असंतुलन ही उनके पतन का कारण बन जाता है।

ठीक इसी तरह से घमंडी राजा, जो कि शिक्षित लोगों, मंत्रियों और सलाहकारों की सलाह के बिना कार्य करता है, उसका पतन निश्चित है।

व्यवसाय में दक्षता

बलं विद्या च विप्राणां राज्ञां सैन्यं बलं तथा।
वित्तं च वैश्यानां शूद्राणां परिचर्यिका॥16॥

आचार्य चाणक्य का कहना है कि विद्या ही ब्राह्मणों का बल है। राजा का बल सेना है, वैश्यों का बल धन है तथा सेवा करना शूद्रों का बल है।

ब्राह्मण का प्राथमिक व्यवसाय लोगों को शिक्षा प्रदान करना है। क्षत्रिय की भूमिका शासन करने की है। वैश्य का मुख्य कार्य व्यवसाय करना और शूद्र का कार्य इन तीनों की सेवा करना है। पढ़ाने के लिए सीखने की जरूरत होती है, जबकि सत्ता संचालन के लिए साहस की, व्यवसाय करने के लिए धन की जरूरत होती है।

इसी कारण से एक ब्राह्मण ज्ञान की देवी सरस्वती की पूजा करता है। एक ब्राह्मण तब तक अपने कार्य को सुचारु रूप से नहीं कर सकता, जब तक कि उसके पास वेदों का संपूर्ण ज्ञान न हो। एक राजा को शासन चलाने के लिए शक्ति की जरूरत होती है, इसलिए उसके पास शक्तिशाली सेना का होना जरूरी है। एक कमजोर राजा अपने खुद के लोगों से ही पराजित हो जाता है।

वैश्य को अपना व्यवसाय करने के लिए धन की जरूरत होती है। वह अपनी व्यावसायिक गतिविधियों से धन कमाता है। शूद्र का कर्तव्य ब्राह्मणों, क्षत्रियों और वैश्यों की सेवा करना होता है।

ये सारे गुण जन्मजात नहीं होते हैं। अपने व्यवसाय के आधार पर व्यक्ति इनको बड़ा होने के बाद ही सीखता है। अगर एक व्यक्ति ने सारी चीजों को सीख लिया है, उसके पास वेदों का ज्ञान है तो वह ब्राह्मण है और अगर वह व्यवसाय कर रहा है तो वह वैश्य है। ये सारे वर्ण व्यक्ति के कर्मों के आधार पर विभक्त होते हैं।

स्वार्थपरता

निर्धनं पुरुषं वेश्या प्रजा भग्नं नृपं त्यजेत्।
खगा वीतफलं वृक्षं भुक्त्वा चाऽभ्यागता गृहम्॥17॥

आचार्य चाणक्य यहाँ प्राप्ति के बाद वस्तु के प्रति उपयोगिता की कमी के नियम को बताते हुए कहते हैं कि यह प्रकृति का नियम है कि पुरुष के निर्धन हो जाने पर वेश्या उस पुरुष का त्याग कर देती है। प्रजा शक्तिहीन राजा को और पक्षी फलहीन वृक्ष को त्याग देते हैं। इसी प्रकार, भोजन कर लेने के बाद अतिथि घर को छोड़ देता है।

ऐसा माना जाता है कि किसी के साथ भी संबंध बनाना व्यक्ति के अपने खुद की रुचि और स्वार्थ पर निर्भर करता है। स्वार्थ पर टिके संबंधों का स्वार्थ की पूर्ति होते ही या फिर रुचि समाप्त होते ही खात्मा हो जाता है। एक वेश्या तभी तक किसी के साथ संबंध रखती है, जब तक वह उसे उपहार और धन देता है। एक बार धन समाप्त हो जाने पर वह उस व्यक्ति का साथ छोड़कर दूसरे ग्राहक की तलाश शुरू कर देती है।

जब तक राजा शक्तिशाली रहता है, तब तक सब लोग उसकी रक्षा के लिए उसके आसपास रहते हैं। एक राजा जब तक अपनी प्रजा को खुशियाँ, शांति और

समृद्धि प्रदान करता है, तब तक वह लोगों के बीच लोकप्रिय बना रहता है। लोग उसके राज्य में रहने में खुशी अनुभव करते हैं। लेकिन जैसे ही राजा कमजोर हो जाता है, उसकी समृद्धि समाप्त हो जाती है, लोगों को उसके राज्य में रहने में भय और असुरक्षा का अनुभव होने लगता है। भारी संख्या में लोग ऐसे राज्य को छोड़कर किसी शक्तिशाली और समर्थ राजा के राज्य में शरण लेते हैं।

पक्षियों का भी ऐसा ही रवैया होता है। एक हरा-भरा पेड़, जहाँ उन्हें छाया मिलती है और पोषण के लिए फल मिलता है, उस पर वे अपना बसेरा बनाते हैं; लेकिन जैसे ही पेड़ सूखने लगता है, वे उसे छोड़कर किसी हरे-भरे पेड़ की तलाश में निकल जाते हैं।

पक्षी और मनुष्य ऐसे अतिथि के समान होते हैं, जो आश्रयदाता के घर पर रहकर उसके घर का भोजन समाप्त करके बिना उसके हित की बात सोचे अपना स्वार्थ पूरा हो जाने के बाद किसी दूसरे गंतव्य की ओर निकल जाते हैं। किसी घर पर गया मेहमान अगर ज्यादा दिनों तक किसी मेजबान के घर पर रहता है तो उसे अपमान का सामना करना पड़ता है।

समय से प्रयाण

गृहीत्वा दक्षिणां विप्रास्त्यजन्ति यजमानकम्।
प्राप्तविद्या गुरुं शिष्या दग्धाऽरण्यं मृगास्तथा॥18॥

यहाँ आचार्य चाणक्य जगत् की रीति पर चर्चा करते हुए कहते हैं कि दक्षिणा ले लेने पर ब्राह्मण यजमान को छोड़ देता है, विद्या प्राप्त कर लेने के बाद शिष्य गुरु को छोड़ देते हैं और वन में आग लग जाने पर वन के पशु उस वन को छोड़ देते हैं।

प्रत्येक व्यक्ति को अपना कार्य पूरा हो जाने पर या अपने जीवन को खतरा होने पर, जिस स्थान पर वे रह रहे हैं, उस स्थान को छोड़ देना चाहिए। ऐसा करना उनके आत्मसम्मान और स्वयं के लिए लाभदायक है। जब एक ब्राह्मण किसी के घर पर आता है तो उसका सम्मान और स्वागत किया जाता है। अंत में ब्राह्मण को भिक्षा प्रदान की जाती है। यह उसके उस घर से प्रयाण करने का संकेत होता है। अगर भिक्षा प्रदान किए जाने के बावजूद ब्राह्मण उस स्थान को छोड़कर नहीं जाता है तो फिर वह अपने आत्मसम्मान को बनाए रख पाने में सक्षम नहीं रह जाता है।

इसी तरह से, जब एक विद्यार्थी किसी शिक्षक के पास शिक्षा ग्रहण करने जाता है तो शिक्षा समाप्त हो जाने के बाद उसके लिए विदाई समारोह का आयोजन किया जाता है। अगर छात्र उसके बाद भी अपने शिक्षक का घर नहीं छोड़ता तो शिक्षक उसे स्पष्ट शब्दों में जाने के लिए कह देते हैं।

वन में आग लगने पर पशु और पक्षी तत्काल ही उस वन को छोड़ देते हैं। समझदारी की बात यही है कि जब आपके रहनेवाले स्थान पर आपके जीवन को खतरा हो तो तुरंत ही उस स्थान से प्रयाण कर लेना चाहिए।

मित्रों का प्रभाव

दुराचारी च दुर्दृष्टिर्दुराऽऽवासी च दुर्जनः।
यन्मैत्री क्रियते पुम्भिर्नरः शीघ्रं विनश्यति॥19॥

यहाँ आचार्य चाणक्य दुष्कर्म के परिणाम के प्रति सचेत करते हुए कहते हैं कि दुराचारी, दुष्ट स्वभाववाला, बिना किसी कारण दूसरों को हानि पहुँचानेवाला तथा दुष्ट व्यक्ति से मित्रता रखनेवाला श्रेष्ठ पुरुष भी शीघ्र ही नष्ट हो जाता है; क्योंकि संगति का प्रभाव अपना असर दिखाकर ही रहता है।

गोस्वामी तुलसीदास हमेशा प्रभु से यही प्रार्थना करते थे कि मुझे बुरे लोगों की संगति से दूर रखें। बुरे लोगों की संगति में स्वर्ग में रहने से बेहतर अच्छे लोगों की संगति में नरक में रहना है। व्यक्ति जल्दी या देर से ही सही, अपने साथ रहनेवाले लोगों की संगति से जरूर प्रभावित होता है। बुरे लोगों की संगति की तुलना किसी डरावने सपने से की जाती है। वे अपने स्वार्थ की पूर्ति के लिए आपको किसी भी तरह की हानि पहुँचाने से नहीं चूकेंगे। ऐसे व्यक्तियों की संगति में रहने से व्यक्ति समाज में अपनी प्रतिष्ठा को भी खोता है। आगे चलकर उसका सम्मान नष्ट होता जाता है।

संबंध बराबरी में

समाने शोभते प्रीतिः राज्ञि सेवा च शोभते।
वाणिज्यं व्यवहारेषु दिव्या स्त्री शोभते गृहे॥20॥

यहाँ आचार्य मित्रता व व्यवसाय में समानता के स्तर के महत्त्व को प्रतिपादित करते हुए कहते हैं कि समान स्तरवाले व्यक्ति से ही मित्रता

शोभा देती है। सेवा राजा को शोभा देती है। वैश्यों को व्यापार करना शोभा देता है। शुभ स्त्री घर की शोभा है।

उन्हीं लोगों की मित्रता टिक पाती है, जिनके विचार और बुद्धि एक समान हों। उन्हीं लोगों की मित्रता पल्लवित होती है, जो एक जैसी सोच वाले होते हैं।

हर किसी की अपनी भूमिका होती है, यह सिद्धांत सच में भी लागू होता है। एक क्षत्रिय शासन करता है और अपने लोगों की रक्षा करता है। वह व्यवसाय करने के लायक नहीं है। व्यवसाय करना वैश्यों का काम है। हर व्यक्ति अपने लिए निर्धारित भूमिका में ही खरा उतरता है। एक शूद्र अपनी योग्यतानुसार ब्राह्मण, क्षत्रिय और वैश्य को अपनी सेवाएँ प्रदान करता है। इसी प्रकार से एक सुंदर व सुशील लड़की किसी व्यक्ति की पत्नी बनकर उसके घर की शोभा और उसके सम्मान को बढ़ाती है। □

अध्याय-3

जहाँ मूर्खों की पूजा नहीं की जाती, जहाँ अन्न आवश्यकता से अधिक होता है और विवाहित जोड़े झगड़ते नहीं—महालक्ष्मी (धन की देवी) वहीं विराजती हैं।

हमेशा प्रसन्नचित्त कौन

कस्य दोषः कुले नास्ति व्याधिना को न पीडितः।
व्यसनं केन न प्राप्तं कस्य सौख्यं निरन्तरम्॥1॥

यहाँ आचार्य चाणक्य कहते हैं कि दोष कहाँ नहीं है? इसी आशय से उनका कहना है कि किसके कुल में दोष नहीं है? रोग किसे दुःखी नहीं करता है? दुःख किसे नहीं मिलता और निरंतर सुखी कौन रहता है, अर्थात् कुछ-न-कुछ कमी तो सब जगह है और यह एक कड़वी सच्चाई है। दुनिया में कोई भी ऐसा व्यक्ति नहीं है, जो कभी बीमार न पड़ा हो और जिसे कभी दुःख न हुआ हो या जो सदा सुखी रहा हो। तो फिर संकोच या दुःख किस बात का।

इस दुनिया में कोई भी व्यक्ति ऐसा नहीं है, जो अपने जीवन से पूरी तरह से संतुष्ट हो। कोई भी व्यक्ति ऐसा नहीं होगा, जो कभी किसी बीमारी से पीड़ित न हुआ हो। प्रत्येक व्यक्ति कभी-न-कभी किसी-न-किसी बीमारी से जरूर पीड़ित रहा होगा। दुनिया में कोई भी व्यक्ति ऐसा नहीं होगा, जिसने अपने जीवन में संघर्ष न किया हो।

हर व्यक्ति के जीवन में खुशियाँ और दर्द ठीक उसी प्रकार से आते-जाते रहते हैं, जैसे कभी गरमी होती है तो कभी सर्दी हो जाती है। बुरे समय में अपना दिल छोटा किए बिना अपने उद्देश्यों पर ध्यान देना ही सच्चे व्यक्ति की निशानी है। संकोची

व्यक्ति बिना लड़े ही आधा युद्ध तो अपने संकोची व्यवहार के कारण ही हार जाता है। ऐसा नहीं है कि केवल गरीब आदमी ही दु:खी है। सभी सुखों के बीच रहते हुए एक राजा भी दु:खी रहता है।

गुणवत्ता ही सही पहचान है

आचार: कुलमाख्याति देशमाख्याति भाषणम्।
सम्भ्रमः स्नेहमाख्याति वपुराख्याति भोजनम्॥2॥

आचार्य चाणक्य लक्षणों से प्राप्त संकेतों की चर्चा करते हुए कहते हैं कि आचरण से व्यक्ति के कुल का परिचय मिलता है। बोली से देश का पता चलता है। आदर-सत्कार से प्रेम तथा शरीर को देखकर व्यक्ति के भोजन का पता चलता है।

प्रत्येक परिवार अपने तौर-तरीकों की वजह से जाना जाता है। किसी भी व्यक्ति के व्यवहार से ही उसकी पारिवारिक पृष्ठभूमि का पता चल जाता है। अच्छे व्यवहार का अर्थ है कि उस व्यक्ति की परवरिश अच्छे संस्कारों के साथ हुई है; जबकि बुरा व्यवहार गलत परवरिश को दरशाता है।

ऐसा माना जाता है कि प्रत्येक क्षेत्र में भाषा का रूप बदल जाता है। बात करने के अंदाज से पता चलता है कि अमुक व्यक्ति किस प्रदेश का रहनेवाला है। उसके बातचीत करने का तौर-तरीका, बड़ों के प्रति आदर-भाव उसके मन में विद्यमान प्रेम और स्नेह को जताते हैं। कोई भी व्यक्ति बहुत देर तक अपने व्यवहार को छुपाकर नहीं रख सकता। अंततः उसका सच्चा व्यवहार सामने आ ही जाता है।

जैसे व्यवहार व्यक्ति के चरित्र को दरशाता है, ठीक उसी प्रकार से उसकी शारीरिक चेष्टाएँ उसके खान-पान के तरीके को प्रकट करती हैं।

व्यावहारिकता

सुकुले योजयेत्कन्यां पुत्रं विद्यासु योजयेत्।
व्यसने योजयेच्छत्रुं मित्रं धर्मे नियोजयेत्॥3॥

यहाँ आचार्य चाणक्य व्यावहारिकता की चर्चा करते हुए कहते हैं कि कन्या का विवाह किसी अच्छे घर में करना चाहिए, पुत्र को पढ़ाई-

लिखाई में लगा देना चाहिए, मित्र को अच्छे कार्यों में तथा शत्रु को बुराइयों में लगा देना चाहिए। यही व्यावहारिकता है।

व्यावहारिक और बुद्धिमान व्यक्ति अपनी पुत्री का विवाह सम्मानित परिवार में ही करता है। वह अपने पुत्र को ऐसी शिक्षा देता है, जो आगे चलकर उसके पुत्र के लिए भी उपयुक्त हो; ऐसा ज्ञान, जो उसका जीवन और समाज में उसकी भूमिका को निर्धारित करने में मददगार साबित हो। वह अपने मित्र को अपना जीवन-स्तर सुधारने के लिए कठिन श्रम करने एवं ईमानदार रहने की सलाह देता है। वह अपने शत्रुओं को बुराई में लिप्त रहने को प्रेरित करता है, ताकि कभी भी वे बुराई को छोड़ न सकें और इस तरह से उनका नाश हो जाए।

दुष्ट व्यक्ति से बेहतर साँप

दुर्जनस्य च सर्पस्य वरं सर्पो न दुर्जनः।
सर्पो दंशति कालेन दुर्जनस्तु पदे पदे॥4॥

आचार्य चाणक्य यहाँ दुष्टता की दृष्टि से तुलना करते हुए उस पक्ष को रख रहे हैं, जहाँ दुष्टता का दुष्प्रभाव कम-से-कम पड़े। उनका मानना है कि दुष्ट और साँप—इन दोनों में साँप अच्छा है, न कि दुष्ट। साँप तो एक ही बार डँसता है, लेकिन दुष्ट तो पग-पग पर डँसता रहता है। इसलिए दुष्ट से हमेशा बचकर रहना चाहिए।

एक साँप किसी धूर्त और कपटी व्यक्ति से हजार गुना अच्छा है। वह अपने व्यवहार के अनुरूप किसी मनुष्य को एक ही बार डँसेगा, लेकिन कपटी व्यक्ति तो प्रतिदिन हानि पहुँचाता रहेगा। बुरे व्यक्ति को किसी सज्जन पुरुष को बिना कारण परेशान करने में आनंद आता है। हर किसी को दुष्ट व्यक्ति से दूर रहकर अपने समय और ऊर्जा को बचाना चाहिए।

ईमानदार मित्रों का चयन

एतदर्थं कुलीनानां नृपाः कुर्वन्ति संग्रहम्।
आदिमध्याऽवसानेषु न त्यजन्ति च ते नृपम्॥5॥

यहाँ पर आचार्य चाणक्य कुलीनता की विशेषता बताते हुए कहते हैं कि

कुलीन लोग आरंभ से अंत तक साथ नहीं छोड़ते हैं। वे वास्तव में संगति का धर्म निभाते हैं। इसलिए राजा गण कुलीन लोगों का संग्रह करते हैं, ताकि समय-समय पर उनसे सही सलाह ले सकें और जरूरत पड़ने पर उन्हें उनका साथ मिल सके।

यही वजह है कि एक राजा अपने आसपास ऐसे परिवारों को रखता है, जो सम्मानित हों। ऐसे लोगों की किसी भी तरह की धोखाधड़ी में संलग्न होने की संभावना कम होती है। उनके नैतिक मूल्य उन्हें किसी भी प्रकार का गलत कार्य करने से रोकते हैं। इसी वजह से वे किसी भी प्रकार की धोखाधड़ी में लिप्त नहीं होते हैं।

समंदर और सज्जन में कौन अच्छा

प्रलये भिन्नमर्यादा भवन्ति किल सागराः।
सागरा भेदमिच्छन्ति प्रलयेऽपि न साधवः॥6॥

यहाँ आचार्य चाणक्य परिस्थितिवश आचार में आनेवाले परिवर्तन के स्तर और स्थिति को इंगित करते हुए धीर-गंभीर व्यक्ति की श्रेष्ठता प्रतिपादित करते हुए कहते हैं कि सागर की तुलना में धीर-गंभीर पुरुष को श्रेष्ठ मानना चाहिए; क्योंकि जिस सागर को लोग इतना गंभीर समझते हैं, प्रलय आने पर वह भी अपनी मर्यादा भूल जाता है और किनारों को तोड़कर जल-थल एक कर देता है। परंतु साधु अथवा श्रेष्ठ व्यक्ति संकटों के आने पर भी श्रेष्ठ मर्यादाओं का उल्लंघन नहीं करता। अतः साधु पुरुष सागर से भी महान् होता है।

यह सच है कि समंदर संतुलित होता है; लेकिन एक सज्जन व्यक्ति उससे भी ज्यादा संतुलित और गंभीर होता है। हालाँकि सागर धीर-गंभीर होता है, वह सीमाओं में रहना जानता है; लेकिन जब उसमें उफान आता है तो प्रलय की स्थिति में वह अपनी सारी सीमाओं को तोड़ देता है। लेकिन सज्जन व्यक्ति, चाहे उनके ऊपर कितनी भी मुसीबतें क्यों न आएँ, वे अपनी मर्यादाओं का कभी भी उल्लंघन नहीं करते हैं। इसी कारण सागर से ज्यादा सज्जन व्यक्ति बेहतर होता है।

काँटे की तरह होता है मूर्ख

मूर्खस्तु परिहर्तव्यः प्रत्यक्षो द्विपदः पशुः।
भिनत्ति वाक्शल्येन अदृष्टः कण्टको यथा॥7॥

आचार्य चाणक्य यहाँ मूर्खों की बात करते हुए कहते हैं कि मूर्ख व्यक्ति को दो पैरोंवाला पशु समझकर उसका त्याग कर देना चाहिए; क्योंकि वह अपने शब्दों के शूल हर समय चुभोता रहता है। उसके शब्द ऐसे चुभते हैं, जैसे अदृश्य काँटा चुभ जाता है।

एक मूर्ख व्यक्ति पशुओं की तरह का व्यवहार करता है। जिस प्रकार से कोई पशु बिना सोचे-समझे कोई काम करता है, ठीक उसी प्रकार से मूर्ख व्यक्ति भी बिना सोचे-विचारे ही काम करता है। जिस प्रकार से पैर में चुभा हुआ कोई काँटा दर्द देता है, ठीक उसी प्रकार का दर्द मूर्ख व्यक्ति द्वारा कहे गए शब्दों से होता है। इसलिए चाणक्य यह कहते हैं कि मूर्ख व्यक्ति से दूर रहने में ही भलाई है।

अशिक्षित व्यक्ति बिना सुगंध के फूलों की तरह होता है

रूपयौवनसम्पन्नः विशालकुलसम्भवाः।
विद्याहीना न शोभन्ते निर्गन्धा इव किंशुकाः॥8॥

आचार्य चाणक्य विद्या का महत्त्व प्रतिपादित करते हुए कहते हैं कि रूप और जीवन से संपन्न, उच्च कुल में उत्पन्न होकर भी विद्याहीन मनुष्य सुगंधहीन फूल के समान होते हैं, जो शोभा नहीं देते हैं।

भले ही एक व्यक्ति कितना ही सुंदर क्यों न हो, वह युवा हो और अच्छे परिवार में पैदा हुआ हो; लेकिन वह अनपढ़ और मूर्ख है तो समाज में ऐसा व्यक्ति हँसी का पात्र बनता है। जिस प्रकार से किसी फूल की तभी प्रशंसा होती है, जब उसमें सुगंध हो; लेकिन सुगंध-विहीन फूल किसी काम का नहीं होता है। इसी तरह से किसी व्यक्ति की इज्जत उसकी शिक्षा के कारण ही होती है। अच्छी पढ़ाई किसी व्यक्ति के जीवन में अलग ही सुगंध बिखेरती है।

संस्कृति ही सुंदरता है

कोकिलानां स्वरो रूपं स्त्रीणां रूपं पतिव्रतम्।
विद्या रूपं कुरूपाणां क्षमा रूपं तपस्विनाम्॥9॥

आचार्य चाणक्य रूप की चर्चा करते हुए सूरत से ज्यादा सीरत को महत्त्व देते हुए कहते हैं कि कोयलों का रूप उनका स्वर है। पतिव्रता होना ही स्त्रियों की सुंदरता है। कुरूप लोगों का ज्ञान ही उनका रूप है और तपस्वियों का क्षमा-भाव ही उनका रूप है।

एक कोयल की सुंदरता उसकी मधुर आवाज है, जिससे वह सुननेवालों को मुग्ध कर देती है। एक स्त्री की सुंदरता उसका पातिव्रत्य, सांस्कारिक व्यवहार और उत्तम चरित्र है।

एक कुरूप व्यक्ति को भी समाज में उसकी शिक्षा की वजह से सम्मान मिलता है। चाणक्य दिखने में बिल्कुल भी सुंदर नहीं थे, लेकिन उनके गुणों की वजह से चंद्रगुप्त ने उन्हें अपना प्रधानमंत्री (महामात्य) बनाया था। चंद्रगुप्त को चाणक्य की बुद्धिमत्ता और कूटनीतिक चालों की वजह से बहुत ज्यादा सफलता मिली थी।

तपस्वियों का मुख्य गुण उनकी क्षमाशीलता है। एक पुरानी कहावत है कि शक्तिशाली व्यक्ति की क्षमाशीलता उसे महान् बनाती है। जो व्यक्ति अपनी तपस्या से अपने क्रोध पर नियंत्रण पा लेता है, वास्तव में उसमें ही किसी को क्षमा करने के गुण विकसित हो पाते हैं।

आत्मा की रक्षा

त्यजेदेकं कुलस्याऽर्थे ग्रामस्याऽर्थे कुलं त्यजेत्।
ग्रामं जनपदस्याऽर्थे आत्माऽर्थे पृथिवीं त्यजेत्॥10॥

आचार्य चाणक्य यहाँ क्रम से श्रेष्ठता को प्रतिपादित करते हुए कहते हैं कि व्यक्ति को चाहिए कि कुल के लिए एक व्यक्ति को त्याग दे। ग्राम के लिए कुल को त्याग देना चाहिए। राज्य की रक्षा के लिए ग्राम को तथा आत्मरक्षा के लिए संसार को भी त्याग देना चाहिए।

अगर किसी एक व्यक्ति का त्याग करने से किसी परिवार का भला होता हो, तो उस परिवार को उसका त्याग करते हुए हिचकिचाना नहीं चाहिए। इसी तरह से

अगर राष्ट्र का भला हो रहा हो तो किसी भी व्यक्ति को अपने घर और ग्राम का त्याग कर देना चाहिए। राष्ट्र का सम्मान सर्वोपरि है; लेकिन किसी के जीवन का मोल उससे ज्यादा है। अपने जीवन को बचाने के लिए संसार का भी त्याग कर देना चाहिए। इसका तात्पर्य यह है कि अपने जीवन को बचाना किसी भी चीज से अधिक महत्त्वपूर्ण है; क्योंकि जीवन रहेगा, तभी कुछ हो पाएगा।

परिश्रम से ही मिलता है फल

उद्योगे नास्ति दारिद्र्यं जपतो नास्ति पातकम्।
मौने च कलहो नास्ति नास्ति जागरिते भयम्॥11॥

यहाँ आचार्य चाणक्य परिश्रम एवं आचरण की चर्चा करते हुए कहते हैं कि उद्यम से दरिद्रता और जप से पाप दूर हो जाता है। मौन रहने से कलह और जागते रहने से भय नहीं होता।

कोई भी कार्य करना अपने आप में ही किसी पुरस्कार से कम नहीं। कठिन श्रम गरीबी को खत्म करके सफलता की ओर ले जाता है। भगवान् की भक्ति अंतर की गंदगी को साफ करके आत्मा को पवित्र बनाती है। यह अच्छे काम करने के लिए प्रेरित करने के साथ-साथ बुराई से भी दूर ले जाती है।

कुछ स्थितियों में चुप रहना ही बेहतर है। इससे अनायास होनेवाले कलह से बचाव होता है। हालाँकि चुप रहना बहुत मुश्किल होता है, लेकिन कभी-कभी किसी खास परिस्थिति में चुप रहने का फायदा बहुत होता है। जो लोग सचेत रहते हैं और जागते रहते हैं, उन्हें किसी प्रकार का भय नहीं लगता है। वे सारी स्थितियों से बचने के लिए पहले से ही तैयार रहते हैं, इसलिए वे किसी भी स्थिति को आसानी से नियंत्रित कर लेते हैं।

अति संकट को आमंत्रित करती है

अतिरूपेण वै सीता अतिगर्वेण रावणः।
अतिदानं बलिर्दत्त्वा अति सर्वत्र वर्जयेत्॥12॥

यहाँ आचार्य चाणक्य 'अति सर्वत्र वर्जयेत्' के सिद्धांत का प्रतिपादन करते हुए कहते हैं कि अधिक सुंदरता के कारण ही सीताजी का हरण

हुआ था, अति घमंडी हो जाने के कारण ही रावण मारा गया था, अधिक दानी होने की वजह से ही राजा बलि को छला गया था। इसलिए अति सभी जगह वर्जित होती है, क्योंकि किसी भी चीज की अति अत्यंत संकटकारी होती है।

किसी भी चीज की अति हानिकारक होती है। एक बारहसिंगे का सींग देखने में बहुत सुंदर लगता है; लेकिन उसके सींग की यही सुंदरता उसके शिकार का कारण बनती है। शक्तिशाली मनुष्य सुंदर स्त्री के लिए लड़ता है। स्त्री की अत्यधिक सुंदरता ही उसे धोखा देती है। बदमाश और ऐयाश लोग उसे पाने का कोई भी मौका नहीं छोड़ते। इसी वजह से रावण ने अत्यधिक सुंदरी सीता का हरण किया था।

हालाँकि रावण विद्वान् था, किंतु अपने घमंड की वजह से वह सही-गलत के अंतर को भूल गया था। बहुत ज्यादा गौरव भी विनाश का कारण बनता है। घमंडी व्यक्ति अपने आपको अपनी योग्यता से ज्यादा आँकता है। वह दुश्मन को अपने से कमजोर मानने की भूल करता है।

इसी प्रकार से दान उसी व्यक्ति को देना चाहिए, जो उसके योग्य हो। एक या सभी को अत्यधिक दान देनेवाला व्यक्ति दान देने की अपनी अधिकता के कारण अपने लिए कठिनाई उत्पन्न कर सकता है। दानवीर कर्ण और दानी बलि ने अपनी दानशीलता की इसी अति के कारण अपने लिए संकट खड़ा कर लिया था। अपनी दानशीलता के कारण राजा बलि ने अपनी सारी संपत्ति दान कर दी थी और कर्ण ने स्वयं को बचानेवाले अपने कवच का दान करके अपने लिए मृत्यु का रास्ता चुन लिया था। इसलिए अच्छी-बुरी दोनों चीजों की अति खतरनाक है।

योग्यता एक हथियार है

को हि भारः समर्थानां किं दूरं व्यवसायिनाम्।
को विदेशः सविद्यानां कः परः प्रियवादिनाम्॥13॥

आचार्य चाणक्य मधुर भाषिता को व्यक्तित्व का महत्त्वपूर्ण गुण बताते हुए कहते हैं कि सामथ्र्यवान् व्यक्ति के लिए कोई वस्तु भारी नहीं होती। व्यापारियों के लिए कोई जगह दूर नहीं होती। विद्वान् के लिए कहीं विदेश नहीं होता। मधुर बोलनेवालों के लिए कोई भी पराया नहीं होता।

योग्य व्यक्ति के लिए कोई भी कार्य मुश्किल नहीं है। वह सारी रुकावटों को अपने रास्ते से दूर करके अपने लक्ष्य तक पहुँच ही जाता है।

एक कुशल व्यवसायी किसी भी स्थान पर व्यवसाय कर सकता है। वह विदेशों में जाता है और वहाँ पर भी अपने व्यापार को जमा लेता है।

विद्वान् के लिए कोई भी जगह विदेश नहीं होती है। वह जहाँ भी रहता है, उसे अपना देश बना लेता है। इसी प्रकार से मीठा बोलनेवाला व्यक्ति सभी लोगों का मन जीत लेता है। उसके लिए कोई भी अजनबी नहीं रह जाता है।

योग्य पुत्र

एकेनाऽपि सुवृक्षेण पुष्पितेन सुगन्धिना।
वासितं तद्वनं सर्वं सुपुत्रेण कुलं तथा॥14॥

गुणवान् एक भी पर्याप्त होता है। वह अपने गुणों का विस्तार करके नाम कमा लेता है। आचार्य चाणक्य का कहना है कि वन में खिले हुए सुंदर फूलोंवाला एक ही वृक्ष अपनी सुगंध से सारे वन को सुगंधित कर देता है, ठीक इसी प्रकार से एक ही योग्य पुत्र अपने सारे कुल के नाम को ऊँचा कर देता है।

जिस प्रकार से सुगंधित पुष्पोंवाला एक वृक्ष ही पूरे बगीचे की शोभा को बढ़ानेवाला होता है, ठीक उसी प्रकार से एक योग्य पुत्र ही किसी परिवार की प्रतिष्ठा और स्तर को पूरे समाज में ऊँचा उठानेवाला होता है। बहुत सारे अयोग्य पुत्रों की बजाय एक योग्य पुत्र का होना ही अच्छा है।

अयोग्य पुत्र

एकेन शुष्कवृक्षेण दह्यमानेन वह्निना।
दह्यते तद्वनं सर्वं कुपुत्रेण कुलं तथा॥15॥

आचार्य चाणक्य गुणवत्ता को प्रतिपादित करते हुए कहते हैं कि जिस प्रकार एक ही सूखे वृक्ष में आग लग जाने से पूरा जंगल जल जाता है, ठीक उसी प्रकार से एक ही कुपुत्र सारे कुल को बदनाम करने के लिए काफी होता है।

जिस प्रकार से एक सूखे पेड़ में लगी आग पूरे जंगल को जलाकर राख कर देती है, ठीक उसी प्रकार से एक कुपुत्र के बुरे कर्म पूरे परिवार को समाज में बदनाम करने के लिए काफी हैं। ऐसा पुत्र अच्छे और बुरे में फर्क करने में असमर्थ होता है। उसकी एक गलत हरकत पूरे परिवार के सम्मान के टुकड़े-टुकड़े कर देती है। प्रत्येक माता-पिता का यह कर्तव्य है कि वे अपनी संतान को सही मार्गदर्शन दें और उसके अंदर अच्छे नैतिक मूल्य रोपित करें।

शिक्षित पुत्र परिवार का गौरव

एकेनाऽपि सुपुत्रेण विद्यायुक्तेन साधुना।
आह्लादितं कुलं सर्वं यथा चन्द्रेण शर्वरी॥16॥

यहाँ भी आचार्य चाणक्य गुणवान् के अकेले होने पर भी बहुसंख्यक की अपेक्षा कमतरों की सार्थकता को सिद्ध करते हुए कहते हैं कि जिस प्रकार अकेला चंद्रमा रात की शोभा बढ़ा देता है, अंधकार को दूर करके उजाला फैला देता है, ठीक उसी प्रकार से एक योग्य पुत्र कुल की मान-प्रतिष्ठा को बढ़ा देता है।

किसी भी परिवार की प्रतिष्ठा धन से नहीं, परिवार के सदस्यों के नैतिक मूल्यों और संस्कारों से बनती है। अगर धनवान् परिवार के सदस्य असभ्य हों तो ऐसे धनी परिवारों की समाज में कोई प्रतिष्ठा नहीं रह जाती है। प्रत्येक पिता को अपने बच्चे को अच्छे संस्कार देने चाहिए और उसके अंदर अच्छे नैतिक मूल्य डालने चाहिए।

जिस प्रकार से चाँदनी रात अँधेरे को दूर कर देती है, ठीक उसी प्रकार से शिक्षित पुत्र अपने बड़ों का आदर और सम्मान करके अपने परिवार की प्रतिष्ठा को ऊँचा उठा सकता है।

पुत्र, जो खुशियाँ दे

किं जातैर्बहुभिः पुत्रैः शोकसन्तापकारकैः।
वरमेकः कुलाऽऽलम्बी यत्र विश्राम्यते कुलम्॥17॥

आचार्य चाणक्य एक ही गुणवान् पुत्र की पर्याप्तता को प्रतिपादित करते हुए कहते हैं कि शोक और संताप उत्पन्न करनेवाले अनेक पुत्रों के

पैदा होने से क्या लाभ। कुल को सहारा देनेवाला एक ही पुत्र श्रेष्ठ है, जिसके सहारे सारा कुल विश्राम करता है।

सौ असमर्थ और दुष्ट पुत्रों की अपेक्षा एक अच्छे संस्कारोंवाला शिक्षित बेटा होना अच्छा है। बुरे व्यवहारवाले पुत्र अपने पिता का नाम डुबोते हैं। वे उन्हें समाज में मुँह दिखाने लायक नहीं छोड़ते। परिवार की प्रतिष्ठा पुत्रों की संख्या पर नहीं, पुत्र के सदाचारी और शिक्षित होने पर निर्भर करती है। अगर ऐसा न होता तो सौ पुत्र होने के कारण धृतराष्ट्र का नाम इतिहास में स्वर्णाक्षरों में लिखा जाता। एक योग्य पुत्र पूरे परिवार की प्रतिष्ठा को बढ़ाने के लिए पर्याप्त है।

जिस प्रकार से एक छोटा सा लैंप अपने उजाले से अँधेरे को दूर कर देता है, ठीक उसी प्रकार से एक संस्कारी पुत्र पूरे परिवार की खुशियों का कारण बनता है।

पुत्र के साथ मित्र जैसा व्यवहार

लालयेत् पञ्च वर्षाणि दश वर्षाणि ताडयेत्।
प्राप्ते तु षोडशे वर्षे पुत्रं मित्रवदाचरेत्॥18॥

पुत्र के लालन-पालन में माता-पिता के दायित्व को प्रतिपादित करते हुए आचार्य चाणक्य कहते हैं कि पुत्र का पाँच वर्ष तक लालन करें, दस वर्ष तक ताड़न करें। सोलहवाँ साल लग जाने पर उसके साथ मित्र के समान व्यवहार करना चाहिए।

एक बुद्धिमान पिता को अपने पुत्र को उसके जन्म के शुरुआती पाँच वर्षों तक भरपूर प्यार-दुलार से पालना चाहिए, क्योंकि वह पूरी तरह से अपने माता-पिता पर निर्भर रहता है। यह उम्र उसके खेलने-कूदने की होती है। पाँच वर्ष से पंद्रह वर्ष तक की उम्र बहुत नाजुक होती है। यह बच्चों में संस्कार रोपित करने की उम्र होती है। इसलिए इस उम्र में माता-पिता को अपनी संतान को कड़े अनुशासन में पालना चाहिए, ताकि वह बुरी आदतों को न सीख सके। सच तो यह है कि अगर नींव कमजोर होती है तो इमारत भी कमजोर ही रहती है। इस समय अगर अपने पुत्र को सही संस्कार देने के लिए दंडित भी करना पड़े तो उससे हिचकना नहीं चाहिए।

सही-गलत एवं उचित-अनुचित में अंतर करने की सीख किसी पुत्र को अपने पिता से ही मिलती है। यह एक पिता का दायित्व है कि जब तक पुत्र सोलहवें साल में

न पहुँच जाए, तब तक वह उसे अच्छे संस्कार और नैतिक मूल्यों की सीख देता रहे।

सोलह साल का हो जाने पर बेटा समझदार हो जाता है। उसके बाद उसके व्यवहार में किसी भी तरह का बदलाव लाना संभव नहीं है। इस उम्र में अगर पिता अपने पुत्र के जीवन में ज्यादा हस्तक्षेप करता है तो दोनों का संबंध खराब होते देर नहीं लगती। इस समय पुत्र को नियंत्रित करने की बजाय उसके साथ मित्रवत् व्यवहार करना ही उचित है। सोलहवें साल में पिता को अपने पुत्र को अपना मित्र बना लेना चाहिए।

जीवन से अधिक मूल्यवान् कुछ नहीं

उपसर्गेऽन्यचक्रे च दुर्भिक्षे च भयावहे।
असाधुजनसम्पर्के यः पलायेत् स जीवति॥19॥

आचार्य चाणक्य समय की सूझ की चर्चा करते हुए कहते हैं कि उपद्रव या लड़ाई हो जाने पर, भयंकर अकाल पड़ने पर और दुष्टों का साथ मिल जाने पर भाग जानेवाला व्यक्ति ही वास्तव में जीवित रह पाता है। आशय यह है कि अन्य लोगों के बीच में लड़ाई-झगड़ा व दंगा-फसाद हो जाने पर, भयंकर अकाल पड़ जाने पर और दुष्ट लोगों के संपर्क में आ जाने पर उस स्थान को छोड़कर भाग जानेवाला व्यक्ति ही अपने जीवन को बचा पाता है। ऐसी जगहों से भाग जाना ही समझदारी है, क्योंकि जीवन से अधिक मूल्यवान् कुछ भी नहीं है।

यह सच है कि अगर जीवन सही-सलामत रहे तो व्यक्ति किसी भी ऊँचाई को तय कर सकता है। इस श्लोक में आचार्य चाणक्य कहते हैं कि जो आपके जीवन को खतरे में डालती हैं, उन सारी स्थितियों को छोड़ दें। प्राकृतिक तौर पर आनेवाली आपदा पर किसी का भी नियंत्रण नहीं होता। ऐसी स्थिति आने पर व्यक्ति को अपने घर और मूल्यवान् वस्तुओं को बचाने की चिंता करने की बजाय अपने खुद के जीवन को बचाना चाहिए, क्योंकि जीवन से अधिक मूल्यवान् कुछ भी नहीं है।

युद्ध का अर्थ है विनाश। यह अपने पीछे तबाही के निशान छोड़ जाता है। युद्ध में बहुत सारे लोगों की जिंदगियाँ खत्म हो जाती हैं। ऐसी स्थिति आने पर किसी भी व्यक्ति को किसी सुरक्षित स्थान पर चले जाना चाहिए।

इसी प्रकार से बुरे लोगों की संगति से भी व्यक्ति के जीवन में गिरावट आती

है। एक व्यक्ति ऐसे लोगों की संगति में रहने से अपने सिद्धांतों और नैतिक मूल्यों को भूल जाता है। ऐसे लोग मीठे जहर की तरह होते हैं, जो कि अमुक व्यक्ति के जीवन को खराब कर देते हैं। इसलिए यह बेहद जरूरी है कि व्यक्ति ऐसे लोगों की संगति का तत्काल ही त्याग कर दे।

बिना उद्देश्य के जीवन नरक है

धर्मार्थकाममोक्षाणां यस्यैकोऽपि न विद्यते।
जन्म-जन्मनि मर्त्येषु मरणं तस्य केवलम्॥20॥

जीवन की निरर्थकता की चर्चा करते हुए आचार्य चाणक्य कहते हैं कि जिस मनुष्य को धर्म, अर्थ, काम, मोक्ष में से एक भी वस्तु नहीं मिल पाती, उसका जन्म केवल मरने के लिए ही होता है।

वैदिक परंपरा के अनुसार धर्म, अर्थ, काम, मोक्ष—ये सारे उद्देश्य जीवन के लिए बेहद आवश्यक हैं। एक व्यक्ति, जो मानवता की भलाई के लिए अच्छे कर्म न करता हो, उसका जीवन व्यर्थ है। वह जीवन की खुशियों का आनंद भी नहीं ले पाता है। जो व्यक्ति मोक्ष पाने के लिए कोई उपाय नहीं करता है, उसका जीवन भी उद्देश्यहीन है। जो व्यक्ति इन चारों में से किसी एक को भी प्राप्त नहीं कर पाते, उनका जीवन मरे हुए व्यक्ति के समान है।

कहाँ टिकती हैं माँ लक्ष्मी

मूर्खा यत्र न पूज्यन्ते धान्यं यत्र सुसञ्चितम्।
दम्पत्योः कलहो नाऽस्ति तत्र श्रीः स्वयमागता॥21॥

आचार्य चाणक्य यहाँ विद्वानों एवं स्त्री के सम्मान में खुशहाली एवं शांति की स्थिति को प्रतिपादित करते हुए कहते हैं कि जहाँ मूर्खों का सम्मान नहीं होता, अन्न का भंडार भरा रहता है और पति-पत्नी में कलह नहीं होती, वहाँ लक्ष्मीजी स्वयं आती हैं।

माता लक्ष्मी सुख-शांति और समृद्धि का प्रतीक हैं, जिसे प्राप्त करना हर व्यक्ति की इच्छा होती है। इस श्लोक में आचार्य चाणक्य कहते हैं कि माँ लक्ष्मी उसी जगह पर निवास करती हैं, जहाँ विद्या की देवी सरस्वती का वास होता है। उसी राष्ट्र और

परिवार की उन्नति होती है, जहाँ पर शिक्षितों को सम्मान प्राप्त होता है। शिक्षित व्यक्ति दूरदर्शी होते हैं, जबकि मूर्ख व्यक्ति की सोच छोटी होती है। किसी मूर्ख व्यक्ति की सलाह पर अमल करने से खुद की ही हानि होती है।

शांति का सीधा संबंध समृद्धि से होता है। जिस जगह पर शांति होती है, वहाँ पर स्वत: ही समृद्धि का मार्ग खुल जाता है। जिस परिवार में पति-पत्नी में कलह होता है, वहाँ पर लक्ष्मी का वास नहीं होता। वह परिवार कलह की वजह से बरबाद हो जाता है। प्रेम और सहयोग ही उन्नति का रास्ता है। जिस परिवार में प्रेम और स्नेह होता है, वहाँ पर खुशियाँ विराजती हैं।

यही सिद्धांत राष्ट्र की उन्नति के लिए भी काम करता है। एक राष्ट्र, जहाँ पर विद्वानों का सम्मान होता है, देश के नागरिकों में प्रेम और सौहार्द होता है, वहाँ पर भंडार भरा होता है और वही राष्ट्र प्रगति के पथ पर अग्रसर होता है।

□

अध्याय-4

एक गौ, जो दूध नहीं देती और बछड़े को जन्म नहीं दे सकती या ऐसा पुत्र, जो अपने माता-पिता की उपेक्षा करता है और बुद्धिमान नहीं, वे दोनों किसी काम के नहीं होते।

विधाता की भूमिका (भाग्य के रचयिता)

आयुः कर्म च वित्तं च विद्या निधनमेव च।
पञ्चैतानि हि सृज्यन्ते गर्भस्थस्यैव देहिनः॥1॥

यहाँ आचार्य चाणक्य भाग्य को लक्ष्य करके मानव जीवन के प्रारंभ में उसके लेखन को प्रतिपादित करते हुए कहते हैं कि आयु, कर्म, धन, विद्या, निधन—ये पाँच चीजें प्राणी के भाग्य में तभी लिख दी जाती हैं, जब वह माँ के गर्भ में ही होता है।

जब बच्चा माँ के गर्भ में विकसित होता है, उसी समय उसके भाग्य में विधाता द्वारा ये पाँच बातें उसकी आयु, कर्म, धन, विद्या और निधन लिख दी जाती हैं। बाद में कोई भी इसे बदल नहीं सकता। यही कारण है कि प्रत्येक व्यक्ति बिना किसी लगाव और परिणाम की प्रतीक्षा के अपने दायित्वों की पूर्ति करता है। जो भी किसी के भाग्य में लिखा है, कोई भी व्यक्ति इस बात से मुकर नहीं सकता। किसी भी व्यक्ति को उसके कर्म और भाग्य से ज्यादा कोई भी चीज नहीं मिलती।

विद्वान् लोगों की संगति स्वर्ग के समान

साधुभ्यस्ते निवर्तन्ते पुत्रा मित्राणि बान्धवाः।
ये च तैः सह गन्तारस्तद्धर्मात् सुकृतं कुलम्॥2॥

यहाँ आचार्य चाणक्य संतों की सेवा को महत्त्व देते हुए कहते हैं कि संसार के अधिकतर पुत्र, मित्र और भाई साधु-महात्माओं, विद्वानों आदि की संगति से दूर रहते हैं। जो लोग सत्संगति करते हैं, वे अपने कुल को पवित्र कर देते हैं।

हम अपने आसपास देखने पर पाते हैं कि बहुत सारे लोग सुख-सुविधाओं के चक्र में बुरी तरह से फँसे हुए हैं। ऐसे लोग संत प्रवृत्ति के लोगों की संगति से दूर रहते हैं। इस तरह के रवैए से वे दुनिया के झमेले में फँसे रह जाते हैं और अच्छे विचारों एवं अच्छे लोगों की संगति से दूर रह जाते हैं। केवल भगवा संतों के आगे सिर झुका लेना और उनके प्रवचनों में भाग ले लेना रह काफी नहीं है। प्रवचन में सुने विचारों को अपने जीवन में आत्मसात् करना भी जरूरी है।

जो लोग अपने जीवन में अच्छे लोगों का साथ अपनाते हैं और उनके अच्छे विचारों को सुनकर उसे अपना जीवन का हिस्सा बनाते हैं, वे लोग अपने मन को पवित्र करके समाज कार्य की ओर प्रवृत्त होते हैं। एक बार यह समझ जाएँगे कि शरीर नश्वर है, तो खुद को नश्वर खुशियों के मोह से स्वत: ही मुक्त कर लेंगे।

अच्छा साथ माँ के जैसा

दर्शनध्यानसंस्पर्शैर्मत्सी कूर्मी च पक्षिणी।
शिशुं पालयते नित्यं तथा सज्जनसंगति:।।3।।

आचार्य चाणक्य यहाँ सत्संगति की चर्चा करते हुए कहते हैं कि जैसे मछली, मादा कछुआ और चिड़िया अपने बच्चों का पालन क्रमश: देखकर, ध्यान देकर तथा स्पर्श से करती हैं, उसी प्रकार सत्संगति भी हर स्थिति में मनुष्यों का पालन करती है।

मछली अपनी एक आँख हमेशा अपने बच्चे पर रखती है। मादा कछुआ अपने बच्चे की परवरिश करते समय उसका पूरा खयाल रखती है। इसी प्रकार से चिड़िया अपने बच्चे का ध्यान रखती है और उसकी देखभाल करती है। जिस प्रकार से पक्षी अपने बच्चों का ध्यान रखते हैं, ठीक उसी प्रकार का ध्यान बच्चे की परवरिश के लिए रखना होता है। यह जिम्मेदारी आमतौर पर एक माता की ही होती है। वह अपने बच्चे की प्रथम शिक्षक होती है। वह अपने बच्चे को अच्छे संस्कार देती है। वह

उसे समझाती है कि व्यक्तित्व के संपूर्ण विकास के लिए अच्छे लोगों की संगति में रहना बहुत जरूरी होता है।

अच्छी संगति अँधेरे से बाहर निकालने का काम करती है। यह व्यक्ति को अच्छे-बुरे व सही-गलत की पहचान करने की सीख देती है। व्यक्तित्व के संपूर्ण विकास के लिए अच्छे लोगों का साथ जरूरी है।

प्रार्थना का महत्त्व

यावत्स्वस्थो ह्ययं देहो यावन्मृत्युश्च दूरतः।
तावदात्महितं कुर्यात् प्राणान्ते किं करिष्यति॥4॥

इन पंक्तियों में आचार्य चाणक्य आत्म-कल्याण का मार्ग प्रशस्त करते हुए कहते हैं कि जब तक शरीर स्वस्थ है, तभी तक मृत्यु भी दूर रहती है। अतः तभी आत्मा का कल्याण कर लेना चाहिए, जब शरीर में बल हो। प्राणों का अंत हो जाने पर क्या करेगा? केवल पश्चात्ताप ही शेष रह जाएगा।

प्रार्थना का जीवन में बहुत महत्त्व है। इससे आत्मा पवित्र होती है। आपको जब भी मौका मिले, प्रार्थना जरूर करिए। इसे अपनी प्रतिदिन की दिनचर्या का हिस्सा बना लेना चाहिए। प्रार्थना को बुढ़ापे के लिए नहीं छोड़ना चाहिए, क्योंकि यह किसी को भी पता नहीं है कि उसका जीवन कितने दिनों की है। नियमित प्रार्थना करने से सकारात्मक सोच विकसित होती है।

यमराज अपने कर्तव्य का पालन करने में कभी भी पीछे नहीं रहते। वे जब जिसकी मृत्यु नियत है, उसे उस समय ले जाते हैं। हममें से बहुत सारे लोगों के लिए वे बिन बुलाए मेहगान की तरह हैं। कोई भी नहीं चाहता कि वे उनके पास आएँ। आत्मा की भलाई मृत्यु के बाद संभव नहीं है। इसलिए जब तक जीवन है, उसमें से कुछ समय भगवान् की प्रार्थना के लिए निकाल लें। अपने जीवन में अच्छे नैतिक मूल्यों को विकसित करके और प्रतिदिन प्रार्थना करके आप अपने जीवन को सार्थक बना सकते हैं।

शिक्षा कामधेनु गाय (इच्छा पूरी करनेवाली) के समान

कामधेनुगुणा विद्या ह्यकाले फलदायिनी।
प्रवासे मातृसदृशी विद्या गुप्तं धनं स्मृतम्॥5॥

यहाँ आचार्य चाणक्य विद्या के महत्त्व को प्रतिपादित करते हुए उसके प्रयोजन और उपयोग की चर्चा कर रहे हैं। उनका कहना है कि विद्या कामधेनु के समान गुणोंवाली है। यह बुरे समय में भी फल देनेवाली है, प्रवास काल में माँ के समान है तथा यह ऐसा गुप्त धन है, जिसे कोई भी छीन नहीं सकता।

परंपराओं में ऐसा माना गया है कि जिस प्रकार कामधेनु गाय सारी इच्छाओं को पूरी करनेवाली होती है, ठीक उसी प्रकार से विद्या भी सारी इच्छाओं को पूरा करती है। बुरे समय में किसी व्यक्ति को अपने संबंधियों, मित्रों और धन की देवी माता लक्ष्मी का साथ नहीं मिलता है; लेकिन उसके बुरे समय में भी विद्या रूपी धन हमेशा उसके साथ रहता है। अपनी शिक्षा के सहारे कोई व्यक्ति अपने बुरे दिनों से भी आसानी से पार पा लेता है। उसकी सहायता से वह फिर से अपनी प्रसिद्धि और समृद्धि को पा लेता है।

विद्या ऐसे गुप्त धन की तरह होती है, जिसका केवल अनुभव किया जा सकता है। कोई भी शक्ति किसी से विद्या रूपी धन को नहीं छीन सकती। विदेशों में विद्या मार्गदर्शक का काम करती है।

गुणवान् पुत्र

वरमेको गुणी पुत्रो निर्गुणैश्च शतैरपिः।
एकश्चन्द्रस्तमो हन्ति न च ताराः सहस्रशः॥6॥

आचार्य चाणक्य यहाँ उपादेयता, गुण तथा योग्यता के आधार पर पुत्र के महत्त्व को प्रतिपादित करते हुए कहते हैं कि केवल एक गुणवान् और विद्वान् पुत्र ही सैकड़ों गुणहीन व निकम्मे पुत्रों से अच्छा होता है। जिस प्रकार अकेला एक चाँद रात्रि के अंधकार को दूर करता है, जबकि असंख्य तारे मिलकर भी गहन अंधकार को दूर नहीं कर सकते। एक गुणी पुत्र ही अपने कुल का नाम रोशन करता है।

आसमान में हजारों तारे होते हैं; लेकिन रात का अँधेरा उनसे नहीं, बल्कि चंद्रमा की रोशनी से ही दूर होता है। सितारे चमकते जरूर हैं, लेकिन वे रात का अँधेरा दूर करने में सक्षम नहीं होते हैं। इसी प्रकार से सौ मूर्ख पुत्र होने की बजाय एक गुणी और योग्य संतान होना ही पर्याप्त है। वह अकेला कुल का नाम रोशन करने के लिए पर्याप्त होता है।

मूर्ख पुत्र किसी काम का नहीं

मूर्खश्चिरायुर्जातोऽपि तस्माज्जातमृतो वरः।
मृतः स चाऽल्पदुःखाय यावज्जीवं जडो दहेत्॥7॥

आचार्य चाणक्य इस श्लोक में मूर्ख पुत्र की निरर्थकता पर टिप्पणी करते हुए कहते हैं कि मूर्ख पुत्र का चिरायु होने से मर जाना अच्छा है; क्योंकि ऐसे पुत्र के मरने पर एक बार ही दुःख होता है, जीवित रहने पर वह जीवन भर जलाता रहता है।

बुरा और मूर्ख पुत्र कुल का नाम खराब करनेवाला होता है। वह अच्छे और बुरे में फर्क करने के योग्य नहीं होता है। उसके बुरे निर्णयों का फल पूरे परिवार को भुगतना होता है। ऐसे पुत्र का चिरायु होने से मर जाना ही अच्छा है। उसके मरने पर तो एक बार ही दुःख होगा, लेकिन जीवित रहकर वह प्रतिदिन परिवार को संताप देता रहेगा।

नरक समान छह बातें

कुग्रामवासः कुलहीनसेवा कुभोजनं क्रोधमुखी च भार्या।
पुत्रश्च मूर्खो विधवा च कन्या विनाऽग्निना षट् प्रदहन्ति कायम्॥8॥

यहाँ आचार्य चाणक्य उन छह बातों का उल्लेख कर रहे हैं, जिनसे अकसर व्यक्ति को हानि ही होती है। उनका कहना है कि दुष्टों के गाँव में रहना, कुलहीन लोगों की सेवा, कुभोजन, कर्कशा पत्नी, मूर्ख पुत्र तथा विधवा पुत्री—ये सब व्यक्ति को बिना आग के जला डालते हैं।

बुरे व्यक्ति की संगति गलत आदतें ही सिखाती है। वह सारी अच्छी आदतों और अच्छे व्यवहार को समाप्त कर देती है। किसी भी व्यक्ति को दुष्ट और धूर्त व्यक्ति

की संगति में नहीं रहना चाहिए। अच्छे लोगों की संगति में रहने से अच्छी आदतें सीखने को मिलती हैं, जबकि बुरा व्यक्ति गलत निर्णय लेने को ही प्रेरित करता है।

एक झगड़ालू पत्नी पूरे परिवार की सुख-शांति को खत्म कर देती है। इसी तरह से मूर्ख संतान हमेशा ही अपने परिवार के लिए दुःखों का कारण बनती है। विधवा पुत्री अपने माता-पिता के जीवन को दुःखदायी बना देती है। ये छह बातें किसी भी व्यक्ति के जीवन को नष्ट कर देती हैं और उसे दिन-रात चिंता की आग में जलाती रहती हैं।

अयोग्य पुत्र कलंक के समान

किं तया क्रियते धेन्वा या न दोग्ध्री न च गर्भिणी।
कोऽर्थः पुत्रेण जातेन यो न विद्वान् न भक्तिमान्॥9॥

इस श्लोक में वस्तु की उपयोगिता को प्रतिपादित करते हुए आचार्य चाणक्य कहते हैं कि उस गाय का क्या करना, जो दूध न देती हो और न ही गाभिन होती हो। इसी प्रकार से उस पुत्र के जन्म लेने से क्या लाभ, जो न विद्वान् हो और न ही ईश्वर का भक्त हो।

वेदों में गाय को माँ का दर्जा दिया गया है। लेकिन तब गाय किसी काम की नहीं रह जाती, जब वह दूध नहीं दे पाती और गर्भवती नहीं हो पाती।

एक योग्य और भगवान् से डरनेवाला पुत्र अपने माता-पिता की सेवा करता है और अपने बेहतरीन निर्णयों से परिवार की प्रतिष्ठा को ऊँचा उठाता है; जबकि अयोग्य पुत्र अपने माता-पिता के लिए कलंक के समान होता है। वह हमेशा अपने परिवार की मान-प्रतिष्ठा को हानि पहुँचाने के प्रयास में ही लगा रहता है।

योग्य पुत्र, अच्छी पत्नी और बेहतरीन साथ

संसारतापदग्धानां त्रयो विश्रान्तिहेतवः।
अपत्यं च कलत्रं च सतां संगतिरेव च॥10॥

यहाँ आचार्य चाणक्य दुःख के समय व्यक्ति को शांति प्रदान करनेवाली वस्तुओं की चर्चा करते हुए कहते हैं कि सांसारिक ताप से जलते हुए लोगों को तीन ही चीजें आराम पहुँचा सकती हैं—संतान, पत्नी और सज्जन लोगों का साथ।

योग्य पुत्र, श्रेष्ठ पत्नी और सज्जन व्यक्तियों का साथ किसी भी व्यक्ति के लिए बेहद महत्त्वपूर्ण है। ये तीनों किसी के भी जीवन को सार्थक बना देते हैं। प्रतिभाशाली पुत्र हमेशा ही अपने परिवार को खुशी प्रदान करते हैं।

परम सत्य

सकृज्जल्पन्ति राजानः सकृज्जल्पन्ति पण्डिताः।
सकृत् कन्याः प्रदीयन्ते त्रीण्येतानि सकृत्सकृत्॥11॥

आचार्य चाणक्य यहाँ पर एक ही बार संयत कार्य करने के संदर्भ में बताते हुए कहते हैं कि राजा लोग एक बार बोलते हैं, पंडित लोग भी एक ही बार बोलते हैं तथा कन्यादान भी एक ही बार होता है। ये तीनों कार्य एक-एक बार ही होते हैं।

- आशय यह है कि राजा का आदेश एक ही बार होता है।
- विद्वान् लोग भी बात को एक ही बार बोलते हैं।
- कन्यादान भी जीवन में एक ही बार किया जाता है।

ये तीनों ही बातें दोहराई नहीं जाती हैं। एक राजा की बात को अनसुनी नहीं किया जा सकता। वे अपने आदेश को दुबारा नहीं बताते। उनका आदेश एक ही बार होता है। ज्ञानी पंडित केवल एक ही बार अपने मंत्रों का उच्चारण करते हैं। वे उसे दोबारा से दोहराते नहीं हैं। इसी प्रकार से किसी कन्या का विवाह उसके जीवन काल में एक ही बार होता है, इसलिए एक ही कन्या का दोबारा कन्यादान नहीं किया जा सकता। राजा और पंडित श्रद्धा के पात्र होते हैं। उनके द्वारा कहे गए शब्द परम सत्य होते हैं। इसी कारण से वे अपनी बातों को दोहराते नहीं हैं।

जब स्वयं से लड़ना हो तो ध्यान करें अकेले

एकाकिना तपो द्वाभ्यां पठनं गायनं त्रिभिः।
चतुर्भिर्गमनं क्षेत्रं पञ्चभिर्बहुभी रणः॥12॥

आचार्य चाणक्य यहाँ एकांत में मन के एकाग्रचित्त होने के पक्ष को प्रतिपादित करते हुए कहते हैं कि तप अकेले में करना ही उचित होता है। पढ़ने में दो, गाने में तीन, जाते समय चार, खेत में पाँच और युद्ध के समय अनेक व्यक्ति चाहिए होते हैं।

ध्यान करने के लिए पूरी एकाग्रता की जरूरत होती है। इसी कारण से ध्यान करते समय अकेले ही रहना चाहिए। जब दो विद्यार्थी एक साथ पढ़ते हैं तो यह आदर्श स्थिति होती है; क्योंकि वे एक-दूसरे के साथ अपने विचारों को बाँटकर अपने पाठ का अच्छी तरह से अध्ययन कर पाते हैं। जब तीन लोग एक साथ मिलकर गाना गाते हैं, तभी सुरीला संगीत तैयार हो पाता है। चार दोस्तों के साथ यात्रा करना सुखद और सुरक्षित होता है।

इसी प्रकार से जब पाँच लोग एक साथ मिलकर खेत में काम करते हैं तो वे अपना काम ज्यादा अच्छी तरह से कर पाते हैं; लेकिन युद्ध में लड़ने के लिए बहुत सारे लोगों की जरूरत होती है। जब बहुत सारे लोग साथ मिलकर युद्ध लड़ते हैं तो वे युद्ध में विजय की प्राप्ति करते हैं।

एक आदर्श पत्नी

सा भार्या या शुचिर्दक्षा सा भार्या या पतिव्रता।
सा भार्या या पतिप्रीता सा भार्या सत्यवादिनी॥13॥

पत्नी के स्वरूप की चर्चा करते हुए आचार्य चाणक्य कहते हैं कि वही अच्छी पत्नी है, जो पवित्र और कुशल हो। वही पत्नी है, जो पतिव्रता हो। वही पत्नी है, जिसे अपने पति से प्रीत हो। वही पत्नी है, जो पति से सत्य बोले।

प्रतिभाशाली, सत्यवादी, पवित्र और अपने पति का पूरी तरह से ध्यान रखनेवाली स्त्री ही आदर्श पत्नी होती है।

एक आदर्श पत्नी पवित्र विचारोंवाली, प्रतिष्ठित व्यवहारवाली और उचित बातचीत करनेवाली होती है। किसी भी परिवार की सुख-शांति ऐसी ही स्त्री पर निर्भर करती है। एक पवित्र और प्रतिभाशाली पत्नी ही किसी घर को आदर्श बना सकती है; जबकि स्वार्थी और महत्त्वाकांक्षी स्त्री किसी भी परिवार की सुख-शांति को नष्ट कर सकती है। स्वार्थी स्त्री सिर्फ अपने बारे में ही सोचती है। उसे परिवार की भलाई से कोई मतलब नहीं रहता। उसके अंदर त्याग की भावना नहीं होती है। वह परिवार में अनावश्यक विवाद उत्पन्न करने में सक्रिय रहती है।

निर्धनता अभिशाप है

अपुत्रस्य गृहं शून्यं दिशः शून्यास्त्वबान्धवाः।
मूर्खस्य हृदयं शून्यं सर्वशून्या दरिद्रता॥14॥

निर्धनता को अभिशाप मानते हुए आचार्य चाणक्य यहाँ इस श्लोक के माध्यम से कहते हैं कि पुत्रहीन के लिए घर सूना हो जाता है; जिसका भाई न हो, उसके लिए दिशाएँ सूनी हो जाती हैं; मूर्ख का हृदय सूना हो जाता है; पर निर्धन का तो सबकुछ सूना हो जाता है।

जिस घर में बच्चे रहते हैं, वह घर जीवित होता है। बिना भाई के किसी भी व्यक्ति का जीवन उद्देश्यहीन होता है। मुश्किलों के समय एक भाई ही साथ दे सकता है। एक भाई की उपस्थिति किसी भी व्यक्ति के जीवन में स्थायित्व लाती है।

एक मूर्ख व्यक्ति सही और गलत में फर्क महसूस नहीं कर पाता। कोई भी भावना उसे छू नहीं पाती है। इसी तरह से जो गरीब होता है, उसके लिए जीवन-यापन करना मुश्किल होता है। इसलिए उसे संसार में रहना भार के समान प्रतीत होता है। गरीबी सबसे बड़ा अभिशाप है। चाणक्य केवल एक कूटनीतिज्ञ ही नहीं, बल्कि महान् अर्थशास्त्री भी थे। हजारों साल पहले ही उन्होंने अशिक्षा को गरीबी का मूल कारण माना था।

विष के समान

अनभ्यासे विषं शास्त्रमजीर्णे भोजनं विषम्।
दरिद्रस्य विषं गोष्ठी वृद्धस्य तरुणी विषम्॥15॥

आचार्य चाणक्य अपने ज्ञान को चिरस्थायी व उपयोगी बनाए रखने के लिए अभ्यास पर जोर देते हुए कहते हैं कि जिस प्रकार बढ़िया-से-बढ़िया भोजन बदहजमी में लाभ के स्थान पर हानि पहुँचाता है और विष का काम करता है, उसी प्रकार निरंतर अभ्यास न करने से शास्त्र ज्ञान भी मनुष्य के लिए घातक विष के समान हो जाता है। जो व्यक्ति निर्धन व दरिद्र है, उसके लिए किसी भी प्रकार की सभाएँ व उत्सव विष के समान हैं और वृद्ध व्यक्ति के लिए युवा स्त्री विष के समान है।

शास्त्रों का गहन अध्ययन करना किसी काम का नहीं है, अगर उसका नियमित

अभ्यास न किया जाए। नियमित अभ्यास करने से व्यावहारिक ज्ञान बढ़ता है। जो विद्वान् केवल पुस्तकीय ज्ञान पर जोर देते हैं, वास्तव में उन्हें व्यावहारिक ज्ञान नहीं होता है। उनकी बातें अव्यावहारिक और अतार्किक होती हैं, जिसकी वजह से वे हर जगह हँसी का पात्र बनते हैं। किसी भी व्यक्ति को केवल उतना ही भोजन करना चाहिए, जितना वह आसानी से पचा सके। जरूरत से ज्यादा खाने से अपच की शिकायत हो जाती है, जो बिना बताए ही जाहिर हो जाती है।

निर्धन व्यक्ति के लिए कोई त्योहार और आयोजन विष के समान होता है। निर्धन व्यक्ति को ऐसा कोई आयोजन और पर्व देखकर जलन महसूस होती है। उसे समाज में किसी भी प्रकार का सम्मान प्राप्त नहीं होता है। सभी उसे हेय दृष्टि से देखते हैं। निर्धन व्यक्ति के लिए सभी अमीर लोग दुश्मन के समान होते हैं।

बुढ़ापा आने पर कोई भी व्यक्ति धीरे-धीरे करके अपनी सभी सांसारिक वस्तुओं का त्याग करता जाता है। इस उम्र में आने पर किसी जवान स्त्री के साथ की इच्छा हो सकती है, लेकिन यह उसके अनुकूल नहीं होता है। ऐसे व्यक्ति को समाज में घृणा की दृष्टि से देखा जाता है। वह समाज में परिहास का पात्र बन जाता है और जीवन भर में प्राप्त की हुई अपनी प्रतिष्ठा को भी खो देता है।

विश्वासघाती और धोखेबाज

त्यजेत् धर्मं दयाहीनं विद्याहीनं गुरुं त्यजेत्।
त्यजेत् क्रोधमुखीं भार्यां निःस्नेहान् बान्धवांस्त्यजेत्॥16॥

आचार्य चाणक्य यहाँ त्यागने योग्य धर्म का उल्लेख करते हुए कहते हैं कि धर्म में यदि दया न हो तो उसे त्याग देना चाहिए। विद्याहीन गुरु को, क्रोधी पत्नी को तथा स्नेहहीन बंधु-बांधवों को भी त्याग देना चाहिए।

किसी भी धर्म की बुनियाद विश्वास, अहिंसा और प्रेम है। एक धर्म ज्ञान का प्रचार करता है और एक-दूसरे के बीच में भाईचारे की भावना को विकसित करता है, न कि एक-दूसरे के मन में एक-दूसरे के प्रति विरोध और अहिंसा की भावना को मुखर करता है। जो धर्म हिंसा की सीख देता है, उसे तुरंत ही रद्द कर देना चाहिए।

एक शिक्षक ज्ञान का खजाना होता है। ऐसा शिक्षक, जिसे सभी चीजों का ज्ञान न हो, वह विद्यार्थियों का मार्गदर्शन करने के योग्य नहीं है। ऐसा शिक्षक समाज में कलंक के समान है। ऐसे शिक्षकों के विद्यार्थियों का भविष्य अंधकारमय होता है।

ऐसे शिक्षक से शिक्षा ग्रहण करने से बचना चाहिए।

पति-पत्नी एक गाड़ी के दो पहिए के समान हैं। उनके परिवार में तभी उन्नती हो सकती है, जब वे प्रेम और सहयोगपूर्ण जीवन का यापन करते हैं। अगर दोनों में से कोई एक बहुत ज्यादा क्रोधी स्वभाव का है तो उनके लिए यही अच्छा है कि वे आपसी सहमति से एक-दूसरे से अलग हो जाएँ।

किसी भी संबंध को प्यारा और सहयोगपूर्ण बनाने के लिए एक-दूसरे के बीच प्रेम और आपसी स्नेह का होना बेहद जरूरी है। ऐसे संबंधियों से, जो स्वार्थी और असहानुभूतिपूर्ण रवैए वाले हों, उनसे सदा ही बचना चाहिए।

बुढ़ापे के लक्षण

अध्वा जरा मनुष्याणां वाजिनां बन्धनं जरा।
अमैथुनं जरा स्त्रीणां वस्त्राणामातपो जरा।।17।।

यहाँ इन पंक्तियों में आचार्य चाणक्य वृद्धावस्था पर टिप्पणी करते हुए कहते हैं कि रास्ता मनुष्य का, बाँधा जाना घोड़े का, मैथुन न करना स्त्री का तथा धूप में सूखना वस्त्र का बुढ़ापा है। अर्थात् राह में चलते रहने से थककर मनुष्य अपने को बूढ़ा अनुभव करने लगता है। घोड़ा बँधा रहने पर बूढ़ा हो जाता है। संभोग के अभाव में स्त्री अपने को बुढ़िया अनुभव करने लगती है। धूप में सुखाए जाने पर कपड़े शीघ्र फट जाते हैं और उनका रंग फीका पड़ जाता है।

ऐसा व्यक्ति, जो लगातार चलने से अपनी ऊर्जा और शक्ति को कम पाता है, ऐसा मानना चाहिए कि वह बुढ़ापे की ओर अग्रसर हो रहा है। एक बँधा हुआ घोड़ा भी थोड़े समय में ही अपनी शक्तियों को खो देता है और जल्दी ही बूढ़ा हो जाता है। इसी तरह से एक स्त्री, जो शारीरिक संबंधों से दूर रहती है, असमय ही बुढ़ापे की ओर अग्रसर हो जाती है। कपड़ों को अगर प्रतिदिन तेज धूप में सुखाया जाए तो वे बहुत जल्दी ही अपना रंग-रूप खो देते हैं।

आगे बढ़ने से पहले सोचें

कः कालः कानि मित्राणि को देशः कौ व्ययऽऽगमौ।
कश्चाऽहं का च मे शक्तिरिति चिन्त्यं मुहुर्मुहुः।।18।।

आचार्य चाणक्य जीवन में व्यवहार करने योग्य वस्तु की पूरी पहचान कर ही उन्हें बरतने की बात को प्रतिपादित करते हुए कहते हैं कि कैसा समय है? कौन मित्र है? कैसा स्थान है? आय-व्यय क्या है? मैं किसकी और मेरी शक्ति क्या है? इसे बार-बार सोच लेने के बाद ही किसी कार्य को करने के लिए तत्पर होना चाहिए।

ऐसा माना जाता है कि जिस प्रकार से सही रणनीति और अच्छी शुरुआत से ही आधा युद्ध जीत लिया जाता है, ठीक उसी प्रकार से सही तरीके से किसी भी काम की शुरुआत करने से आधा काम पूरा हो जाता है। किसी काम की शुरुआत सही समय पर करनी चाहिए। ऐसा करने पर निस्संदेह सफलता मिलती है। किसी भी काम को शुरू करते समय सही समय से सफलता की कितनी उम्मीद है? काम में आपके साथ कितने सच्चे मित्र हैं? आप काम में कितना धन लगाएँगे—जैसी बातों का विचार कर लेने के बाद ही किसी नए कार्य की शुरुआत करनी चाहिए। आपने दूसरों की जितनी मदद की है, बदले में आपको भी उतने ही लोगों की मदद मिलेगी—जैसी बातें किसी भी काम की सफलता के लिए जरूरी हैं।

व्यक्ति को किसी काम की शुरुआत करते समय कैसा समय है? कौन मित्र है? कैसा स्थान है? आय-व्यय क्या है? मैं किसकी ओर हूँ और मेरी शक्ति क्या है? जैसी बातों का अच्छी तरह से विचार कर लेने के बाद ही किसी नए कार्य को शुरू करने के बारे में सोचना चाहिए।

पिता के पाँच रूप

जनिता चोपनेता च यस्तु विद्यां प्रयच्छति।
अन्नदाता भयत्राता पञ्चैते पितरः स्मृताः॥19॥

आचार्य चाणक्य संस्कार के आधार पर पिता के पाँच प्रकार के रूपों को गिनाते हुए कहते हैं कि जन्म देनेवाला, उपनयन संस्कार करनेवाला, विद्या देनेवाला, अन्नदाता तथा भय से रक्षा करनेवाला—ये पाँच प्रकार के पिता होते हैं।

हम जिस व्यक्ति को सम्मान देते हैं, वह पिता के समान है; जो आपका अपने पुत्र की तरह ध्यान रखे और आपको स्नेह दे, वह पिता तुल्य है। वह गुरु, जो उपनयन

संस्कार करता है; वह शिक्षक, जो अच्छे भविष्य के लिए आपको शिक्षित करता है और जीवन में सही मार्ग चुनने का मार्गदर्शन करता है, जो आपका भरण-पोषण करता है और आपकी रक्षा करनेवाला होता है, वह पिता के समान होता है। उसके हृदय में अपने पुत्र के लिए प्रेम और स्नेह का भाव भरा रहता है।

माँ के पाँच रूप

राजपत्नी गुरोः पत्नी मित्रपत्नी तथैव च।
पत्नीमाता स्वमाता च पञ्चैता मातरः स्मृताः॥20॥

आचार्य चाणक्य माँ के बारे में चर्चा करते हुए कहते हैं कि राजा की पत्नी, गुरु की पत्नी, मित्र की पत्नी, पत्नी की माँ तथा अपनी माँ—ये पाँच प्रकार की माँ होती हैं।

माँ स्नेह और दया का अवतार है। रानी बनने पर उसकी प्रजा उसके लिए संतान के समान होती है। वह हर समय उनका ध्यान रखती है। वह अपनी प्रजा की रक्षा करनेवाली माँ के समान होती है।

इसी प्रकार से गुरु की पत्नी सारे विद्यार्थियों को अपनी संतान के समान मानती है और उनका ध्यान रखती है। वह उनके अच्छे भविष्य के लिए भगवान् से प्रार्थना करती है। विद्यार्थियों के लिए आश्रम उनके दूसरे घर और गुरुमाता अपनी माता के समान होती है।

मित्र की पत्नी भी माँ के समान होती है। हर व्यक्ति अपने मित्र के बारे में अच्छा सोचता है। इसी तरह से मित्र की पत्नी भी अपने पति के मित्रों के बारे में अच्छा सोचती है। इस तरह की दयालु स्त्री की तुलना माँ से ही होती है। प्राचीन ग्रंथ भी यह सिखाते हैं कि अपनी पत्नी की माँ को भी माँ के समान मानना चाहिए। माँ के ये पाँच प्रकार हैं। इन पाँचों स्त्रियों को माँ का दर्जा देने से सभी समस्याओं का समाधान होता है।

ईश्वर सर्वशक्तिमान हैं

अग्निर्देवो द्विजातीनां मुनीनां हृदि दैवतम्।
प्रतिमा स्वल्पबुद्धीनां सर्वत्र समदर्शिनः॥21॥

ब्राह्मण, क्षत्रिय और वैश्य को अपना ईश्वर ज़लती हुई अग्नि में नजर

आता है। संत का ईश्वर उसके हृदय में विद्यमान होता है। मूर्ख और ऐसे लोग, जो किसी मान्यता को माननेवाले होते हैं, उनके ईश्वर मूर्ति में विद्यमान होते हैं। ईश्वर पर विश्वास करनेवाले लोगों का ऐसा मानना है कि ईश्वर हर जगह विराजमान हैं। वे सर्वशक्तिमान हैं।

इस बात से यह मालूम होता है कि आचार्य चाणक्य मूर्ति-पूजा पर विश्वास नहीं करते थे। प्राचीन काल में ब्राह्मण, क्षत्रिय और वैश्य गुरुओं द्वारा किए जानेवाले यज्ञ व हवन आदि को सच्ची पूजा मानते थे। उस समय अग्नि जलाकर यज्ञ करने की परंपरा थी। इसी कारण से उस समय लोग अग्नि को ही अपना ईश्वर मानते थे। संत ईश्वर से पूरी तरह से जुड़े हुए थे, इसलिए वे लोग ऐसा मानते थे कि ईश्वर उनके हृदय में ही निवास करते हैं। ऐसा व्यक्ति, जो सबसे प्रेम करनेवाला और स्थिर विचारधारा का था, उसके लिए ईश्वर सर्वत्र विद्यमान थे। उसकी ऐसी मान्यता थी कि ईश्वर सृष्टि के कण-कण में विद्यमान हैं।

□

अध्याय-5

जब तक संकट या आपदा दूर रहती है, तभी तक कोई विद्वान् व्यक्ति उनसे डरता है। जैसे ही कठिन परिस्थिति सामने आती है, वह अपनी पूरी क्षमता से उसका सामना करता है और उस पर विजय प्राप्त करने का प्रयास करता है।

अतिथि देवो भव

गुरुरग्निर्द्विजातीनां वर्णानां ब्राह्मणो गुरुः।
पतिरेव गुरुः स्त्रीणां सर्वस्याऽभ्यागतो गुरुः॥1॥

आचार्य चाणक्य गुरु की विवेचना करते हुए तथा गुरु के स्वरूप की व्याख्या करते हुए कहते हैं कि ब्राह्मण, क्षत्रिय और वैश्य—इन तीन वर्णों का गुरु अग्नि है। ब्राह्मण अपने अतिरिक्त सभी वर्णों का गुरु होता है। स्त्रियों का गुरु पति होता है। घर में आया अतिथि देवता के समान होता है, इसलिए वह सभी लोगों का गुरु होता है।

ब्राह्मण, क्षत्रिय और वैश्य—ये तीनों वर्ण जन्मजात हैं, 'मनुस्मृति' में ऐसा वर्णन मिलता है कि ये तीनों जलती हुई अग्नि को अपना देवता मानते हैं। इन्हें जो भी उपलब्धियाँ मिली हैं, उन्हें अग्नि को साक्षी मानकर इन्होंने ग्रहण किया है। इसी कारण ये अग्नि देवता को अपना गुरु मानते हैं।

वैदिक जाति वर्णन में ब्राह्मण को सर्वश्रेष्ठ माना गया है। इनका प्रमुख कर्तव्य लोगों को वेदों के बारे में जानकारी प्रदान करना है। बाकी बची तीनों जातियों—क्षत्रिय, वैश्य और शूद्र का गुरु ब्राह्मण ही होता है।

पत्नी के लिए उसका पति गुरु होता है। प्रत्येक स्त्री का अपने पति पर भरोसा और पति का अपनी पत्नी पर पूरा विश्वास ही पारिवारिक खुशियों का आधार है। भारतीय परिवार में पत्नी अपने पति की इच्छाओं का मान रखती है और पूरे मन से उसकी सेवा करती है। भारतीय परंपरा में अतिथि को देवता के समान माना जाता है। अतिथि अतिथेय के मन में घर करता है और सही मायने में उस समय वह पूरे परिवार का गुरु होता है। अतिथि की आवभगत करना किसी भी व्यक्ति का कर्तव्य होता है।

सोने जैसे गुणोंवाला इनसान

यथा चतुर्भिः कनकं परीक्ष्यते निघर्षणच्छेदनतापताडनैः।
तथा चतुर्भिः पुरुषः परीक्ष्यते त्यागेन शीलेन गुणेन कर्मणा॥2॥

यहाँ पर आचार्य चाणक्य गुण व कर्मों से पुरुष की परीक्षा की चर्चा करते हुए कहते हैं कि घिसने, काटने, तपाने और पीटने जैसी चार प्रक्रियाओं के माध्यम से सोने का परीक्षण होता है। इसी प्रकार त्याग, शील, गुण एवं कर्मों से पुरुष की परीक्षा होती है।

सोने को परखने के चार तरीके हैं—पहला पत्थर पर रगड़कर देखना, फिर उसको काटना, उसे तपाना और फिर उसे पीटना। इन चार तरीकों से ही सोने का परीक्षण किया जाता है। इसी तरीके से किसी पुरुष को उसके त्याग, शील, गुण एवं उसके कर्मों के आधार पर उसे परखा जाता है।

प्रतिकूल परिस्थितियों से लड़ाई

तावद् भयेषु भेतव्यं यावद् भयमनागतम्।
आगतं तु भयं दृष्ट्वा प्रहर्तव्यमशङ्कया॥3॥

आचार्य चाणक्य सिर पर आए संकट से निपटने के संदर्भ में कहते हैं कि आपत्तियों और संकटों से तभी तक डरना चाहिए, जब तक वे दूर हैं; परंतु जब वे संकट सिर पर आ जाएँ तो बिना किसी शंका और डर के उनका मुकाबला करना चाहिए और उन्हें दूर करने का उपाय करना चाहिए।

हर किसी को बुरी परिस्थितियों से बचना और उसे आने से रोकना चाहिए; लेकिन जब वह स्थिति आ ही जाए तो उसका सामना डटकर करना चाहिए। उससे

भयभीत नहीं होना चाहिए। कोई कायर व्यक्ति ही कठिन स्थिति आने पर उससे बचकर भागने का प्रयास करता है। साहसी व्यक्ति किसी भी कठिनाई का जमकर मुकाबला करता है और अंत में जीत उसी की होती है।

निकटता का अर्थ समानता नहीं

एकोदरसमुद्भूता एक नक्षत्रजातका:।
न भवन्ति समा: शीले यथा बदरिकण्टका:॥4॥

यहाँ आचार्य चाणक्य कहते हैं कि एक ही कोख से, एक ही ग्रह-नक्षत्र में जन्म लेने पर भी दो लोगों का स्वभाव एक समान नहीं होता। उदाहरण के लिए, बेर और काँटों को देखा जा सकता है। एक साथ रहने के बावजूद दोनों के स्वभाव में जमीन-आसमान का अंतर होता है।

एक ही स्त्री के दो बच्चे हैं तो इसका यह मतलब नहीं है कि वे दोनों एक समान होंगे। रावण और विभीषण एक ही माँ के पुत्र थे, लेकिन दोनों के आचार-व्यवहार एक-दूसरे से एकदम अलग थे। रावण ने सीता का हरण किया, जबकि विभीषण ने सीता को माँ का दर्जा दिया। किसी भी व्यक्ति के आचार-व्यवहार उसके पिछले जन्मों के कर्मों के आधार पर निर्धारित होते हैं।

संन्यासी और विद्वान्

नि:स्पृहो नाऽधिकारी स्यान्नाकामी मण्डनप्रिय:।
नाऽविदग्ध: प्रियं ब्रूयात् स्फुटवक्ता न वञ्चक:॥5॥

आचार्य चाणक्य स्पष्ट वक्ता के गुणों की चर्चा करते हुए कहते हैं कि विरक्त व्यक्ति किसी विषय का अधिकारी नहीं होता। जो व्यक्ति कामी नहीं होता, उसे बनाव-श्रृंगार की आवश्यकता नहीं होती। विद्वान् व्यक्ति प्रिय नहीं बोलता तथा स्पष्ट बोलनेवाला ठग नहीं होता।

एक तपस्वी सभी तरह की खुशियों के बंधन से दूर रहता है। वह दुनिया की चमक-दमक से आकर्षित नहीं होता है।

जो व्यक्ति कामी प्रवृत्ति के होते हैं, वे ही दुनिया के वैभव और विपरीत लिंग के प्रति आकर्षित होते हैं।

एक विद्वान् व्यक्ति सच बताता है, भले ही वह सच कड़वा ही क्यों न हो। विद्वान् कड़वे बोलों का इस्तेमाल करते हैं, लेकिन उनकी कही बातें फायदेमंद होती हैं।

मीठा बोलना स्वार्थी लोगों का हथियार होता है। ऐसे लोग किसी भी व्यक्ति से सच बोलकर अपना संबंध खराब नहीं करते, बल्कि मीठा-मीठा बोलकर दूसरों को भ्रमित करते हैं। वे किसी को भी अपनी मीठी जुबान का सहारा लेकर नुकसान पहुँचा सकते हैं। लेकिन कड़वा सच बोलनेवाले लोग कभी किसी को नुकसान नहीं पहुँचाते हैं।

वे एक-दूसरे से घृणा करते हैं

मूर्खाणां पण्डिता द्वेष्या अधनानां महाधनाः।
वाराऽऽङ्गनाः कुलस्त्रीणां सुभगानां च दुर्भगाः॥6॥

यहाँ आचार्य चाणक्य एक-दूसरे से द्वेष करनेवालों की चर्चा करते हुए कहते हैं कि मूर्ख पंडितों से, निर्धन धनियों से, वेश्याएँ कुलवधुओं से तथा विधवा सुहागिनों से द्वेष करती हैं।

एक मूर्ख व्यक्ति कभी किसी विद्वान् व्यक्ति से खुश नहीं रहता। वह हमेशा उससे ईर्ष्या करता है। जब एक विद्वान् व्यक्ति को हर जगह सम्मान मिलता है तो उस समय मूर्ख व्यक्ति खुद को अवांछित समझता है। इसी कारण वह किसी बुद्धिमान व्यक्ति से नफ़रत करता है। समाज में धनी लोगों को सम्मान दिया जाता है, जबकि गरीबों की उपेक्षा की जाती है। इसी वजह से वह धनी लोगों से नफरत करता है।

एक पवित्र स्त्री का होना परिवार के लिए सम्मान की बात होती है। उसका हर जगह सम्मान होता है। लेकिन एक वेश्या को सभी लोग घृणा की नजरों से देखते हैं। इसी वजह से वेश्या पवित्र स्त्री से नफरत करती है। एक सुहागिन को समाज में सम्मान दिया जाता है। उसे सब लोग अपने आयोजनों में आमंत्रित करते हैं; और एक विधवा स्त्री की सभी उपेक्षा करते हैं। इसी वजह से विधवा स्त्री सुहागिन स्त्री से ईर्ष्या करती है। सच कहा जाए तो जिन लोगों की समाज में उपेक्षा होती है और उन्हें घृणा की दृष्टि से देखा जाता है, वे सभी समाज के सम्मानित लोगों से घृणा करते हैं।

बिना सेनापति के सेना उद्देश्यहीन

आलस्योपहता विद्या परहस्तगताः स्त्रियः।
अल्पबीजं हतं क्षेत्रं हतं सैन्यमनायकम्॥7॥

यहाँ आचार्य चाणक्य 'कौन किससे नष्ट होता है' की चर्चा करते हुए कहते हैं कि आलस्य से विद्या नष्ट हो जाती है, दूसरे के हाथ में जाने से स्त्री नष्ट हो जाती है, कम बीज से खेत तथा बिना सेनापति के सेना नष्ट हो जाती है।

शिक्षा के लिए कठिन श्रम की जरूरत होती है। एक बेकार व्यक्ति किसी भी प्रकार की उपलब्धि को हासिल नहीं कर पाता है। बेकारी किसी भी व्यक्ति का सबसे बड़ा दुश्मन है। योग्यता होने के बावजूद अगर आप सफलता नहीं पा रहे तो यह धीमे जहर के समान है।

जिस स्त्री का अपने पति के अलावा किसी दूसरे व्यक्ति से अवैध संबंध होता है, वह किसी की सगी नहीं होती—न तो अपने पति की, न ही उस दूसरे पुरुष की। जो अपने पति के साथ खुश नहीं है, उसे कहीं दूसरी जगह भी खुशियाँ नहीं मिलतीं। कभी-कभी विपरीत परिस्थितियाँ किसी स्त्री को दूसरे व्यक्ति से संबंध स्थापित करने को मजबूर कर देती हैं; लेकिन अंततः इसकी वजह से वह अपनी खुद का जीवन ही बरबाद कर लेती है।

अच्छी फसल के लिए यह बेहद जरूरी है कि खेत में पर्याप्त बीज डाला जाए। युद्ध में सफलता सही मार्गदर्शन पर निर्भर करती है। एक योग्य योद्धा विजय को सुनिश्चित करता है। हर कोई प्रतिद्वंद्वी को पछाड़ने के लिए अपने सेनापति की ओर देखता है। अगर युद्ध में सेनापति की मृत्यु हो जाती है तो सेना में अराजकता फैल जाती है। बिना सेनापति के सेना युद्ध हार जाती है।

शिष्टाचार से परवरिश का पता चलता है

अभ्यासाद्धार्यते विद्या कुलं शीलेन धार्यते।
गुणेन ज्ञायते त्वार्यः कोपो नेत्रेण गम्यते॥8॥

आचार्य चाणक्य यहाँ विद्या, कुल की श्रेष्ठता और क्रोध की पहचान करानेवाले तत्त्वों की चर्चा करते हुए कहते हैं कि अभ्यास से विद्या का,

शील स्वभाव से कुल का, गुणों से श्रेष्ठता का तथा आँखों से क्रोध का पता चल जाता है।

संपूर्ण शिक्षा के लिए कठिन परिश्रम की जरूरत होती है। किसी भी व्यक्ति के रवैए और व्यवहार से उसकी परवरिश का पता चलता है। बुरे व्यक्तियों का व्यवहार ढीठता भरा और उनकी बातचीत का तरीका असभ्य होता है।

किसी भी व्यक्ति के व्यवहार से उसके संपूर्ण व्यक्तित्व का पता चलता है। जबकि आँखों से उसके क्रोध का पता चलता है। आँखें व्यक्ति के व्यक्तित्व की विभिन्न अवस्थाओं को जाहिर करती हैं।

सुरक्षात्मक सेनाएँ

वित्तेन रक्ष्यते धर्मो विद्या योगेन रक्ष्यते।
मृदुना रक्ष्यते भूपः सन्नार्या रक्ष्यते गृहम्॥9॥

आचार्य चाणक्य धर्म, विद्या, राजा और घर के रक्षाकारक तत्त्वों से परिचित कराते हुए कहते हैं कि धन से धर्म की, योग से विद्या की, मृदुता से राजा की तथा सुशील स्त्री से घर की रक्षा होती है।

एक बुद्धिमान व्यक्ति ही धार्मिक जरूरतों को समझ सकता है। योग और उपयुक्त व्यवहार विद्या के रक्षक होते हैं। एक राजा के व्यवहार का पता इस बात से चलता है कि वह अपने राज्य पर किस भाँति राज कर रहा है। किसी भी घर की समृद्धि उस घर में रहनेवाली स्त्री की योग्यता पर निर्भर करती है।

मूर्ख का व्यवहार

अन्यथा वेदपाण्डित्यं शास्त्रमाचारमन्यथा।
अन्यथा कुवचः शान्तं लोकाः क्लिश्यन्ति चान्यथा॥10॥

आचार्य चाणक्य महत्त्वपूर्ण स्थापित स्थितियों को निरर्थक और बेकार कहनेवालों के प्रति विचार व्यक्त करते हुए कहते हैं कि जो लोग वेदों को, पांडित्य को, शास्त्रों को, सदाचार को तथा शांत मनुष्य को बदनाम करते हैं, वे बेकार कष्ट करते हैं।

ऐसे व्यक्ति को मूर्ख माना जाता है, जो वेदों आदि प्राचीन ग्रंथों के बारे में झूठी अफवाह फैलाकर उनकी महत्ता को कम करने की कोशिश करते हैं। उन्हें इस बात का पता नहीं होता है कि अफवाहों से वेद आदि धार्मिक ग्रंथों के महत्त्व को कम नहीं किया जा सकता है। इन प्राचीन ग्रंथों की रचना विद्वान् पुरुषों के वर्षों के परिश्रम और उनके दार्शनिक विचारों के संयोजन के परिणामस्वरूप हुई है।

इसी प्रकार से अगर कोई व्यक्ति किसी पवित्र आत्मा के बारे में बुरा बोलता है तो कोई उसकी बात का भरोसा नहीं करता। ऐसा व्यक्ति खुद ही बुरा बनता है। पवित्र विचारोंवाले व्यक्तियों को समाज में सम्मान की दृष्टि से देखा जाता है।

दान से दूर होगी गरीबी

दारिद्र्यनाशनं दानं शीलं दुर्गतिनाशनम्।
अज्ञाननाशिनी प्रज्ञा भावना भयनाशिनी॥11॥

आचार्य चाणक्य उस आचार के संबंध में विचार व्यक्त कर रहे हैं, जिसके प्रयोग से व्यक्ति बड़ी उपलब्धि पाता हैं। उनका कहना है कि दान दरिद्रता को नष्ट कर देता है। शील स्वभाव से दुःखों का नाश होता है। बुद्धि अज्ञान को नष्ट कर देती है तथा भावना से भय का नाश हो जाता है।

हर व्यक्ति अपनी योग्यता के अनुरूप दान करता है। जो देता है, वही हमेशा पाता है। अच्छे व्यवहार से सभी समस्याओं का समाधान होता है। अच्छा व्यवहार समस्याओं से रक्षा करनेवाला होता है। अच्छे निर्णय से हमेशा खुशियाँ ही मिलती हैं, जबकि बुरा व्यवहार दुःखों और कठिनाइयों का कारक ही बनता है।

किसी व्यक्ति की अनभिज्ञता को क्षमा किया जा सकता है, बशर्ते कि वह सही–गलत के बीच पहचान करना सीख जाए। अज्ञानता अँधेरे के समान है, जबकि ज्ञान उजाले के समान है। किसी को भी डरकर भगवान् की पूजा नहीं करनी चाहिए। सच्ची पूजा वही होती है, जिसमें किसी भी प्रकार के भय की समाप्ति हो जाती है।

आसक्ति : एक बड़ा शत्रु

नाऽस्ति कामसमो व्याधिर्नाऽस्ति मोहसमो रिपुः।
नाऽस्ति कोपसमो वह्निर्नाऽस्ति ज्ञानात् परं सुखम्॥12॥

यहाँ आचार्य चाणक्य परम सुख के महत्त्व को प्रतिपादित करते हुए कहते हैं कि काम के समान व्याधि नहीं है, मोह-अज्ञान के समान कोई शत्रु नहीं है, क्रोध के समान कोई आग नहीं है तथा ज्ञान के समान कोई सुख नहीं है।

वासना और प्यार सबसे खराब दुश्मन होते हैं। जिस व्यक्ति में यह दोष होता है, वह हमेशा विपरीत लिंग की तरफ आकर्षित होता है। वह अपने काम पर ध्यान केंद्रित करने में असमर्थ होता है। जो व्यक्ति इस तरह के विचारों पर नियंत्रण नहीं कर पाता है, वह अपना जीवन अपने आप बरबाद कर लेता है।

आसक्ति अज्ञानता की वजह से होती है। एक क्रोधी व्यक्ति का अपने मन पर नियंत्रण नहीं होता है। क्रोधी व्यक्ति का व्यवहार अप्रत्याशित होता है। अपने इस व्यवहार की वजह से वह अनजाने में ही मुसीबत में पड़ जाता है।

एक पढ़ा-लिखा व्यक्ति खुश रहता है, क्योंकि उसे सबकुछ पता होता है। उसका व्यवहार बहुत संयमित होता है। वह सज्जन होता है।

हम अकेले आते हैं, अकेले जाते हैं

जन्ममृत्यु हि यात्येको भुनक्त्येकः शुभाऽशुभम्।
नरकेषु पतत्येक एको याति परां गतिम्॥13॥

आचार्य चाणक्य एकाकी भाव को स्पष्ट करते हुए कहते हैं कि व्यक्ति संसार में अकेला ही जन्म लेता है, अकेला ही मृत्यु को प्राप्त करता है, अकेला ही शुभ-अशुभ कर्मों का भोग करता है, अकेला ही नरक में जाता है तथा अकेला ही परम गति को प्राप्त करता है। अर्थात्

- मनुष्य अकेला ही जन्म लेता है।
- अकेला ही भाग्य के शुभ-अशुभ कर्मों को भोगता है।
- अकेला ही नरक में गिरता है और अकेला ही परम पद (मोक्ष) भी प्राप्त करता है। इन सभी कार्यों में उसके साथ किसी की साझेदारी नहीं होती।

व्यक्ति अकेला ही जन्म लेता है और अकेला ही मरता है। वह अपने अच्छे-बुरे कर्मों का स्वयं ही भागीदार होता है। वह अपने कर्मों का परिणाम अकेले ही भुगतता है। चाहे वह स्वर्ग हो या नरक, इसे वह किसी दूसरे के साथ बदल नहीं सकता है।

अत: प्रत्येक व्यक्ति को अपना कार्य अकेले ही करना चाहिए।

हर व्यक्ति को अपना बोझ अकेले ही उठाना पड़ता है।

व्यर्थ है स्वर्ग

तृणं ब्रह्मविदः स्वर्गस्तृणं शूरस्य जीवितम्।
जिताऽक्षस्य तृणं नारी निःस्पृहस्य तृणं जगत्॥14॥

यहाँ आचार्य चाणक्य सांसारिकता को तिनके के समान बताते हुए कहते हैं कि ब्रह्मज्ञानी को स्वर्ग, वीर को अपना जीवन, संयमी को स्त्री तथा त्यागी व निस्पृह व्यक्ति को सारा संसार तिनके के समान लगता है।

एक चिंतक अपने जीवन में जो भी महसूस करता है, वह स्वर्ग के दबाव से ज्यादा महत्त्वपूर्ण होता है। एक साहसी व्यक्ति अपने जीवन में कोई भी दाँव लगाने से भयभीत नहीं होता है। जिसने अपनी इंद्रियों पर नियंत्रण करना सीख लिया है, उसे किसी भी स्त्री का सौंदर्य डिगा नहीं सकता है। इसी प्रकार से निस्पृह व्यक्ति दुनिया की खुशियों से अछूता रहता है।

मित्रों के प्रकार

विद्या मित्रं प्रवासेषु भार्या मित्रं गृहेषु च।
व्याधितस्यौषधं मित्रं धर्मो मित्रं मृतस्य च॥15॥

यहाँ आचार्य चाणक्य मित्र की चर्चा करते हुए कहते हैं कि घर से बाहर विदेश में रहने पर विद्या मित्र होती है, घर में पत्नी मित्र होती है, रोगी के लिए दवा मित्र होती है तथा मृत्यु के समय धर्म ही व्यक्ति का मित्र होता है। अत: हर प्रकार से मित्र की परवाह करनी चाहिए और समायानुसार मित्र-विचार करना ही श्रेयस्कर है।

बुद्धिमान व्यक्ति को किसी भी राज्य में सम्मानित किया जाता है। एक योग्य पत्नी अपने पति को गलत रास्ते पर जाने से रोकती है। अच्छे दोस्त हमेशा सच बोलते हैं। बीमार व्यक्ति बिना दवाइयों के नहीं रह सकता। वह जहाँ भी जाता है, उन्हें अपने साथ ले जाता है। इसी तरह से मरनेवाला व्यक्ति सिर्फ अपने साथ अपने अच्छे कर्मों को लेकर ही जाता है।

चार प्रकार की व्यर्थता

वृथा वृष्टिः समुद्रेषु वृथा तृप्तेषु भोजनम्।
वृथा दानं धनाढ्येषु वृथा दीपो दिवाऽपि च॥16॥

आचार्य चाणक्य व्यर्थता पर विचार करते हुए कहते हैं कि समुद्र में वर्षा व्यर्थ है। तृप्त व्यक्ति को भोजन कराना व्यर्थ है। धनी को दान देना व्यर्थ है और दिन में दीपक जलाना व्यर्थ है।

समंदर पानी का खजाना है। वहाँ पर वर्षा का होना व्यर्थ है। इसी तरह से भरे पेट वाले व्यक्ति को भोजन कराना व्यर्थ है।

कोई भी कार्य स्थान, व्यक्ति और समय को देखकर करना ही समझदारी है। सूर्य की रोशनी में दीया जलाना बेकार का कार्य है। दान भी उसी व्यक्ति को देना चाहिए, जिसे उसकी जरूरत हो।

मानसिक शक्ति है श्रेष्ठ

नाऽस्ति मेघसमं तोयं नाऽस्ति चात्मसमं बलम्।
नाऽस्ति चक्षुःसमं तेजो नाऽस्ति धान्यसमं प्रियम्॥17॥

यहाँ आचार्य चाणक्य सबसे प्रिय वस्तुओं की चर्चा करते हुए कहते हैं कि बादल के समान कोई जल नहीं होता, अपने बल के समान कोई बल नहीं होता, आँखों के समान कोई ज्योति नहीं होती और अन्न के समान कोई प्रिय वस्तु नहीं होती।

वर्षा का जल बहुत पवित्र होता है। अन्य किसी भी तरह के जल के साथ उसकी तुलना नहीं की जा सकती है। सभी तरह की शक्तियों में मन की मजबूती सबसे बेहतरीन है। जो व्यक्ति मन से मजबूत होता है, वह भगवान् को सहयोग देने में भी सक्षम होता है।

इसी प्रकार से बिना आँखों की रोशनी के सारा उजाला बेकार है। हर जीवित प्राणी अच्छा भोजन पसंद करता है।

कामना

अधना धनमिच्छन्ति वाचं चैव चतुष्पदाः।
मानवाः स्वर्गमिच्छन्ति मोक्षमिच्छन्ति देवताः॥18॥

यहाँ पर आचार्य चाणक्य अप्राप्य वस्तु के प्रति व्यक्तिमात्र की आसक्ति की प्रवृत्ति पर टिप्पणी करते हुए कहते हैं कि निर्धन व्यक्ति धन की कामना करते हैं और चौपाए अर्थात् पशु बोलने की शक्ति चाहते हैं। मनुष्य स्वर्ग की इच्छा करता है और स्वर्ग में रहनेवाले देवता मोक्ष-प्राप्ति की कामना करते हैं; और इस प्रकार जो प्राप्त है, सभी उससे आगे की कामना करते हैं।

यह मानवीय प्रवृत्ति है कि हमारे पास जो नहीं होता है, हमें उसी की चाहत होती है। एक गरीब व्यक्ति की इच्छा धन प्राप्त करने की होती है। वह अपनी पूरा जीवन इसी लक्ष्य की प्राप्ति में लगा देता है।

एक पशु, जो कि बोल नहीं पाता है, उसे बोलने की इच्छा होती है, वह उसी की प्राप्ति की कामना करता है। मनुष्य की इच्छा स्वर्ग-प्राप्ति की होती है, जबकि स्वर्ग में रहनेवाले देवता मोक्ष-प्राप्ति की आकांक्षा करते हैं।

इसका तात्पर्य यही है कि हर व्यक्ति किसी-न-किसी चीज की तलाश में है। कोई भी संतुष्ट नहीं है। संपूर्ण ब्रह्मांड, जिसके पास जो नहीं है, उसी के प्रति आसक्ति का भाव रखता है।

सत्य

सत्येन धार्यते पृथिवी सत्येन तपते रविः।
सत्येन वाति वायुश्च सर्वं सत्ये प्रतिष्ठितम्॥19॥

यहाँ इस श्लोक में आचार्य चाणक्य सत्य की प्रतिष्ठा करते हुए कहते हैं कि सत्य ही पृथ्वी को धारण करता है। सत्य से ही सूर्य तपता है। सत्य से ही वायु बहती है। सबकुछ सत्य में ही प्रतिष्ठित है।

सत्य ही परम आत्मा है। सभी संत और महान् व्यक्तियों ने सत्य की प्रतिष्ठा की है। अंत में सच्चाई की ही जीत होती है और बुराई की हार।

आचार्य चाणक्य कहते हैं कि यह संसार सत्य गर ही टिका हुआ है। संसार के सभी प्राणी सत्य में ही प्रतिष्ठित हैं और सत्य की वजह से ही सबकुछ चलायमान है।

जीवन स्थायी और धर्म चिर स्थायी है

चला लक्ष्मीश्चला: प्राणाश्चलं जीवित-यौवनम्।
चलाचले च संसारे धर्म एको हि निश्चल:।।20।।

यहाँ आचार्य चाणक्य धर्म की चर्चा करते हुए कहते हैं कि लक्ष्मी चंचल है। प्राण, जीवन, शरीर—सबकुछ चंचल और नाशवान् हैं। संसार में केवल धर्म ही अटल है।

धन-संपत्ति चलायमान है। वह एक व्यक्ति से दूसरे व्यक्ति के पास आती-जाती रहती है। हम न तो इस पर विश्वास कर सकते हैं, न ही घमंड। ठीक इसी तरह से जीवन और युवावस्था क्षणभंगुर है। जो जनमा है, एक दिन उसका मरना निश्चित है। इस दुनिया में धर्म ही एकमात्र ऐसी चीज है, जो अटल है। यह कभी भी नष्ट नहीं होता है।

धर्म व्यक्ति का सबसे बड़ा साथी और समाज की सबसे बड़ी संपत्ति है। यह जीवित रहते हुए और मरने के बाद भी व्यक्ति का साथ निभाता है। इसलिए प्रत्येक व्यक्ति को हमेशा अपने धर्म पर स्थिर रहना चाहिए।

चालाक कौन?

नराणां नापितो धूर्त: पक्षिणां चैव वायस:।
चतुष्पदां श‍ृगालस्तु स्त्रीणां धूर्ता च मालिनी।।21।।

यहाँ आचार्य चाणक्य धूर्तों की चर्चा करते हुए कहते हैं कि पुरुषों में नाई, पक्षियों में कौआ, चौपायों में सियार तथा स्त्रियों में मालिन धूर्त होती है।

प्राचीन काल में एक नाई के पास गाँव की सारी खबरें होती थीं। वह लोगों से धन लेकर उन्हें बदले में सारी खबरें बताता था। इसी तरह से स्त्रियों में फूल बेचनेवाली मालिन सारे परिवारों के संपर्क में रहती थी। इसी से उसे सभी घरों के बारे में जानकारी रहती थी। मालिन और नाई दोनों ही बहुत चालाक थे। वे किसी से भी रुपए-पैसे लेकर उसे दूसरे घरों की जानकारी प्रदान करते थे।

□

अध्याय-6

लोगों के बीच राजा, ब्राह्मण या योगी पूजे जाते हैं; लेकिन स्वैचारिणी स्त्री का तिरस्कार सभी के द्वारा किया जाता है।

अच्छे श्रोता बनें

श्रुत्वा धर्मं विजानाति श्रुत्वा त्यजति दुर्मतिम्।
श्रुत्वा ज्ञानमवाप्नोति श्रुत्वा मोक्षमवाप्नुयात्॥1॥

यहाँ पर आचार्य चाणक्य सुनकर ज्ञान प्राप्त करने की प्रक्रिया स्पष्ट करते हुए कहते हैं कि सुनकर ही मनुष्य को अपने धर्म का ज्ञान होता है, सुनकर ही वह दुर्बुद्धि का त्याग करता है। सुनकर ही उसे ज्ञान प्राप्त होता है और सुनकर ही मोक्ष की प्राप्ति होती है।

भगवान् श्रीकृष्ण ने 'श्रीमद्भगवद्गीता' में अर्जुन से कहा कि वेदों की रचना सर्वोच्च आत्मा द्वारा की गई है। वेदों और शास्त्रों में भारतीय संस्कृति की सुगंध मिलती है। इनमें जीवन और धर्म के सही अर्थ सम्मिलित हैं। इससे अच्छी तरह से सुननेवाले श्रोता को अपने धर्म और कर्तव्यों की पूरी जानकारी मिल जाती है।

विद्वान् व्यक्ति ज्ञान का भंडार होते हैं। वे किसी भी व्यक्ति की भलाई के बारे में सोचते हैं। वे हमेशा सच्चाई के रास्ते पर चलने की सलाह देते हैं। जो लोग उनकी सलाह पर अमल करते हैं, वे आसानी से किसी भी तरह की मुश्किलों से बाहर निकल आते हैं।

गुरु गंगा नदी के समान पवित्र होता है। तुलसीदास अपनी प्रार्थना में गुरु का

वर्णन करते हुए कहते हैं कि गुरु भगवान् के प्रतिनिधि होते हैं। उनके चरण कमल के समान और शब्द सूर्य की किरणों के समान होते हैं। उनके आशीर्वाद से कोई भी इस संसार रूपी भवसागर की सारी बाधाओं से पार पा जाता है।

कौआ, कुत्ता और पापी–नीच कुलोत्पन्न हैं

पक्षिणां काकश्चाण्डालः पशूनां चैव कुक्कुरः।
मुनीनां कोपी चाण्डालः सर्वेषां चैव निन्दकः॥2॥

यहाँ आचार्य चाणक्य चांडाल के बारे में बताते हुए कह रहे हैं कि पक्षियों में कौआ, पशुओं में कुत्ता, मुनियों में पापी तथा सभी निंदक प्राणियों में चांडाल विद्यमान होता है।

जो दूसरों का भोजन निगल जाते हैं, जो बिना विवेक किए खाते हैं, जो हमेशा दूसरों में गलतियाँ ही निकालते रहते हैं, वे नीच कुल में उत्पन्न होते हैं। वैदिक जाति प्रथा जन्म के आधार पर नहीं, बल्कि कार्यों के आधार पर निर्धारित की गई है। जो लोग गलत कार्य करते हैं, वे सभी नीच कुलोत्पन्न हैं।

पक्षियों में कौआ नाली के कीड़े जैसा व्यवहार करनेवाला होता है। वह दूसरों का भोजन छीनकर और चुराकर खाता है। इसी तरह से जानवरों में कुत्ता गंदी जगहों से उठाकर खाना खाता है। जो व्यक्ति उसे भोजन प्रदान करता है, वह उसका पालतू जानवर बन जाता है।

एक भिक्षुक पवित्र होता है। सत्य, क्षमा करना, सद्भावना और पवित्रता उसके गुण होते हैं। एक पापी को उनका यह गुण मूर्खता लगती है। वह धर्म का सम्मान नहीं करता है।

दूसरों को दोष देना बुराई है। किसी भी व्यक्ति को ऐसे आदमी का भरोसा नहीं करना चाहिए, जो किसी की अनुपस्थिति में उसकी बुराई कर रहा हो। जिस व्यक्ति की कथनी और करनी में अंतर हो, वह नीच कुल का होता है।

ताँबा, टिन और स्त्री की शुद्धता की जाँच कैसे करें

भस्मना शुध्यते कांस्यं ताम्रमम्लेन शुध्यति।
रजसा शुध्यते नारी नदी वेगेन शुध्यति॥3॥

यहाँ आचार्य चाणक्य शुद्धि की चर्चा करते हुए कहते हैं कि काँसा भस्म

से शुद्ध होता है, ताँबा अम्ल से, नारी रजस्वला होने से तथा नदी अपने वेग से शुद्ध होती है।

अलग-अलग पदार्थों को साफ करने के लिए अलग-अलग तरीकों का इस्तेमाल किया जाता है। उदाहरण के तौर पर, मिट्टी से माँजने पर ताँबे के बरतन साफ हो जाते हैं। नीबू का खट्टापन टिन के उत्पादों को चमका देता है। व्यक्तियों का स्वभाव और उसकी खामियाँ अलग-अलग होती हैं। उन्हें अलग-अलग तरीकों से ही ठीक किया जा सकता है।

एक स्त्री रजस्वला होने के बाद ही पवित्र मानी जाती है, जब वह किसी संतान को जन्म देने के योग्य हो जाती है।

नदी में पानी उस जगह पर गंदा होता है, जहाँ पर नदी का प्रवाह रुक जाता है। इसी प्रकार किसी व्यक्ति की उन्नति भी तब बाधित हो जाती है, जब वह प्रयास करना बंद कर देता है।

ऐसा राजा पूजनीय है, ऐसी स्त्री घृणा की पात्र

भ्रमन् सम्पूज्यते राजा भ्रमन् सम्पूज्यते द्विजः।
भ्रमन् सम्पूज्यते योगी स्त्री भ्रमन्ती विनश्यति॥4॥

यहाँ आचार्य चाणक्य भ्रमण के महत्त्व को प्रतिपादित करते हुए कहते हैं कि भ्रमण करता हुआ राजा पूजा जाता है, भ्रमण करता हुआ ब्राह्मण पूजा जाता है, भ्रमण करता हुआ योगी पूजा जाता है और भ्रमण करती हुई स्त्री नष्ट हो जाती है।

जो राजा निरंतर भ्रमण करता है, वह अपनी प्रजा के सुख-दुःख के बारे में जानता है। समस्त जानकारी होने के कारण वह प्रजा के हित में तुरंत ही निर्णय ले सकता है। इसी कारण उसकी हर जगह पूजा होती है।

जो ब्राह्मण यात्रा करते हैं, वे निरंतर ब्राह्मणों और योगियों के संपर्क में आते हैं, उनसे ज्ञान का आदान-प्रदान करके अपनी जानकारी को और बढ़ाते हैं।

एक स्त्री, जो भ्रमणशील होती है, वह अलग-अलग लोगों से मिलती-जुलती है, जिसकी वजह से न चाहते हुए भी वह समाज में अपनी प्रतिष्ठा और चरित्र को खो देती है।

बुद्धिमानों के अनुसार, कैसी हो संगति

तादृशी जायते बुद्धिर्व्यवसायोऽपि तादृशः।
सहायास्तादृशा एव यादृशी भवितव्यता॥5॥

यहाँ आचार्य चाणक्य धनवान् होने से उपजी गुणवत्ता की चर्चा करते हुए कहते हैं कि जिस व्यक्ति के पास धन है, लोग स्वत: ही उसके मित्र बन जाते हैं। बंधु-बांधव भी उसे घेरे रहते हैं। जो धनवान् है, उसी को आज के युग में विद्वान् और सम्मानित व्यक्ति माना जाता है। धनवान् व्यक्ति को ही विद्वान् और ज्ञानवान् भी समझा जाता है।

किसी भी व्यक्ति के जीवन और उसके क्रिया-कलाप का निर्धारण उसके भाग्य के आधार पर होता है। जो लोग अच्छे भाग्य के स्वामी होते हैं, उनके पास बुद्धिमानी का खजाना होता है; जबकि दूसरे अपनी अज्ञानता के कारण मुश्किलों का सामना करते हैं। जो बुद्धिमान व्यक्ति होता है, वह सही निर्णय लेने में सक्षम होता है; लेकिन जो मूर्ख होते हैं, वे कभी भी सही निर्णय नहीं ले पाते हैं।

प्रत्येक व्यक्ति अपने व्यवसाय का चयन अपनी योग्यता के आधार पर करता है और अपनी योग्यता के आधार पर ही अपने मित्रों का चयन करता है। व्यवसायी, सिपाही, अध्यापक और बदमाश के मित्र उसके व्यवसाय से संबंधित ही होते हैं।

समय बलवान् होता है

कालः पचति भूतानि कालः संहरते प्रजाः।
कालः सुप्तेषु जागर्ति कालो हि दुरतिक्रमः॥6॥

आचार्य चाणक्य यहाँ काल के प्रभाव की चर्चा करते हुए कहते हैं कि काल ही प्राणियों को निगल जाता है, काल ही सृष्टि का विनाश करता है। यह प्राणियों के सो जाने पर भी उनमें विद्यमान रहता है। इसका कोई भी अतिक्रमण नहीं कर सकता।

समय हमेशा आगे बढ़ता रहता है और वह बहुत शक्तिशाली होता है। कोई भी व्यक्ति समय के पहिए को रोक नहीं सकता है।

समय का एक-एक पल जीवन को कम करता है। समय के चलते रहने से निरंतर व्यक्ति कमजोर होता जाता है और एक दिन वह काल का ग्रास बन

जाता है। भगवान् भी समय को रोक नहीं सकते। भर्तृहरि का कहना था कि समय नष्ट नहीं होता है, नष्ट होता है तो शिकार। इसलिए हर किसी को परिस्थितियों के साथ समझौता करके चलना चाहिए। जो इस तथ्य को समझ जाते हैं, वे समय की महत्ता को समझते हैं कि समय बहुत बलवान् होता है। उस पर किसी का जोर नहीं चलता।

जान-बूझकर अंधा बनना

न पश्यति च जन्मान्धः कामान्धो नैव पश्यति।
न पश्यति मदोन्मत्तो ह्यर्थी दोषान् न पश्यति॥7॥

यहाँ आचार्य चाणक्य व्यक्ति की दृष्टि क्षमता पर विचार प्रकट करते हुए कह रहे हैं कि जन्मांध कुछ नहीं देख सकता। ऐसे ही कामांध और नशे में पागल बना व्यक्ति भी कुछ नहीं देखता। स्वार्थी व्यक्ति भी किसी में कोई दोष नहीं देखता।

दुराचारी व्यक्ति विषय और वासना से अंधा होता है। इसी वजह से वह कुछ अच्छा देखने की अपनी बुद्धि का नाश कर चुका होता है। उसे समाज का कोई डर नहीं होता। इसी से वह बेशर्मों की तरह व्यवहार करता है।

इसी प्रकार से एक स्वार्थी व्यक्ति को अपने स्वार्थ के सिवाय कुछ भी नजर नहीं आता है। जो व्यक्ति स्वार्थ से अंधा होता है, उसे अच्छे-बुरे और सही-गलत में कोई अंतर नजर नहीं आता है।

कार्य पर निर्भर है परिणाम

स्वयं कर्म करोत्यात्मा स्वयं तत्फलमश्नुते।
स्वयं भ्रमति संसारे स्वयं तस्माद् विमुच्यते॥8॥

यहाँ पर आचार्य चाणक्य कर्म-फल के प्रभाव को स्पष्ट करते हुए कहते हैं कि प्राणी स्वयं कर्म करता है और स्वयं उसका फल भोगता है; स्वयं संसार में भटकता है और स्वयं इससे मुक्त हो जाता है।

प्रत्येक व्यक्ति को उसके कर्मों के आधार पर परिणाम मिलता है। उसे इस संसार में लाखों योनियों में जन्म लेना होता है। उसे जन्म-मरण के इस चक्र से

मुक्ति उसके अपने कर्मों के आधार पर ही मिलती है। उसके अच्छे-बुरे कर्म ही उसे अच्छा-बुरा परिणाम प्रदान करते हैं। आपको जीवन में जो कुछ भी मिल रहा है, उसके पीछे आपके कर्म जिम्मेदार हैं।

आपके कार्य और कर्मों से ही यह निर्धारण होता है कि आपको अगला जन्म किस योनि में मिलेगा। मुक्ति की प्राप्ति सिर्फ एक कर्मयोगी ही कर पाता है। भगवान् श्रीकृष्ण 'गीता' में कहते हैं कि जिसने स्वयं को मुझे समर्पित कर दिया, उसे ही मेरा आशीर्वाद मिलेगा। कर्मयोग का अर्थ है—बिना फल-प्राप्ति की इच्छा किए अपने कार्यों को निष्पादित करना और स्वयं को भगवान् की शरण में छोड़ देना।

करे कोई, भरे कोई

राजा राष्ट्रकृतं पापं राज्ञः पापं पुरोहितः।
भर्ता च स्त्रीकृतं पापं शिष्यपापं गुरुस्तथा॥9॥

यहाँ आचार्य चाणक्य कर्म के दूरगामी प्रभाव की चर्चा करते हुए कहते हैं कि राष्ट्र के द्वारा किए गए पाप को राजा भोगता है, राजा के पाप को उसका पुरोहित, पत्नी के पाप को पति तथा शिष्य के पाप को गुरु भोगता है।

अपने राज्य में राजा सबसे शक्तिशाली होता है। वहाँ पर कुछ भी उसकी मरजी के बिना नहीं होता है। जिस प्रकार से उसे अच्छे कार्यों के लिए सराहा जाता है, ठीक उसी प्रकार से उसकी गलतियों के लिए उसे भुगतना भी पड़ता है। राजा के प्रमुख सलाहकार पुरोहित को भी आरोपों का सामना करना पड़ता है।

यह एक पति की जिम्मेदारी होती है कि वह इस बात का ध्यान रखे कि उसकी पत्नी कोई गलत निर्णय न ले या गलत रास्ते पर न चले। जो अपनी पत्नी पर काबू नहीं रख पाता है, पत्नी द्वारा किए गए बुरे कार्यों का परिणाम उसे भी भुगतना पड़ता है। उसे समाज में बुराइयों का सामना करना पड़ता है। इतना ही नहीं, समाज में उसकी प्रतिष्ठा भी कम होती है। इसी तरह से यह गुरु की जिम्मेदारी होती है कि वह अपने विद्यार्थी का सही मार्गदर्शन करे। गुरु होने के नाते उन्हें अपने शिष्य की सफलता का श्रेय मिलता है तो उसकी असफलता की जिम्मेदारी भी गुरु की ही होती है।

शत्रु कौन

ऋणकर्ता पिता शत्रुः माता च व्यभिचारिणी।
भार्या रूपवती शत्रुः पुत्रः शत्रुरपण्डितः॥10॥

आचार्य चाणक्य यहाँ शत्रु के स्वरूप की चर्चा करते हुए कहते हैं कि ऋण करनेवाला पिता शत्रु होता है। व्यभिचारिणी माँ भी शत्रु होती है। रूपवती पत्नी शत्रु होती है। मूर्ख पुत्र भी शत्रु होता है।

जो पिता अपनी संतान को विरासत में कर्ज देता है, वह अपनी संतान का दुश्मन होता है। इसी तरह से जो माता अपने चरित्र का हनन करती है, वह उसकी दुश्मन होती है; क्योंकि ऐसी माँ के कारण बच्चों को समाज में शर्मिंदा होना पड़ता है।

वह स्त्री, जो बहुत सुंदर होती है, लेकिन अपने पति के सम्मान का ध्यान नहीं रखती है, वह समाज में अपने पति की प्रतिष्ठा को धूमिल करती है। ऐसी स्त्री अपने पति की दुश्मन होती है। सुंदरता और शालीनता एक साथ होनी चाहिए। सुंदरता के साथ-साथ बहुत सारी अवांछित बातें जुड़ती जाती हैं। ऐसी सुंदर पत्नी, जो अच्छे-बुरे की पहचान न कर पानेवाली हो, वह अपने पति के लिए हानिकारक होती है।

एक मूर्ख पुत्र भी अपने माता-पिता के लिए शत्रु समान होता है। वह अपने परिवार की प्रतिष्ठा को नीचे गिरानेवाला होता है। वह शिक्षित और सभ्य नहीं होता है। इसी से वह केवल अपने परिवार के सम्मान को धूमिल करनेवाला होता है।

किसी व्यक्ति को कैसे जीतें

लुब्धमर्थेन गृह्णीयात् स्तब्धमञ्जलिकर्मणा।
मूर्खं छन्दोऽनुवृत्तेन यथार्थत्वेन पण्डितम्॥11॥

यहाँ आचार्य चाणक्य वशीकरण के संबंध में बताते हुए कह रहे हैं कि लालची को धन देकर, अहंकारी को हाथ जोड़कर, मूर्ख को उपदेश देकर तथा विद्वान् व्यक्ति को यथार्थ बात बताकर वश में करना चाहिए।

जब आप किसी व्यक्ति की पसंद-नापसंद को जान जाते हैं तो आपके लिए उसे प्रभावित करना और उसका दिल जीतना आसान हो जाता है।

एक लालची व्यक्ति धन-प्राप्ति की संभावना के साथ खुश रहता है। जो नया धनी होता है, वह खुद को सर्वोच्च समझता है। अगर आप उसकी प्रशंसा करके उसके

अहं को संतुष्ट करते हैं तो वह आप पर अपना सबकुछ लुटाने को तत्पर रहता है।

एक मूर्ख चाहता है कि सभी लोग उसके पीछे भागें, जबकि एक विद्वान् हमेशा ज्ञान की तलाश में रहता है। ये दोनों ही आपसे प्रभावित हो सकते हैं, अगर आप उनके साथ उनकी इच्छानुसार व्यवहार करें।

जो हो, अच्छा हो, अन्यथा न हो

वरं न राज्यं न कुराजराज्यं वरं न मित्रं न कुमित्रमित्रम्।
वरं न शिष्यो न कुशिष्यशिष्यो वरं न दारा न कुदारदाराः॥12॥

जिस राज्य में शांति न हो, जहाँ पर कोई नियम-कानून न हो, ऐसे राज्य का क्या फायदा। दुष्ट मित्र रखने से अच्छा मित्र-विहीन होना है। दुष्ट शिष्य होने से अच्छा बिना शिष्य के रहना है। दुराचारी पत्नी होने से अच्छा बिना पत्नी के होना, यानी अकेले रहना अच्छा है।

आचार्य चाणक्य कहते हैं कि जिस स्थान पर किसी नियम-कानून को न माना जाता हो, वहाँ पर रहना व्यर्थ है। इसी तरह से मित्रों का चयन करना चाहिए। दुष्ट मित्रों से मित्रों के बिना रहना ज्यादा अच्छा है। अपने लिए हमेशा अच्छे और सच्चे मित्रों को चुनना चाहिए। एक शिक्षक हमेशा ऐसे शिष्य का चयन करता है, जो योग्य हो। हमेशा ऐसी स्त्री से विवाह करना चाहिए, जो योग्य और शिक्षित हो।

दुष्ट राजा और मूर्ख शिष्य

कुराजराज्येन कुतः प्रजासुखं कुमित्रमित्रेण कुतोऽस्ति निर्वृत्तिः।
कुदारदारैश्च कुतो गृहे रतिः कुशिष्यमध्यापयतः कुतो यशः॥13॥

यहाँ आचार्य चाणक्य दुष्टों के प्रभाव को प्रतिपादित करते हुए कहते हैं कि दुष्ट राजा के राज्य में प्रजा सुखी कैसे रह सकती है। दुष्ट मित्र से आनंद कैसे मिल सकता है। दुष्ट पत्नी से घर में सुख कैसे हो सकता है तथा दुष्ट या मूर्ख शिष्य को पढ़ाने से यश कैसे मिल सकता है।

एक दुष्ट राजा कभी भी अपनी प्रजा की भलाई के बारे में नहीं सोचता है। वह विलासितापूर्ण जीवन व्यतीत करता है और अपने कर्तव्यों से विमुख हो जाता है।

ऐसे राज्य में प्रजा कैसे सुखी रह सकती है, जहाँ राजा को अपने कर्तव्यों का बोध न हो। ऐसे राज्य में कानून-व्यवस्था का नामोनिशान नहीं रहता है। ऐसी जगह पर रहना बेकार है, जहाँ पर प्रजा सुखी न हो।

एक सच्चा मित्र आपके दु:ख में भी आपके साथ रहता है। मित्र आपके रहस्यों को जानते हैं। ऐसे में वे मित्र, जो विश्वसनीय न हों, वे आपके रहस्यों को उजागर करके आपको कठिनाई में डालते हैं। इसलिए अपने रहस्यों को किसी के सामने भी प्रकट नहीं करना चाहिए।

किसी भी घर की सुख-शांति उस घर में रहनेवाली स्त्री पर निर्भर करती है। एक दुष्ट पत्नी सिर्फ अपना ही ध्यान रखती है। वह परिवार के हितों के बारे में नहीं सोचती है, जिसके कारण परिवार की सुख-शांति नष्ट हो जाती है। उसके अंदर त्याग की भावना नहीं होती है। ऐसे विवाह सफल नहीं होते हैं।

एक मूर्ख शिष्य अपने शिक्षक का नाम खराब ही करता है।

पशुओं से सीखें

सिंहादेकं बकादेकं शिक्षेच्चत्वारि कुक्कुटात्।
वायसात्पञ्च शिक्षेच्च षट् शुनस्त्रीणि गर्दभात्॥14॥

यहाँ आचार्य चाणक्य सीखने की बात, किसी भी पात्र से सीखने का पक्ष रखते हुए कहते हैं कि सिंह से एक, बगुले से एक, मुरगे से चार, कौए से पाँच, कुत्ते से छह तथा गधे से सात बातें सीखनी चाहिए।

किसी भी व्यक्ति को हमेशा अच्छी आदतें सीखने का प्रयास करना चाहिए, भले ही वे आदतें पशुओं से ही क्यों न सीखनी हों। एक शेर और सारस में एक-एक अच्छी आदतें होती हैं, मुरगे में चार, कौए में पाँच, कुत्ते में छह और गधे गें सात अच्छी आदतें होती हैं।

शेर की तरह साहसी बनें

प्रबूतं कार्यमल्पं वा यन्नरः कर्तुमिच्छति।
सर्वारम्भेण तत्कार्यं सिंहादेकं प्रचक्षते॥15॥

आचार्य चाणक्य शेर से ली जानेवाली सीख के बारे में बता रहे हैं कि छोटा हो या बड़ा, जो भी काम करना चाहें, उसे अपनी पूरी शक्ति

लगाकर करें। यह गुण हमें शेर से सीखना चाहिए।

जब एक शिकारी शिकार करता है तो उसका पूरा ध्यान अपने शिकार पर ही होता है। वह अपने शिकार को मारने के लिए अपनी पूरी शक्ति लगा देता है। हमें शेर की तरह से अपने कार्य को करने पर पूरा ध्यान केंद्रित करना चाहिए, ताकि हम अपने लक्ष्य को पूरा कर सकें।

सारस की तरह पूरा ध्यान केंद्रित करें

इन्द्रियाणि च संयम्य बकवत् पण्डितो नरः।
देशकालबलं ज्ञात्वा सर्वकार्याणि साधयेत्॥16॥

यहाँ आचार्य चाणक्य बगुले से सीख के बारे में बता रहे हैं। बगुले के समान इंद्रियों को वश में करके देश, काल एवं बल को जानकर विद्वान् अपना कार्य सफलतापूर्वक करें।

सारस का पूरा ध्यान मछली पर होता है। जैसे ही वह उसे देखता है, तुरंत उसे उठा लेता है। एक व्यक्ति को भी सारस की तरह अपने काम पर ध्यान केंद्रित करना चाहिए। इतना ही नहीं, उसे अपना काम पूरा करने के लिए अवसर व स्थितियों का ध्यान रखना चाहिए और उसी के अनुरूप कार्य करना चाहिए।

मुरगे की तरह सही समय पर जागें

प्रत्युत्थानं च युद्धं च संविभागं च बन्धुषु।
स्वयमाक्रम्य भुक्तं च शिक्षेच्चत्वारि कुक्कुटात्॥17॥

यहाँ आचार्य चाणक्य मुरगे से सीखने योग्य चार महत्त्वपूर्ण बातों की चर्चा करते हुए कहते हैं कि समय पर जागना, आक्रामक होना, प्रतिस्पर्धियों को भगा देना और उनका हिस्सा स्वयं झपटकर खा जाना—ये चार गुण मुरगे से सीखें।

मुरगा हमेशा समय पर जागता है। वह तब तक सक्रिय रहता है, जब तक अपनी इच्छित वस्तु को प्राप्त नहीं कर लेता है। उसके लिए जीवन हमेशा एक युद्ध की तरह रहता है।

मुरगा लड़ाई करके अपने प्रतिस्पर्धियों को भगा देता है। वह अपने प्रतिस्पर्धियों

का हिस्सा भी छीनकर खा जाता है। किसी भी व्यक्ति को जीवन में सफलता पाने के लिए मुरगे से ये चार गुण सीखने चाहिए। व्यापार में सफलता पाने के लिए मुरगे जैसे गुणों का होना फायदेमंद है।

कौए की तरह सतर्क रहें

गूढं च मैथुनं धाष्ट्र्यं काले काले च संग्रहम्।
अप्रमत्तमविश्वासं पञ्च शिक्षेच्च वायसात्॥18॥

यहाँ आचार्य चाणक्य कौए से सीखने योग्य पाँच महत्त्वपूर्ण बातों की चर्चा करते हुए कहते हैं कि छिपकर मैथुन करना, समय-समय पर संग्रह करना, सावधान रहना, किसी पर भी विश्वास न करना और आवाज देकर औरों को भी इकट्ठा कर लेना—ये पाँच गुण कौए से सीखने चाहिए।

कौआ हमेशा छिपकर मैथुन करता है। कभी किसी ने उसे खुले में अपने साथी के साथ मैथुन करते हुए नहीं देखा होगा। मैथुन करना किसी के लिए भी बहुत व्यक्तिगत बात है। इसलिए हमेशा कौए की तरह छिपकर मैथुन करना चाहिए। वह भविष्य के लिए कुछ-न-कुछ संग्रह करके अपने घोंसले में रखता है, ताकि जब उसे खाने को कुछ न मिले तो संग्रह की गई चीजों से अपना और अपने बच्चों का पेट भर सके। व्यक्ति को भी भविष्य के लिए कुछ-न-कुछ बचाकर रखना चाहिए।

कौआ कभी किसी पर विश्वास नहीं करता है। मनुष्य को भी हमेशा सचेत रहना चाहिए। उसे पूरी तरह से किसी पर भरोसा नहीं करना चाहिए। जब भी कौए पर संकट आता है तो वह चिल्लाकर और कौओं को इकट्ठा कर लेता है। मनुष्य को भी संकट के समय शोर मचाकर अपने दोस्तों को इकट्ठा कर लेना चाहिए, ताकि वह आनेवाले संकट से खुद को बचा सके।

कुत्ते की तरह वफादार रहें

बह्वाशी स्वल्पसन्तुष्टः सुनिद्रो लघुचेतनः।
स्वामिभक्तश्च शूरश्च षडेते श्वानतो गुणाः॥19॥

यहाँ आचार्य चाणक्य संतोष, सतर्कता और स्वामी-भक्ति के संदर्भ में इन गुणों का बखान करते हुए कहते हैं कि अधिक भूखा होने पर भी थोड़े में ही संतोष कर लेना, गहरी नींद होने पर भी सतर्क रहना, स्वामी-भक्ति और वीरता—ये छह गुण कुत्ते से सीखने चाहिए।

एक कुत्ते के पास जो कुछ भी रहता है, वह उसी में संतुष्ट रहता है। मनुष्य को भी उसके पास जो कुछ भी है, उसमें संतुष्ट रहना चाहिए। कुत्ता अपनी वफादारी और साहस के लिए जाना जाता है। मनुष्य को भी अपने अंदर विश्वसनीयता और साहस रखना चाहिए।

गधा बिना शिकायत के कठिन काम करता है

सुश्रान्तोऽपि वहेद् भारं शीतोष्णं न च पश्यति।
सन्तुष्टश्चरते नित्यं त्रीणि शिक्षेच्च गर्दभात्॥20॥

यहाँ आचार्य चाणक्य गधे से सीखे जानेवाले गुणों की चर्चा करते हुए कहते हैं कि श्रेष्ठ और विद्वान् व्यक्तियों को चाहिए कि वे गधे से तीन गुण सीखें। जिस प्रकार अत्यधिक थका होने पर भी वह बोझ ढोता रहता है, उसी प्रकार बुद्धिमान व्यक्ति को भी आलस्य त्याग कर अपने लक्ष्य की प्राप्ति और सिद्धि के लिए सदैव प्रयास करते रहना चाहिए, कर्तव्य पथ से विमुख नहीं होना चाहिए। जिस प्रकार गधा संतुष्ट होकर जहाँ-तहाँ चर लेता है, उसी प्रकार बुद्धिमान व्यक्ति को भी सदा संतोष रखकर, फल की चिंता किए बिना कर्म में प्रवृत्त रहना चाहिए।

एक गधा कभी भी अपने मालिक के हुक्म की अनदेखी नहीं करता है। थका होने के बावजूद वह भारी बोझ उठाता है। मौसम की परवाह किए बिना वह अपने मालिक के हुक्म को मानता है।

अच्छी आदतें सफलता की कुंजी

य एतान् विंशतिगुणानाचरिष्यति मानवः।
कार्याऽवस्थासु सर्वासु अजेयः स भविष्यति॥21॥

यहाँ आचार्य चाणक्य पूर्वोक्त साधनों से प्राप्त गुणों से युक्त व्यक्ति के सफल काम होने की चर्चा करते हुए कहते हैं कि जो मनुष्य इन उपर्युक्त गुणों को अपने जीवन में धारण करेगा, वह सब कार्यों और सब अव्यवस्थाओं से विजयी होगा।

□

अध्याय-7

व्यापार में लेन-देन, शिक्षा, शिल्प, खान-पान की आदतों में पारदर्शिता रखनेवाले और स्पष्ट व्यक्ति प्रसन्न रहते हैं।

पाँच बातें किसी से न करें

अर्थनाशं मनस्तापं गृहे दुश्चरितानि च।
वञ्चनं चाऽपमानं च मतिमान्न प्रकाशयेत्॥1॥

आचार्य चाणक्य कुछ व्यवहारों में गोपनीयता बरतने के संबंध में चर्चा करते हुए बताते हैं कि धन का नाश हो जाने पर, मन में दुःख होने पर, पत्नी के चाल-चलन का पता चलने पर, नीच व्यक्ति से कुछ घटिया बातें सुन लेने पर तथा कहीं से अपमानित होने पर अपने मन की बातों को किसी को नहीं बताना चाहिए। यही समझदारी है।

अगर इन बातों का पता लोगों को चलेगा तो आप हँसी के पात्र बनेंगे। इसी में बुद्धिमानी है कि आप उपर्युक्त पाँचों बातों के बारे में किसी से भी चर्चा न करें।

धन का नाश कष्टदायक होता है। पत्नी का चाल-चलन ठीक न हो तो इससे मानसिक तनाव होता है। ज़ब कोई बदमाश आपको धोखा दे या कोई व्यक्ति आपका अपमान करे तो उस समय आप कष्ट का अनुभव करते हैं। अगर इन सारी बातों का किसी अन्य को पता चलेगा तो आप न चाहते हुए भी लोगों के उपहास का पात्र बनेंगे। इसलिए यह बेहद जरूरी है कि इन सारी बातों को आप किसी से न कहें। इसे अपने तक ही सीमित रखें।

अपने व्यवहार में शरमाएँ और हिचकिचाएँ नहीं

धन-धान्यप्रयोगेषु विद्यासंग्रहणेषु च।
आहारे व्यवहारे च त्यक्तलज्जः सुखी भवेत्॥2॥

यहाँ आचार्य चाणक्य व्यक्ति को लाज-संकोच करने के संदर्भ में बता रहे हैं कि धन और अनाज के लेन-देन में, विद्या प्राप्त करते समय, भोजन तथा आपसी व्यवहार में लज्जा न करनेवाला सुखी रहता है।

किसी से भी लेन-देन करते समय शरमाना या हिचकिचाना नहीं चाहिए। व्यापारिक संबंधों में शरमाना हमेशा नुकसानदेह होता है।

विद्या-प्राप्ति करते समय या कुछ हुनर सीखते समय बार-बार पूछने से हिचकिचाना नहीं चाहिए। सवाल पूछकर अपनी सभी शंकाओं का समाधान कर लेना चाहिए। अगर आप अपने भोजन की पसंद-नापसंद को लेकर हिचकिचाएँगे तो भूखे रह जाएँगे। भोजन तथा आपसी व्यवहार में लज्जा न करनेवाला व्यक्ति ही सुखी रहता है। इसलिए यह बेहद जरूरी है कि आप आपसी लेन-देन में स्पष्ट रहें और भोजन के प्रति अपनी पसंद को जाहिर करने में हिचकिचाएँ नहीं।

संतुष्ट रहें, खुश रहें

सन्तोषाऽमृत-तृप्तानां यत्सुखं शान्तचेतसाम्।
न च तद् धनलुब्धानामितश्चेतश्च धावताम्॥3॥

यहाँ आचार्य चाणक्य संतोष के महत्त्व को प्रतिपादित करते हुए कहते हैं कि संतोष के अमृत से तृप्त व्यक्तियों को जो सुख और शांति मिलती है, वह सुख-शांति धन के पीछे इधर-उधर भागनेवालों को नहीं मिलती।

संतुष्ट रहना ही परम सुख है। इच्छाओं का कोई अंत नहीं है। वे दिन दूनी और रात चौगुनी बढ़ती हैं। व्यक्ति सुख की तलाश बाहर करता है, जबकि सच्चाई यह है कि सच्चा सुख और संतुष्टि व्यक्ति के स्वयं के भीतर ही मौजूद हैं।

अगर आप धन के पीछे भाग रहे हैं तो उसका कोई अंत नहीं है। व्यक्ति निरंतर सुख की तलाश में भागते रहते हैं, लेकिन उन्हें कभी भी संतुष्टि नहीं मिलती है। यह निरंतर चलनेवाला चक्र है। जो इस तथ्य को समझ जाता है, वह हमेशा खुश और संतुष्ट रहता है।

पत्नी से, भोजन से और धन से संतुष्ट रहें

सन्तोषस्त्रिषु कर्तव्यः स्वदारे भोजने धने।
त्रिषु चैव न कर्तव्योऽध्ययने तपदानयोः॥4॥

यहाँ आचार्य चाणक्य संतोष के महत्त्व को प्रतिपादित करते हुए कहते हैं कि व्यक्ति को अपनी ही स्त्री से संतोष करना चाहिए, चाहे वह रूपवती हो या साधारण, वह सुशिक्षित हो या निरक्षर। उसकी पत्नी है, यही बड़ी बात है। इसी प्रकार व्यक्ति को जो भोजन प्राप्त हो जाए, उसी से संतोष करना चाहिए। अपनी रूखी-सूखी भी भली होती है। आजीविका से प्राप्त धन के संबंध में भी चाणक्य के विचार हैं कि व्यक्ति को असंतोष से खेद या दुःख नहीं करना चाहिए। इससे उसकी मानसिक शांति नष्ट नहीं होती। यदि कोई व्यक्ति ऐसा नहीं करता है तो वह निरंतर दुःखी रहता है। इसके विपरीत, चाणक्य का यह भी कहना है कि शास्त्रों का अध्ययन, प्रभु के नाम का स्मरण और दान कार्य करने में कभी भी संतोष नहीं करना चाहिए। इससे मानसिक शांति और आत्मिक सुख मिलता है।

भले ही पत्नी सुंदर न हो या वह कम पढ़ी-लिखी हो, पर किसी भी व्यक्ति को अपनी पत्नी से असंतुष्ट नहीं रहना चाहिए। जो अपनी पत्नी की उपेक्षा करते हैं और दूसरी स्त्रियों की ओर आकर्षित होते हैं, उनका सामाजिक, आर्थिक व नैतिक स्तर पर पतन होता है।

अन्न देवता के समान होता है। इसलिए व्यक्ति को जो भी भोजन प्राप्त हो, उसे उसमें संतुष्ट रहना चाहिए। दूसरों की चुपड़ी रोटी देखकर अपनी रूखी रोटी की अवहेलना नहीं करनी चाहिए। इसी तरह से व्यक्ति को अपनी समृद्धि से भी संतुष्ट रहना चाहिए। जो लोग निरंतर धन के पीछे भागते रहते हैं, वे अपनी मानसिक शांति को खो देते हैं।

इसके विपरीत, चाणक्य का यह कहना है कि पढ़ाई करते समय या कोई हस्तविद्या सीखते समय संतुष्ट नहीं होना चाहिए। उस समय जब तक आपको सारी चीजें ठीक से समझ न आ जाएँ, तब तक अपने शिक्षक से पूछते रहना चाहिए।

उन्हें रास्ता दे दें

विप्रयोर्विप्रवह्नयोश्च दम्पत्योः स्वामिभृत्ययोः।
अन्तरेण न गन्तव्यं हलस्य वृषभस्य च॥5॥

आचार्य चाणक्य मार्ग में अपनाई जानेवाली वर्जना की चर्चा करते हुए कहते हैं कि दो ब्राह्मणों के बीच से, ब्राह्मण और आग के बीच से, मालिक और नौकर के बीच से, पति और पत्नी के बीच से तथा हल और बैलों के बीच से नहीं गुजरना चाहिए।

जब दो व्यक्ति एक-दूसरे से बातचीत कर रहे हों तो उनके बीच से गुजरना नहीं चाहिए।

जब दो ब्राह्मण आपस में एक-दूसरे से पुराणों और वेदों की चर्चा कर रहे हों तो उनके बीच से गुजरने से बचना चाहिए। इससे उनका ध्यान भंग होता है। इसी प्रकार से ध्यान लगाते हुए ब्राह्मण के ध्यान में विघ्न नहीं डालना चाहिए। इसी प्रकार से पति-पत्नी और नौकर मालिक के बीच होनेवाले विवाद में भी नहीं पड़ना चाहिए।

अगर आप हल और बैल के बीच से गुजरने की कोशिश करेंगे तो आपको चोट लग जाएगी। किसी भी व्यक्ति को स्थिति का अंदाजा लगा लेने के बाद ही उस जगह से गुजरना चाहिए।

इन्हें पैरों से स्पर्श न करें

पादाभ्यां न स्पृशेदग्निं गुरुं ब्राह्मणमेव च।
नैव गां न कुमारीं च न वृद्धं न शिशुं तथा॥6॥

आचार्य चाणक्य कहते हैं कि आग, गुरु, ब्राह्मण, गाय, कुँवारी कन्या, बूढ़े लोग तथा बच्चों को पाँव से नहीं छूना चाहिए। ऐसा करना असभ्यता है।

किसी भी चीज को पैरों से छूना उसका अपमान करना है। वेदों में जलती हुई आग, गुरु, ब्राह्मण और गाय को भगवान् का दर्जा दिया गया है। अगर इन्हें पैरों से छुआ जाए तो इनका अपमान होता है।

इसी तरह से कुंवारी कन्या और बच्चे को पैर से नहीं छूना चाहिए। एक कुंवारी

स्त्री का माँ की तरह और बच्चे का भगवान् की तरह सम्मान करना चाहिए। उनका अपमान करना पाप है।

जो लोग सम्माननीय हैं, उन्हें कभी भी पैर से नहीं छूना चाहिए। अगर कोई ऐसा करता है तो वह अपनी मूर्खता का ही प्रदर्शन करता है।

दुष्टों से बचें

शकटं पञ्चहस्तेन दशहस्तेन वाजिनम्।
हस्ती शतहस्तेन देशत्यागेन दुर्जनम्॥7॥

आचार्य चाणक्य कहते हैं कि बैलगाड़ी से पाँच हाथ, घोड़े से दस हाथ और हाथी से सौ हाथ दूर रहना चाहिए; किंतु दुष्ट व्यक्ति से बचने के लिए थोड़ा-बहुत अंतर पर्याप्त नहीं। उससे बचने के लिए तो आवश्यकता पड़ने पर उस देश को भी छोड़ा जा सकता है।

कभी भी चलती हुई बैलगाड़ी, उछल-कूद करते घोड़े और पागल हाथी के सामने नहीं आना चाहिए।

किसी भी व्यक्ति के लिए ऐसे पशुओं के व्यवहार के बारे में जान पाना मुश्किल है। इसलिए कोई भी दुर्घटना होने से बचने के लिए बेहद जरूरी है कि ऐसे पशुओं से एक निश्चित दूरी बनाकर रखी जाए। ठीक इसी तरह से ऐसे स्थान से, जहाँ पर किसी दुष्ट व्यक्ति से सामना होने वाला हो, वहाँ से चले जाना ही उचित होता है। ऐसे व्यक्ति से बेकार की बहस करना अपने ही समय की बरबादी करना है।

दुष्ट व्यक्ति का नाश कर दें

हस्ती अंकुशमात्रेण वाजी हस्तेन ताड्यते।
शृङ्गी लगुडहस्तेन खड्गहस्तेन दुर्जनः॥8॥

आचार्य चाणक्य दुष्ट के साथ दुष्टता का पाठ पढ़ाते हुए सावधानी का महत्त्व प्रतिपादित करते हुए कहते हैं कि हाथी को अंकुश से, घोड़े को चाबुक से, सींगों वाले पशुओं को हाथ या डंडे से तथा दुष्ट को खड्ग से काबू में करना चाहिए।

एक हाथी को काबू में करने के लिए अंकुश की जरूरत होती है। एक बेकाबू

घोड़े को काबू में लाने के लिए चाबुक का सहारा लेना चाहिए। बाकी पशुओं को काबू में लाने के लिए डंडे का उपयोग करना चाहिए।

एक पशु को डंडे से काबू में किया जा सकता है, लेकिन एक दुष्ट व्यक्ति को नष्ट कर देना चाहिए। उससे दूरी बनाकर रखना बेहद जरूरी है, क्योंकि वह डर के मारे अपने पास घातक हथियार रखता है। एक दुष्ट व्यक्ति के साथ दुष्टतापूर्ण व्यवहार ही करना चाहिए। अगर उसके साथ अच्छा व्यवहार किया जाए तो वह उसे आपकी कमजोरी समझता है। ऐसा व्यक्ति ताड़ना का ही हकदार होता है।

दुष्टों का विकृत आनंद

तुष्यन्ति भोजने विप्रा मयूरा घनगर्जिते।
साधवः परसम्पत्तौ खलः परविपत्तिषु॥9॥

आचार्य चाणक्य दुष्टों के दूसरे के दुःख में सुख अनुभव करने की प्रवृत्ति का बखान करते हुए कहते हैं कि ब्राह्मण तो भोजन से प्रसन्न होते हैं, मोर बादलों के गरजने पर आनंदित हो उठता है, सज्जन पुरुष दूसरों की संपन्नता से सुखी होते हैं। किंतु दुष्ट तो दूसरे की विपत्ति को देखकर खुश होते हैं। यह कितनी विचित्र बात है।

ब्राह्मण तो अच्छे भोजन मात्र से प्रसन्न हो जाते हैं, मोर बादलों की गर्जना से प्रसन्न हो जाता है, बारिश की बूँदें पड़ते ही वह खुश होकर नाचने लगता है। हर किसी का खुशी प्राप्त करने का अपना तरीका होता है।

एक सज्जन व्यक्ति का कोई भी दुश्मन नहीं होता है। वह दूसरों की तरक्की से खुश होता है। एक बुरा व्यक्ति दूसरों को दुःखी देखकर खुश होता है। उसे दूसरों की तरक्की से जलन होती है। वह बहुत ज्यादा स्वार्थी होता है। इसी वजह से उसे दूसरों का सुख दुःख देता है और दूसरों के दुःख से उसे सुख का अनुभव होता है।

दुश्मन से भी कैसे जीतें

अनुलोमेन बलिनं प्रतिलोमेन दुर्जनम्।
आत्मतुल्यबलं शत्रुं विनयेन बलेन वा॥10॥

आचार्य चाणक्य व्यवहार की धर्मिता समझाते हुए बता रहे हैं कि बलवान्

शत्रु को उसके अनुकूल चलकर, दुष्ट को उसके प्रतिकूल चलकर तथा समान बलवाले शत्रु को विनय से या बल से वश में करना चाहिए।

किसी भी व्यक्ति को बलवान् शत्रु से उलझने से बचना चाहिए। उसे अपने अच्छे व्यवहार से ही जीता जा सकता है।

एक दुष्ट शत्रु को उसके तरीके से ही चाल चलकर जीतना चाहिए। वह अच्छे व्यवहार के लायक नहीं होता है। उसकी दुष्टता का नाश कर देना चाहिए। अपने बराबर के शत्रु से लड़ना उचित नहीं है। पहले उसको बातचीत करके वश में करना चाहिए। यदि वह न माने, तब उस पर बल का प्रयोग करना चाहिए।

राजा की शक्ति, ब्राह्मण और स्त्री

बाहुवीर्यं बलं राज्ञो ब्राह्मणो ब्रह्मविद् बली।
रूपयौवनमाधुर्यं स्त्रीणां बलमुत्तमम्॥11॥

आचार्य चाणक्य स्त्रियों के गुण की चर्चा करते हुए कहते हैं कि बाजुओं की शक्ति वाले राजा बलवान् होते हैं। ब्रह्म को जाननेवाला ब्राह्मण ही बलवान् होता है। इसी प्रकार से सुंदरता, यौवन और मधुरता ही स्त्रियों का बल है।

किसी भी राज्य में सेना की शक्ति ही किसी राजा का बल होता है। सशस्त्र सेना से ही किसी राजा का सम्मान बढ़ता है।

एक ब्राह्मण की शक्ति उसका ज्ञान है। उसका सम्मान उसके ज्ञान के अनुपात के आधार पर ही होता है। किसी ब्राह्मण को जितने पौराणिक ग्रंथों का ज्ञान होता है, वह उतना ही ज्यादा सम्मानित होता है। एक स्त्री का सम्मान उसके शालीन व्यवहार की वजह से होता है। ऐसी स्त्री अपने परिवार को समाज में सम्मानित करनेवाली होती है।

बहुत सीधा न बनें

नाऽत्यन्तं सरलैर्भाव्यं गत्वा पश्य वनस्थलीम्।
छिद्यन्ते सरलास्तत्र कुब्जास्तिष्ठन्ति पादपाः॥12॥

जीवन का सिद्धांत है कि अति सर्वत्र वर्जित है, फिर चाहे वह जीवन के

संदर्भ में, सादगी या सीधेपन के स्तर पर ही क्यों न हो। अतः आचार्य चाणक्य कहते हैं कि अधिक सीधा नहीं होना चाहिए। वन में जाकर देखने पर पता चलता है कि सीधे वृक्ष काट लिये जाते हैं, जबकि टेढ़े-मेढ़े वृक्ष छोड़ दिए जाते हैं।

वन में सबसे पहले सीधे पेड़ को ही काटा जाता है। इसी तरह से जो व्यक्ति व्यवहार में सीधा होता है, सब लोग उसे ही हानि पहुँचाने की कोशिश करते हैं।

हर कोई सीधे व्यक्ति का फायदा उठाना चाहता है। कई बार तो वे बिना बात के ही अत्याचार का शिकार हो जाते हैं। प्रत्येक व्यक्ति को अत्याचार के विरुद्ध आवाज उठाने का गुर सीखना चाहिए, जिससे कि कोई उसका लाभ न उठा सके।

हंस की तरह स्वार्थी न बनें

यत्रोदकं तत्र वसन्ति हंसाः तथैव शुष्कं परिवर्जयन्ति।
न हंसतुल्येन नरेण भाव्यं पुनस्त्यजन्ते पुनराश्रयन्ते॥13॥

आचार्य चाणक्य हंस के व्यवहार को आदर्श मानकर उपदेश दे रहे हैं कि जिस जलाशय में पानी ज्यादा होता है, हंस वहीं निवास करते हैं। यदि वहाँ का पानी सूख जाता है तो वे उसे छोड़कर दूसरे स्थान पर चले जाते हैं। जब कभी वर्षा अथवा नदी का जल उस नदी में भर जाता है तो वे पुनः वहाँ लौट आते हैं। इस प्रकार हंस अपनी आवश्यकतानुसार किसी भी जलाशय को छोड़ने या वहाँ पर पुनः निवास करने में संकोच नहीं करते।

जब तक किसी तालाब में पानी रहता है, तब तक हंस वहाँ पर रुका रहता है; लेकिन जैसे ही तालाब में पानी खत्म हो जाता है, हंस उसे छोड़कर दूसरे तालाब की तलाश में चला जाता है। हंस का लगाव तालाब के पानी से होता है, तालाब से नहीं।

किसी भी व्यक्ति को हंस की तरह स्वार्थी नहीं बनना चाहिए। जीवन में उतार-चढ़ाव आते रहते हैं। किसी भी संबंध को अपने से अलग नहीं करना चाहिए। इस बात को हमेशा ध्यान में रखना चाहिए कि क्या पता कभी आपको अपने उसी संबंधी की जरूरत पड़ जाए, जिसे आज आप अपने स्वार्थ की वजह से छोड़ रहे हैं। जिस किसी ने भी जीवन में आपकी मदद की है, उसके साथ हमेशा संबंध बनाए रखना चाहिए।

जो कमाएँ, उसे खर्च करें

उपार्जितानां वित्तानां त्याग एव हि रक्षणम्।
तडागोदरसंस्थानां परिवाह इवाऽम्भसाम्॥14॥

यहाँ आचार्य चाणक्य अर्जित धन को सदुपयोग में व्यय करने के बारे में बताते हुए कहते हैं कि सरोवर के जल को स्वच्छ रखने के लिए उसका बहते रहना आवश्यक है। इसी प्रकार अर्जित धन का त्याग करते रहना ही उसकी रक्षा है। इसलिए जो कमाएँ, उसे खर्च करते रहना चाहिए।

जब किसी तालाब के पानी का इस्तेमाल नहीं किया जाता है तो वह पानी खराब हो जाता है। जब तालाब में इकट्ठे पानी का इस्तेमाल किया जाता है, तभी उसमें बरसात का पानी इकट्ठा होता है।

ठीक इसी तरह से जब धन को अच्छे कार्यों के लिए इस्तेमाल किया जाता है तो वह बढ़ता है; लेकिन जब उसे गलत कार्यों में खर्च किया जाता है तो वह घटता जाता है। बुरी आदतें अच्छाई की दुश्मन होती हैं, जबकि अच्छी आदतें उसकी रक्षक होती हैं।

धन का महत्त्व

यस्याऽर्थास्तस्य मित्राणि यस्याऽर्थास्तस्य बान्धवाः।
यस्याऽर्थाः स पुमाँल्लोके यस्याऽर्थाः स च जीवति॥15॥

एक धनी व्यक्ति के बहुत सारे मित्र और संबंधी होते हैं। सभी उसका सम्मान करते हैं और उसके साथ संबंध जोड़ना चाहते हैं।

जब तक किसी व्यक्ति के पास धन होता है, उसके पास बहुत सारे मित्र और संबंधी होते हैं। हर कोई उगते सूर्य की पूजा करता है। जब कोई व्यक्ति अपना धन खो देता है तो धन के साथ-साथ ही उसके सभी मित्र और संबंधी भी गायब हो जाते हैं।

दिव्य व्यक्तियों के गुण

स्वर्गस्थितानामिह जीवलोके चत्वारि चिह्नानि वसन्ति देहे।
दानप्रसङ्गो मधुरा च वाणी देवाऽर्चनं ब्राह्मणतर्पणं च॥16॥

सत्कर्म का आचरण करनेवाले व्यक्ति को महात्मा के रूप में व्यक्त करते हुए आचार्य चाणक्य कहते हैं कि दान देने में रुचि, मधुर वाणी, देवताओं की पूजा तथा ब्राह्मणों को संतुष्ट रखना—इन चार लक्षणोंवाला व्यक्ति इस लोक में कोई स्वर्ग की आत्मा होता है।

ऐसे गुणोंवाले व्यक्ति शांतिपूर्ण और समृद्धिशाली जीवन जीते हैं। उनकी गिनती महान् व्यक्तियों में होती है। वे हमेशा दूसरों की मदद करने को तैयार रहते हैं। वे कभी किसी पर कोई आरोप नहीं लगाते और हमेशा सच का साथ देनेवाले होते हैं। वे पूरी तरह से धार्मिक होते हैं और ब्राह्मणों का सम्मान करते हैं।

दुष्ट व्यक्ति की चाल

अत्यन्तकोपः कटुका च वाणी
दरिद्रता च स्वजनेषु वैरम्।
नीचप्रसङ्गः कुलहीनसेवा
चिह्नानि देहे नरकस्थितानाम्॥17॥

आचार्य चाणक्य के अनुसार, दुष्ट या नीच कर्म करनेवाले व्यक्ति नरक के अधिकारी होते हैं। अत्यंत क्रोध, कटु वाणी, दरिद्रता, स्वजनों से वैर, नीच लोगों का साथ, कुलहीन की सेवा—नरक की आत्माओं के बीच का यही लक्षण होता है।

किसी भी व्यक्ति के रवैए और व्यवहार से ही पृथ्वी पर स्वर्ग का निर्माण होता है। एक दुष्ट व्यक्ति को कभी भी जीवन में शांति और समृद्धि नहीं मिलती है। एक ऐसा व्यक्ति, जो बुरे लोगों की संगति में रहता है और उनसे प्रभावित होकर निर्णय लेता है, प्रतिष्ठित और सज्जन व्यक्ति हमेशा उसकी संगति से दूर रहते हैं। अंततः एक दुष्ट व्यक्ति के जीवन का अंत दुःख में ही होता है।

सज्जनों की संगति अच्छी

**गम्यते यदि मृगेन्द्र-मन्दिरं लभ्यते करिकपोलमौक्तिकम्।
जम्बुकाऽऽलयगते च प्राप्यते स वत्स-पुच्छ-खर चर्म-खण्डनम्॥18॥**

संगति के प्रभाव को दरशाते हुए आचार्य चाणक्य कहते हैं कि यदि कोई सिंह की गुफा में जाए तो उसे वहाँ हाथी के कपोल का मोती प्राप्त होता है। यदि वही व्यक्ति गीदड़ की माँद में जाए तो उसे बछड़े की पूँछ तथा गधे के चमड़े का टुकड़ा ही मिलेगा।

केवल एक शेर ही हाथी का शिकार कर सकता है; जबकि एक लोमड़ी कमजोर जानवरों का शिकार ही कर पाती है। श्रेष्ठ व सज्जन व्यक्ति की संगति में रहने से ज्ञान बढ़ता है, जबकि बुरे व्यक्ति की संगति में रहने से दुष्टता ही सीखने को मिलती है। इसलिए एक व्यक्ति को हमेशा अच्छे व्यक्तियों का साथ चुनना चाहिए और बुरे लोगों की संगति से बचना चाहिए।

कुत्ते की पूँछ की तरह बेकार

**शुनः पुच्छमिव व्यर्थं जीवितं विद्यया विना।
न गुह्यगोपने शक्तं न च दंशनिवारणे॥19॥**

आचार्य चाणक्य कहते हैं कि जिस प्रकार कुत्ते की पूँछ से न तो उसके गुप्त अंग छिपते हैं और न ही वह पूँछ मच्छरों को काटने से रोक सकती है, इसी प्रकार विद्या से रहित व्यक्ति का जीवन भी व्यर्थ होता है। क्योंकि विद्या-विहीन मनुष्य मूर्ख होने के कारण न अपनी रक्षा कर सकता है, न ही अपना भरण-पोषण कर पाता है।

कुत्ते की पूँछ का कोई सही इस्तेमाल नहीं होता है। एक मूर्ख व्यक्ति न तो खुद की रक्षा कर सकता है, न ही समाज में उसे कोई सम्मान ही प्राप्त होता है। वह कभी भी अपनी गरीबी से मुक्ति नहीं पाता है और वह अपने परिवार की रक्षा करने में असमर्थ रहता है। वह उसी प्रकार से बेकार होता है, जैसे कुत्ते की पूँछ बेकार होती है।

निर्वाण पाने के गुण

वाचः शौचं च मनसः शौचमिन्द्रियनिग्रहः।
सर्वभूते दया शौचं एतच्छौचं पराऽर्थिनाम्।।20।।

आचार्य चाणक्य कहते हैं कि मन-वाणी को पवित्र रखना, इंद्रियों का निग्रह, सभी प्राणियों पर दया करना और दूसरों पर उपकार करना सबसे बड़ी शुद्धता है।

निर्वाण हर किसी के जीवन का उद्देश्य होता है। इसका मतलब पवित्र और उद्देश्यपूर्ण जीवन है।

मुक्ति पाने के लिए किसी के लिए भी यह बेहद जरूरी है कि वह अपनी आत्मा और शरीर दोनों की ही शुद्धि पर पूरा ध्यान दे। वह किसी को भी अपनी वाणी से कष्ट न पहुँचाए। उसके मन में केवल अच्छे विचार ही आते हों और वह किसी से भी घृणा न करता हो। उसका अपनी इंद्रियों पर नियंत्रण हो और वह सभी जीवों के प्रति दया का भाव रखनेवाला हो। उसके जीवन का मकसद दूसरों की मदद करना हो।

शरीर में है सर्वोच्च आत्मा

पुष्पे गन्धं तिले तैलं काष्ठेऽग्निं पयसि घृतम्।
इक्षौ गुडं तथा देहे पश्याऽऽत्मानं विवेकतः।।21।।

यहाँ आचार्य चाणक्य आत्मा के संदर्भ में कहते हैं कि पुष्प में गंध, तिलों में तेल, काष्ठ में अग्नि, दूध में घी तथा गन्ने में गुड़ की तरह विवेक से देह में आत्मा को देखें।

ये सारी चीजें एक ही स्थान पर नहीं पाई जाती हैं, लेकिन ये सर्वत्र विद्यमान होती हैं।

इसी तरह से सभी व्यक्तियों में सर्वोच्च आत्मा का निवास होता है। बस, हमें उस आत्मा को जानने और उसे महसूस करने की जरूरत होती है। हर कोई भगवान् की इस देन को समझ पाने में समर्थ नहीं होता है। केवल प्रशिक्षित लोग ही इसके बारे में जानते हैं और वे सर्वोच्च आत्मा की उपस्थिति को समझकर अपने जीवन को खुशहाल बनाते हैं।

□

अध्याय-8

वृद्धावस्था में तीन बातें मृत्यु के समान और कष्टदायी होती हैं—पत्नी की मृत्यु, भाई संपत्ति हड़प लें और भोजन के लिए दूसरों पर आश्रित हो जाना।

उन्हें सम्मान की इच्छा होती है

अधमा धनमिच्छन्ति धनं मानं च मध्यमाः।
उत्तमा मानमिच्छन्ति मानो हि महतां धनम्॥1॥

धन की चर्चा करते हुए आचार्य चाणक्य कहते हैं कि अधम व्यक्ति धन की इच्छा करते हैं, मध्यम धन और मान चाहते हैं; किंतु उत्तम केवल मान चाहते हैं। महापुरुषों का धन मान ही है।

एक अधम व्यक्ति हमेशा धन की इच्छा ही करता है। एक आसक्त व्यक्ति हमेशा धन-प्राप्ति की जुगत में ही लगा रहता है। इसके लिए वह किसी भी हद तक जा सकता है।

एक औसत व्यक्ति धन तो पाना चाहता है, लेकिन इसके लिए वह अपने आत्मसम्मान को दाँव पर नहीं लगा सकता है। वह अपनी मेहनत के परिणाम से खुश रहता है। उसकी इच्छा धन-प्राप्ति के साथ सम्मान-प्राप्ति की भी होती है। एक महान् व्यक्ति के लिए अच्छा नाम ही उसकी एकमात्र इच्छा होती है। वह धन के प्रति आकर्षित नहीं होता है, इसलिए उसे समाज में सम्मान की प्राप्ति होती है।

अच्छे कामों के लिए सब समय सही

इक्षुराप: पयो मूलं ताम्बूलं फलमौषधम्।
भक्षयित्वाऽपि कर्तव्या: स्नानदानाऽऽदिका: क्रिया:।।2।।

आचार्य चाणक्य स्नान व दान के लिए किसी वर्जन या समय की बाध्यता न मानते हुए कहते हैं कि ईख, जल, दूध, मूल, पान, फल और औषधि को खा लेने के बाद भी स्नान व दान आदि कार्य किए जा सकते हैं।

अपने शरीर का शुद्धीकरण और परोपकार संबंधी निर्णय कभी भी लिये जा सकते हैं। भले ही आपने कुछ खा-पी लिया है, इसके बावजूद अच्छे कार्यों के लिए सारा समय अनुकूल रहता है।

भोजन की गुणवत्ता परोसने के तरीके पर निर्भर करती है

दीपो भक्षयते ध्वान्तं कज्जलं च प्रसूयते।
यदन्नं भक्षयेन्नित्यं जायते तादृशी प्रजा।।3।।

अन्न तथा मन की चर्चा करते हुए आचार्य चाणक्य कहते हैं कि दीपक अंधकार को खाता है और काजल पैदा करता है। अत: जो नित्य जैसा अन्न खाता है, वह वैसी ही संतान को जन्म देता है।

दीया अँधेरे को खाता है और काजल को जन्म देता है। इसी प्रकार से आप जो कुछ भी खाते हैं, उसका आपके होनेवाले बच्चे पर प्रभाव पड़ता है।

आप जो खाना खा रहे हैं, अगर वह शुद्ध है तो आपका पुत्र पवित्र होगा। अशुद्ध भोजन का सेवन करने से आपके बच्चे में गलत आदतें आएँगी। गर्भावस्था के दौरान ज्यादा नमकीन, खट्टे, तीखे और ठंडे भोजन का सेवन करने से बचना चाहिए। अच्छी आदतें और संतुलित आहार होनेवाले बच्चे में अच्छी आदतें डालते हैं।

धन केवल योग्य लोगों को ही प्राप्त होता है

वित्तं देहि गुणान्वितेषु मतिमन्नान्यत्र देहि क्वचित्
प्राप्तं वारिनिधेर्जलं घनमुखे माधुर्ययुक्तं सदा।
जीवान् स्थावरजङ्गमांश्च सकलान् संजीव्य भूमण्डलम्
भूय: पश्य तदेव कोटिगुणितं गच्छन्तमम्भोनिधिम्।।4।।

धन की पात्रता बताते हुए आचार्य चाणक्य कहते हैं कि बुद्धिमान व गुणी लोगों को ही धन देना चाहिए, अगुणी लोगों को कभी भी नहीं। बादल सागर से पानी लेकर मधुर जल की वर्षा करता है, इससे पृथ्वी के चराचर प्राणी जीवित रहते हैं। फिर वही जल करोड़ों गुना अधिक होकर समुद्र में चला जाता है।

जब योग्य लोगों को धन मिलता है तो वे उसका सदुपयोग करते हैं और उसका इस्तेमाल समाज की तरक्की में करते हैं। जबकि बुरे लोग धन का दुरुपयोग करते हैं और समाज में भ्रष्टाचार की बुराई फैलाते हैं।

बादल समंदर से पानी लेकर बरसात करते हैं। बारिश के इस जल से पृथ्वी पर रहनेवाले जीव-जंतुओं को पोषण प्राप्त होता है और इससे किसान अपनी फसलों को सींचकर अनाज उपजाते हैं, जो सभी लोगों के काम आता है। बरसात का यह पानी फिर से समंदर में और नदियों में चला जाता है। जब अच्छे लोगों के पास धन होता है तो वे उसका इस्तेमाल लोगों की भलाई के लिए करते हैं।

विदेशी आक्रमणकर्ता सबसे खराब है

चाण्डालानां सहस्रे च सूरिभिस्तत्त्वदर्शिभिः।
एको हि यवनः प्रोक्तो न नीचो यवनात्परः॥5॥

विद्वानों का ऐसा मानना है कि विदेशी आक्रमणकर्ता हजारों नीच कुल में उत्पन्न लोगों से बढ़कर नीच है। ऐसा आक्रमणकारी सबसे निकृष्ट प्राणी होता है।

विदेशी आक्रमणकर्ता मानवता के सबसे बड़े दुश्मन हैं। उनका कोई धर्म नहीं होता है। वे शहरों पर आक्रमण करते हैं और उनको नष्ट कर देते हैं। वे क्रूरतापूर्वक मनुष्यों की हत्या कर देते हैं और उनकी स्त्रियों को बंदी बना लेते हैं। बिना किसी नियम-कानून को माने लोगों को यंत्रणा देना ही उनकी प्रमुख गतिविधि होती है। इस श्लोक में आचार्य चाणक्य आर्यों की सेना को विदेशी आक्रमणकारियों से लड़ने को प्रेरित कर रहे हैं।

स्नान का महत्त्व

तैलाऽभ्यंगे चिताधूमे मैथुने क्षौरकर्मणि।
तावद्भवति चाण्डालो यावत् स्नानं न चाऽऽचरेत्॥6॥

स्नान करके ही व्यक्ति पवित्र होता है, वरना वह शूद्र है। इसी को स्पष्ट करते हुए आचार्य चाणक्य कहते हैं कि शरीर पर तेल लगाने पर, चिता का धुआँ लगने पर, मैथुन करने पर तथा बाल कटवाने पर जब तक मनुष्य स्नान नहीं कर लेता, तब तक वह अपवित्र होता है।

इन सारी गतिविधियों के बाद स्त्री-पुरुष दोनों को सर्वप्रथम स्नान करना चाहिए, उसके बाद ही कोई काम करना चाहिए। नहाने से ताजगी आ जाती है।

तेल की मालिश के बाद स्नान न करना स्वास्थ्य के प्रतिकूल होता है। यौन संबंध के बाद स्त्री-पुरुष दोनों को स्नान करना चाहिए। बाल कटवाने के बाद भी स्नान करना चाहिए, अन्यथा व्यक्ति स्वच्छ नहीं होता। स्नान से ताजगी मिलती है और वह स्वास्थ्यकर होता है।

पानी अमृत के समान

अजीर्णे भेषजं वारि जीर्णे वारि बलप्रदम्।
भोजने चामृतं वारि भोजनान्ते विषप्रदम्॥7॥

जल की गुणवत्ता बताते हुए आचार्य चाणक्य कहते हैं कि भोजन न पचने पर जल औषधि के समान होता है। भोजन करते समय जल अमृत है और भोजन के बाद यह विष का काम करता है।

जल ही जीवन है। पानी सभी व्याधियों को दूर करने में मददगार साबित होता है। खाने के दौरान थोड़ा-थोड़ा पानी पीना अमृत के समान होता है; लेकिन भोजन करने के बाद पानी पीना विष के समान घातक होता है। इसलिए कभी भी भोजन करने के तुरंत बाद पानी का सेवन न करें।

बिना पति के स्त्री का जीवन बेकार है

हतं ज्ञानं क्रियाहीनं हतश्चाऽज्ञानतो नरः।
हतं निर्नायकं सैन्यं स्त्रियो नष्टा ह्यभर्तृकाः॥8॥

आचार्य चाणक्य कहते हैं कि जिस ज्ञान पर विचार न किया जाए, वह ज्ञान बेकार हो जाता है। अज्ञान से मनुष्य का नाश हो जाता है। सेनापति के बिना सेना तथा बिना पति के स्त्री नष्ट हो जाती है।

ज्ञान का स्वरूप उसके कार्यान्वयन के बाद अलग-अलग होता है। जो लोग बहादुर होते हैं, उन्हें इस स्थिति का सामना नहीं करना पड़ता है। अगर ज्ञान का उपयोग सही तरीके से न किया जाए तो वह उद्देश्यहीन होता है। जिस व्यक्ति की कथनी और करनी में अंतर हो, उस पर भरोसा नहीं किया जाना चाहिए। एक मूर्ख व्यक्ति का जीवन अंधकारमय होता है। सेना अपने सेनापति का आदेश मानती है। अतः बिना सेनापति की सेना को कभी भी दुश्मनों द्वारा पराजित किया जा सकता है। इसी प्रकार से परिवार में एक पुरुष सदस्य महत्त्वपूर्ण होता है। बिना पति के कोई भी स्त्री अधूरी होती है। पति के बिना उसका जीवन बेकार होता है।

बुढ़ापे में ये तीनों मृत्यु के समान

वृद्धकाले मृता भार्या बन्धुहस्ते गतं धनम्।
भोजनं च पराधीनं तिस्रः पुंसां विडम्बनाः॥9॥

आचार्य चाणक्य कहते हैं कि बुढ़ापे में पत्नी की मृत्यु, धन का भाइयों के हाथ में चले जाना, भोजन के लिए भी पराधीनता—इसे पुरुष के लिए उस पर दुःखों का पहाड़ टूट जाना ही समझें।

वृद्धावस्था में पति-पत्नी एक-दूसरे का सहारा बनते हैं। जब बच्चे विवाह करके अपने जीवन साथी के साथ चले जाते हैं, उस समय वे दोनों ही एक-दूसरे के साथ रहते हैं। इस अवस्था में अगर पत्नी की मृत्यु हो जाती है तो पति अकेला और असहाय रह जाता है।

जीवन की इस अवस्था में प्रत्येक व्यक्ति को संपत्ति और सम्मान की जरूरत होती है। वृद्धावस्था में किसी को भी अपनों के द्वारा किया गया अपमान बरदाश्त

नहीं होता है। अगर बुढ़ापे में आपके पास धन व संपत्ति है तो आप सम्मानपूर्वक अपना जीवन-यापन कर सकते हैं।

विश्वास और समर्पण सम्मान के कारक

नाग्निहोत्रं विना वेदा न च दानं विना क्रिया।
न भावेन विना सिद्धिस्तस्माद्भावो हि कारणम्॥10॥

आचार्य चाणक्य का कथन है कि अग्निहोत्र एवं यज्ञादि के बिना वेदों का अध्ययन निरर्थक है तथा दान के बिना यज्ञादि शुभ कर्म संपन्न नहीं होते, जिनके बिना यज्ञ पूर्ण नहीं माना जाता। किंतु यदि दान बिना श्रद्धा भाव के केवल दिखावे के लिए हो तो उससे कभी अभीष्ट कार्य की सिद्धि नहीं होती।

भगवान् लकड़ी और पत्थरों में नहीं, हमारे मन में रहते हैं। अगर हमारे विचार शुद्ध हैं तो हमें किसी भी मूर्ति में भगवान् नजर आएँगे, अन्यथा वह हमें पत्थर की प्रतिमा ही लगेगी। यह हमारी भावना ही है, जो किसी पत्थर की मूर्ति को भगवान् बना देती है। विश्वास संपूर्ण समर्पण पर आश्रित होता है।

चाहे वेदों का अध्ययन हो या फिर अच्छे विचार, बिना विश्वास और समर्पण के पूर्ण नहीं होते हैं। आधे-अधूरे मन से किए गए कार्य कभी भी पूर्ण नहीं होते हैं।

भावना और विश्वास

काष्ठपाषाणधातूनां कृत्वा भावेन सेवनम्।
श्रद्धया च तया सिद्धस्तस्य विष्णुः प्रसीदति॥11॥

यहाँ पर आचार्य चाणक्य भावना को भगवान् की प्राप्ति का साधन बताते हुए कहते हैं कि काष्ठ, पाषाण या धातु की मूर्तियों की भी भावना और श्रद्धा से उपासना करने पर भगवान् की कृपा से सिद्धि मिल जाती है।

हम किस भाव और भावना से भगवान् की प्रार्थना कर रहे हैं, यह महत्त्वपूर्ण है। यह बात मायने नहीं रखती है कि भगवान् की प्रतिमा पत्थर की बनी हुई है या सोने की। मायने रखती है तो भावना। बिना विश्वास और भावना के सोने की मूर्ति भी सजावटी वस्तु के समान है।

भगवान् भक्त की श्रद्धा और भक्ति देखकर प्रसन्न होते हैं, न कि उसकी समृद्धि को देखकर। इसलिए हर किसी को भगवान् की प्रार्थना पूरी श्रद्धा और भक्ति के साथ करनी चाहिए।

भगवान् कहाँ रहते हैं

न देवो विद्यते काष्ठे न पाषाणे न मृण्मये।
भावे हि विद्यते देवस्तस्माद् भावो हि कारणम्॥12॥

आचार्य चाणक्य कहते हैं कि ईश्वर न काष्ठ में हैं, न मिट्टी में, न मूर्ति में। वे केवल भावना में रहते हैं। अतः भावना ही मुख्य है।

भगवान् कहाँ रहते हैं? क्या वे सोने, चाँदी और पत्थर की मूर्ति में रहते हैं?

भगवान् को सोने-चाँदी से कोई मतलब नहीं है। उनके लिए तो सारी बातें श्रद्धा से जुड़ी होती हैं। अगर भक्त के मन में भगवान् के प्रति सच्ची भावना और श्रद्धा है तो वे उनके हृदय में रहते हैं। भगवान् उनकी प्रार्थना सुनते और स्वीकार करते हैं, जो सच्चे मन और पूर्ण समर्पण से उनकी पूजा करते हैं।

भगवान् उसी जगह पर विराजमान होते हैं, जहाँ पर उन्हें याद किया जाता है।

शांति और संतुष्टि सर्वश्रेष्ठ खुशी

शान्तितुल्यं तपो नास्ति न सन्तोषात्परं सुखम्।
न तृष्णायाः परो व्याधिर्न च धर्मो दयापरः॥13॥

महत्त्वपूर्ण संसाधनों की चर्चा करते हुए आचार्य चाणक्य कहते हैं कि शांति के समान कोई तपस्या नहीं है, संतोष से बढ़कर कोई सुख नहीं है, तृष्णा के समान कोई व्याधि नहीं है और दया से बढ़कर कोई धर्म नहीं है।

एक व्यक्ति को शांतिपूर्ण वातावरण की जरूरत होती है, जहाँ पर वह पूरी तरह से तन्मय होकर भगवान् की प्रार्थना कर सके। जो इस सत्य को प्राप्त कर लेते हैं, वे योगी होते हैं।

एक संतोषी व्यक्ति हमेशा खुश रहता है। आपके पास जो कुछ भी है, उसमें ही संतुष्ट रहना सबसे बड़ी खुशी है। अपने आप में ऐसी आदत को विकसित करना

भी एक तरह की तपस्या है। जब आप अपनी तुलना दूसरों से करना बंद कर देते हैं तो आप एक प्रकार की शांति और संतोष का अनुभव करते हैं।

लालच की कोई सीमा नहीं है। जब एक लालच की संतुष्टि होती है तो उसका स्थान दूसरी इच्छा ले लेती है। यह एक किस्म की बीमारी है। इससे सिर्फ महान् लोग ही बचे हुए हैं। दूसरों के लिए अच्छा सोचना और उसकी मदद करना ही सच्चा धर्म है। मनुष्य की सेवा करना भगवान् की सेवा करना है।

क्रोध यमराज (मृत्यु के देवता) के समान

क्रोधो वैवस्वतो राजा तृष्णा वैतरणी नदी।
विद्या कामदुधा धेनुः सन्तोषो नन्दनं वनम्॥14॥

आचार्य चाणक्य यहाँ क्रोध, तृष्णा के सापेक्ष विद्या और संतोष की प्रतीकात्मक सत्ता स्थापित करते हुए कहते हैं कि क्रोध यमराज है, तृष्णा वैतरणी नदी है, विद्या कामधेनु है और संतोष नंदन वन है।

किसी भी व्यक्ति का सबसे बड़ा शत्रु उसका क्रोध है। प्रत्येक व्यक्ति को इससे ऐसे ही भयभीत होना चाहिए, जैसे वह मृत्यु के देवता यमराज से भयभीत होता है। जो अपने क्रोध पर नियंत्रण नहीं कर पाता है, वह समाज में अपने सम्मान और स्थान को खो देता है।

लालच वैतरणी नदी (एक पौराणिक नदी) की तरह है। संसार में रहते हुए व्यक्ति के मन में एक नदी-सी चलती रहती है। वह नदी उसका लालच है। लालच की इस नदी को रोक पाना बहुत कठिन कार्य है।

पुराणों में कामधेनु का वर्णन मनोकामना पूरी करनेवाली गाय के रूप में हुआ है। शिक्षा की तुलना कामधेनु गाय से की गई है, क्योंकि इसकी सहायता से आप अपनी सारी इच्छाओं को पूरी कर सकते हैं। इसलिए प्रत्येक व्यक्ति को शिक्षा-प्राप्ति के लिए कठिन श्रम करना चाहिए।

संतुष्टि की तुलना पुराणों में वर्णित नंदन वन, मनोहर खुशी प्रदान करनेवाले बगीचे से की गई है। एक संतुष्ट व्यक्ति हमेशा अभूतपूर्व खुशी का अनुभव करता है।

गुणों से रूप बढ़ता है और अच्छे व्यवहार से परिवार का सम्मान

गुणो भूषयते रूपं शीलं भूषयते कुलम्।
सिद्धिर्भूषयते विद्यां भोगो भूषयते धनम्॥15॥

आचार्य चाणक्य कहते हैं कि गुण से रूप की शोभा बढ़ती है, सदाचार से कुल की, योग्यता से विद्या की तथा भोगने से धन की शोभा बढ़ती है।

एक स्त्री के गुण उसकी खूबसूरती को बढ़ाते हैं; लेकिन अगर वह सुंदर होने के साथ-साथ अच्छे व्यवहार और चाल-चलनवाली भी हो तो इससे उसका आकर्षण बढ़ता है। संतुलित और सभ्यतापूर्ण व्यवहार से परिवार की प्रतिष्ठा बढ़ती है। शिक्षा का उद्देश्य ज्ञान के चरम तक पहुँचना होता है। अगर धन का इस्तेमाल लोगों की भलाई और धार्मिक कार्यों के लिए किया जाए तो धन खर्च करनेवाले का समाज में सम्मान और अच्छा नाम होता है।

जब वे नष्ट हो जाते हैं

निर्गुणस्य हतं रूपं दुःशीलस्य हतं कुलम्।
असिद्धस्य हता विद्या अभोगेन हतं धनम्॥16॥

इस श्लोक में आचार्य चाणक्य शोभाकारक तत्त्वों की चर्चा करते हुए कहते हैं कि गुणहीन का रूप, दुराचारी का कुल तथा अयोग्य व्यक्ति की विद्या नष्ट हो जाती है। धन का भोग न करने से धन नष्ट हो जाता है।

अगर कोई सुंदर स्त्री बुरे व्यवहार वाली हो तो उसकी सुंदरता बेकार है। किसी भी व्यक्ति से अच्छे व्यवहार की उम्मीद की जाती है। उसका सुंदर होना ही काफी नहीं होता है।

एक गलत और चालबाज व्यक्ति अपने परिवार के सम्मान को गिरानेवाला ही होता है। ऐसा व्यक्ति सामाजिक, आर्थिक और नैतिक सम्मान को खो देता है। ऐसे व्यक्ति का पारिवारिक जीवन भी नष्ट हो जाता है।

विद्या का महत्त्व भी तभी है, जब वह योग्य व्यक्ति के पास हो। ऐसे व्यक्ति का

शिक्षित होना बेकार है, जिसे यह तक न पता हो कि वह अपनी शिक्षा का इस्तेमाल दूसरों की भलाई के लिए किस प्रकार से करे। इसी प्रकार से धन को भी अच्छे कार्यों में इस्तेमाल करना चाहिए।

पवित्र स्त्री और आत्मविश्वासी ब्राह्मण

शुचिर्भूमिगतं तोयं शुद्धा नारी पतिव्रता।
शुचिः क्षेमकरो राजा सन्तोषी ब्राह्मणः शुचिः॥17॥

यहाँ आचार्य चाणक्य शुद्धता की चर्चा करते हुए कहते हैं कि भूमिगत जल शुद्ध होता है, पतिव्रता स्त्री शुद्ध होती है, प्रजा का कल्याण करनेवाला राजा शुद्ध होता है तथा संतोषी ब्राह्मण शुद्ध होता है।

भूमि के अंदर का पानी प्रदूषित नहीं होता है। उसे शुद्ध माना जाता है। एक पवित्र स्त्री, जो धार्मिक होने के साथ-साथ नैतिक मान्यताओं को माननेवाली भी हो, ऐसी स्त्री को समाज में देवी का दर्जा दिया जाता है।

यह एक राजा की जिम्मेदारी है कि वह अपनी प्रजा की भलाई का ध्यान रखे। जो राजा इस उद्‍देश्य की प्राप्ति कर लेता है, वह प्रजा में सम्माननीय होता है। एक संतुष्ट ब्राह्मण लालची नहीं होता है और उसे पवित्र माना जाता है। एक ब्राह्मण ज्ञान अर्जित करने का प्रतीक होता है। अगर वह ज्ञानार्जन के बजाय धन के पीछे भागे तो यह उसके लिए लज्जा की बात होगी।

कौन हारता है और क्यों

असन्तुष्टा द्विजा नष्टाः सन्तुष्टाश्च महीभृतः।
सलज्जा गणिका नष्टा निर्लज्जाश्च कुलाङ्गनाः॥18॥

आचार्य चाणक्य यहाँ उन दुर्गुणों की चर्चा कर रहे हैं, जो दुष्प्रभावी होते हैं। इस तरह देखें तो असंतुष्ट ब्राह्मण तथा संतुष्ट राजा नष्ट हो जाते हैं। लज्जा करनेवाली वेश्या तथा कुलीन घर की निर्लज्ज बहू नष्ट हो जाती है।

ब्राह्मण संतोषी प्रवृत्ति का होता है। असंतुष्ट ब्राह्मण का सम्मान नहीं होता है। अगर राजा अपना समय वैभवपूर्ण जीवन गुजारने में बिताने लगे तो धीरे-धीरे

वह निष्क्रिय हो जाता है और उसके राज्य को कठिनाइयों का सामना करना पड़ता है। राजा को हमेशा अपने राज्य की सीमाओं को बढ़ाने में तत्पर रहना चाहिए। निष्क्रियता किसी भी राजा की सबसे बड़ी शत्रु है।

एक वेश्या का व्यवसाय पूरी तरह से अनैतिकता और कामुकतापूर्ण व्यवहार पर आश्रित होता है। लज्जा उसके व्यवसाय को नष्ट कर देती है। जबकि यदि एक गृहिणी अनैतिक और निर्लज्ज व्यवहार करने लगे तो यह उसके चरित्र की गिरावट होती है। इससे उसका पारिवारिक जीवन नष्ट हो जाता है, क्योंकि किसी को भी अनैतिक व्यवहार करनेवाली पत्नी पसंद नहीं होती है।

अज्ञानता पूरी पीढ़ी को बरबाद कर देती है

किं कुलेन विशालेन विद्याहीनेन देहिनाम्।
दुष्कुलीनोऽपि विद्वांश्च देवैरपि सुपूज्यते॥19॥

विद्वान् की महत्ता बताते हुए आचार्य चाणक्य कहते हैं कि विद्याहीन होने पर विशाल कुल का क्या करना? विद्वान् नीच कुल का भी हो तो देवताओं द्वारा भी पूजा जाता है।

परिवार की प्रतिष्ठा परिवार के सदस्यों के शिक्षित होने पर निर्भर करती है। एक बड़े परिवार में भी अशिक्षा पारिवारिक पतन का कारण बनती है। ऐसे परिवार को समाज में सम्मान की दृष्टि से नहीं देखा जाता है।

एक विद्वान् अपने गुणों के कारण सम्माननीय होता है। वह समाज की उन्नति में महत्त्वपूर्ण भूमिका निभाता है। नीच कुल में उत्पन्न विद्वान् भी अपने परिवार की प्रतिष्ठा को बढ़ाता है।

विद्वानों का हर जगह सम्मान होता है

विद्वान् प्रशस्यते लोके विद्वान् गच्छति गौरवम्।
विद्यया लभते सर्वं विद्या सर्वत्र पूज्यते॥20॥

आचार्य चाणक्य विद्वान् की प्रशंसा करते हुए कहते हैं कि विद्वान् की इस लोक में प्रशंसा होती है, विद्वान् को सर्वत्र गौरव मिलता है। विद्या से सबकुछ प्राप्त होता है और विद्या की सर्वत्र पूजा होती है।

समाज विद्वानों को सम्मान, गौरव और एक खास स्थान प्रदान करता है। समाज

का विकास शिक्षा पर निर्भर करता है। प्रत्येक व्यक्ति को शिक्षित होना चाहिए। एक अशिक्षित व्यक्ति की तुलना पशु से की जाती है।

वे, जो पशुओं के समान हैं

मांसभक्षैः सुरापानैर्मूर्खैश्चाक्षरवर्जितैः।
पशुभिः पुरुषाकारैर्भाराऽऽक्रान्ता च मेदिनी॥21॥

मनुष्य के दुर्गुणों में लिप्त होने पर उसकी स्थिति का प्रतिपादन करते हुए आचार्य चाणक्य कहते हैं कि मांसाहारी, शराबी तथा मूर्ख व्यक्ति पुरुष के रूप में पशु हैं। इनके भार से पृथ्वी दबी जा रही है।

जो व्यक्ति मांस खाते हैं और शराब का सेवन करते हैं, वे पृथ्वी पर पशुओं के समान हैं। जो लोग मांसाहारी होते हैं, वें पशुओं को खाने से परहेज नहीं करते हैं। यह मानवीय गुण नहीं है। ऐसे व्यक्तियों को अविवेकी माना जाता है। ये पृथ्वी पर भार के समान हैं।

एक राष्ट्र का नाश हो जाता है

अन्नहीनो दहेद् राष्ट्रं मन्त्रहीनश्च ऋत्विजः।
यजमानं दानहीनो नास्ति यज्ञसमो रिपुः॥22॥

आचार्य चाणक्य हानिप्रद कारणों की चर्चा करते हुए कहते हैं कि अन्नहीन राजा राष्ट्र को नष्ट कर देता है। मंत्रहीन ऋत्विज तथा दान न देनेवाले यजमान भी राष्ट्र को नष्ट कर देते हैं। इस प्रकार के ऋत्विजों से यज्ञ कराना और ऐसे यजमान का होना, फिर इनका यज्ञ करना राष्ट्र के साथ शत्रुता करना है।

एक राज्य, जहाँ प्रजा को भोजन न मिले; एंक ब्राह्मण, जिसे मंत्रों का ज्ञान न हो और एक यजमान, जो यज्ञ कराने के पश्चात् दान न देता हो—ये सारी स्थितियाँ राष्ट्र में आपदा को आमंत्रित करती हैं।

एक ब्राह्मण, जो कि यज्ञ कर रहा हो, उसे मंत्रों का पूर्ण ज्ञान होना चाहिए और यज्ञ करानेवाले यजमान को भी ब्राह्मण को यज्ञ के पश्चात् यथोचित दान देना चाहिए। जो अपनी भूमिका को सही तरीके से नहीं निभाते हैं, वे राष्ट्र के शत्रु होते हैं।

□

अध्याय-9

वह, जिसकी अप्रसन्नता दुर्बल हो; जिसकी पूजा बेकार हो; वह, जो दंड देने की शक्ति न रखता हो; वह, जो किसी के लिए भी काम का न हो, उसके क्रोध से भयभीत नहीं होना चाहिए।

निर्वाण का मार्ग

मुक्तिमिच्छसि चेत्तात विषयान् विषवत् त्यज।
क्षमाऽऽर्जवं दया शौचं सत्यं पीयूषवद् भज॥1॥

यहाँ पर आचार्य चाणक्य मोक्ष के लिए अपेक्षित स्थितियों की चर्चा करते हुए कहते हैं कि हे प्रिय! यदि तुम मुक्ति चाहते हो तो विषयों को विष समझकर इनका त्याग कर दो। क्षमा, आर्जव, दया, पवित्रता, सत्य आदि गुणों का अमृत के समान पान करो।

जिस व्यक्ति को निर्वाण की इच्छा हो, उसे भोग-विलासपूर्ण आदतों को छोड़ देना चाहिए। यह उसके लिए जहर के समान है। दयालुतापूर्ण व्यवहार जीवन में अमृत के समान है। जो इस आदत को अपना लेता है, उसे स्वतः ही मुक्ति मिल जाती है।

चुगली करने से बचें

परस्परस्य मर्माणि ये भाषन्ते नराधमाः।
त एव विलयं यान्ति वल्मीकोदरसर्पवत्॥2॥

यहाँ आचार्य कहते हैं कि जो व्यक्ति परस्पर एक-दूसरे की बातों को अन्य लोगों को बता देते हैं, वे बाँबी के अंदर साँप के समान नष्ट हो जाते हैं।

जो दूसरों की चुगली करता है, वह सच्चा मित्र कभी भी नहीं बन सकता। प्रत्येक व्यक्ति को ऐसे लोगों के सामने अपने रहस्य उजागर करने से बचना चाहिए।

ब्रह्मा के पास नहीं हैं सलाहकार

गन्धः सुवर्णे फलमिक्षुदण्डे नाऽकारि पुष्पं खलु चन्दनस्य।
विद्वान् धनाढ्यश्च नृपश्चिरायुः धातुः पुरा कोऽपि न बुद्धिदोऽभूत्॥3॥

महत् गुणों में प्रदर्शन का गुण नहीं होता है। इसकी चर्चा करते हुए आचार्य चाणक्य कहते हैं कि सोने में सुगंध, गन्ने में फल, चंदन में फूल नहीं होते। विद्वान् धनी नहीं होता और राजा दीर्घजीवी नहीं होते। क्या ब्रह्मा को पहले किसी ने यह बुद्धि नहीं दी।

अगर सोने के अंदर सुगंध होती तो यह और भी ज्यादा आकर्षक होता। गन्ने के पेड़ में फल होता और चंदन के पेड़ों में फूल होते तो ये सब ज्यादा आकर्षक लगते। एक विद्वान्, जिसके पास ज्ञान का खजाना होता है, अगर उसके पास पर्याप्त धन भी होता तो उसका महत्त्व और भी ज्यादा होता। अगर एक अच्छे राजा की उम्र लंबी होती तो और भी अच्छा होता। लेकिन सच्चाई इसके विपरीत है। इन्हें देखकर तो ऐसा लगता है कि सृष्टि के रचयिता ब्रह्मा के पास सलाहकारों की कमी है।

मस्तिष्क का महत्त्व

सर्वौषधीनाममृता प्रधाना सर्वेषु सौख्येष्वशनं प्रधानम्।
सर्वेन्द्रियाणां नयनं प्रधानं सर्वेषु गात्रेषु शिरः प्रधानम्॥4॥

आचार्य चाणक्य वस्तु की सामान्य महत्ता का प्रतिपादन करते हुए कहते हैं कि सभी औषधियों में अमृत (गिलोय) प्रधान है। सभी सुखों में भोजन प्रधान है। सभी इंद्रियों में आँखें मुख्य हैं। सभी अंगों में सिर महत्त्वपूर्ण है।

अमृत किसी भी व्यक्ति को मृत्यु के मुख से निकाल लेता है। सभी चीजें होने के बावजूद एक व्यक्ति को वास्तविक संतुष्टि अच्छा भोजन करने के बाद ही मिलती है। आँखों से व्यक्ति संसार की खूबसूरती को देख सकता है। इसका मतलब है कि संसार की सारी सुंदरता आँखों की रोशनी में समाई हुई है। बिना इसके सबकुछ बेकार है। जिस व्यक्ति की आँखों की रोशनी खो जाती है, उसके जीवन में अँधेरा छा

जाता है। शरीर की सारी इंद्रियों पर मस्तिष्क का नियंत्रण होता है। मन में उठनेवाले सारे विचार मस्तिष्क में ही एकत्र होते हैं। मस्तिष्क बुद्धिमानी का घर है। यह सभी इंद्रियों में महत्त्वपूर्ण है।

सच्चा ज्ञानी

दूतो न सञ्चरति खे न चलेच्च वार्ता
पूर्वं न जल्पितमिदं न च सङ्गमोऽस्ति।
व्योम्नि स्थितं रविशशिग्रहणं प्रशस्तं
जानाति यो द्विजवरः स कथं न विद्वान्॥5॥

आचार्य चाणक्य का कहना है कि आकाश में न तो कोई दूत जा सकता है और न ही वहाँ किसी से मिल सकते हैं। फिर भी, विद्वान् लोग सूर्य और चंद्रग्रहण के विषय में पहले से ही बता देते हैं। ऐसे लोगों को कौन विद्वान् नहीं कहेगा। वास्तव में ये लोग सच्चे ज्ञानी होते हैं।

इन्हें नहीं सोना चाहिए

विद्यार्थी सेवकः पान्थः क्षुधाऽऽर्तो भयकातरः।
भाण्डारी प्रतिहारी च सप्त सुप्तान् प्रबोधयेत्॥6॥

आचार्य चाणक्य सोते से जगानेवाले पात्रों की चर्चा करते हुए कहते हैं कि विद्यार्थी, सेवक, पथिक, भूख से पीड़ित, भयभीत, भंडारी, द्वारपाल—इन सातों को सोते हुए से जगा देना चाहिए।

अगर कोई विद्यार्थी पढ़ाई करने के समय सो रहा है तो वह ज्ञान अर्जित नहीं कर सकता। ऐसे में वह अपनी पढ़ाई की हानि करता है। अगर एक नौकर सोते हुए मिले तो उसे अपनी नौकरी खोनी पड़ती है। अगर एक यात्री सो रहा है तो वह अपना सामान खो सकता है। भूखा व्यक्ति भूख के मारे नहीं सो सकता है। जो व्यक्ति डरा हुआ हो, उसकी नींद भी खराब हो जाती है। वह चाहकर भी नहीं सो सकता। अगर एक द्वारपाल अपने कार्य के दौरान सो जाए तो राज्य में चोरी हो सकती है।

इन सातों को सोते से जगाना ठीक नहीं

अहिं नृपं च शार्दूलं किटिं च बालकं तथा।
परश्वानं च मूर्खं च सप्त सुप्तान् न बोधयेत्॥7॥

आचार्य चाणक्य का कहना है कि साँप, राजा, शेर, बर्र, बालक, दूसरे का कुत्ता तथा मूर्ख—इनको सोते से नहीं जगाना चाहिए।

एक सोते हुए साँप को जगाना उचित नहीं होता है। वह जगानेवाले को क्रोध में आकर काट सकता है। अगर एक राजा को सोते से जगा दिया जाए तो वह जगानेवाले को सजा दे सकता है। शेर जैसे खतरनाक पशु को सोते से जगाना नहीं चाहिए। वह आप पर आक्रमण कर सकता है। एक रोते हुए बच्चे को चुप कराना मुश्किल होता है, इसलिए उसे सोते से जगाना उचित नहीं है। एक कुत्ते को सोते से जगाया जाए तो वह भौंकने लगता है। यह खतरनाक हो सकता है। एक मूर्ख जागने पर कार्य करने में बाधा उत्पन्न करता है। ऐसे में उसका सोए रहना ही बेहतर है।

निरीह ब्राह्मण

अर्थाऽधीताश्च यैर्वेदास्तथा शूद्रान्नभोजिनाः।
ते द्विजाः किं करिष्यन्ति निर्विषा इव पन्नगाः॥8॥

आचार्य चाणक्य का कहना है कि धन के लिए वेदों का अध्ययन करनेवाला, शूद्रों का अन्न खानेवाला ब्राह्मण विषहीन साँप के समान है। ऐसे ब्राह्मण का क्या करेंगे।

आशय यह है कि वेदों का अध्ययन ज्ञान प्राप्त करने के लिए किया जाता है। किंतु जो ब्राह्मण धन प्राप्त करने के लिए वेदों का पाठ करता है तथा शूद्रों का अन्न खाता है, वह ब्राह्मण विषहीन साँप के समान होता है। ऐसे ब्राह्मण अपने जीवन में कोई अच्छा काम नहीं करते।

जो ब्राह्मण धन की प्राप्ति के लिए वेदों का पाठ करता है और बिना किसी भेदभाव के अपने यजमान का चयन करता है, ऐसा ब्राह्मण विषहीन साँप के समान होता है, जो किसी काम का नहीं होता है।

निर्बल क्रोध

यस्मिन् रुष्टे भयं नास्ति तुष्टे नैव धनाऽऽगमः।
निग्रहोऽनुग्रहो नास्ति स रुष्टः किं करिष्यति॥9॥

आचार्य चाणक्य कहते हैं कि जिसके क्रोधित होने पर कोई भय नहीं होता और न ही प्रसन्न होने पर धन ही मिलता है; जो किसी को दंड नहीं दे सकता और न किसी पर कृपा कर सकता है, ऐसा व्यक्ति क्रोधित होने पर क्या कर लेगा?

लोग उसी व्यक्ति की इज्जत करते हैं, जिसके पास शक्ति और सम्मान हो। एक शक्तिहीन मनुष्य बिना दाँतों के शेर के समान होता है। जो लोग किसी पर क्रोध नहीं करते हैं, लोग उन्हें निरीह मान लेते हैं। कभी-कभी अपने सम्मान के लिए और अपने अधिकार के लिए आवाज उठाना जरूरी है, अन्यथा लोग आपको शक्तिहीन मान लेंगे।

कभी-कभी जरूरी है छल व कपट

निर्विषेणाऽपि सर्पेण कर्तव्या महती फणा।
विषमस्तु न चाप्यस्तु घटाटोपो भयङ्करः॥10॥

आचार्य चाणक्य आडंबर की चर्चा करते हुए कहते हैं कि विषहीन साँप को भी अपने फन को फैलाना ही चाहिए। विष हो या न हो, इससे लोगों को भय तो होता ही है।

सभी व्यक्तियों को साँपों से दूरी बनाकर रखनी चाहिए, क्योंकि उन्हें यह पता नहीं होता है कि उसके पास विष है या नहीं। कभी-कभी कुछ व्यक्ति भी छल व कपट करते हैं। वास्तव में वे शक्तिहीन होते हैं, लेकिन शक्ति-संपन्न होने का ढोंग करते हैं। कभी-कभी खुद को सुरक्षित रखने के लिए ऐसा करना जरूरी होता है। ऐसा करने से दुष्ट लोगों से छुटकारा मिलता है।

दुष्टों की दिनचर्या

प्रातर्द्यूतप्रसङ्गेन मध्याह्ने स्त्रीप्रसङ्गतः।
रात्रौ चौर्यप्रसङ्गेन कालो गच्छत्यधीमताम्॥11॥

दुष्टों की दिनचर्या की चर्चा करते हुए आचार्य चाणक्य कहते हैं कि दुष्टों का प्रातःकाल का समय जुए के प्रसंग में बीतता है, दोपहर का समय स्त्री प्रसंग में बीतता है, रात्रि का उनका समय चोरी की योजना बनाने तथा चोरी करने में बीतता है। इसी प्रकार से दुष्ट पुरुषों का समय धीरे-धीरे बीत जाता है।

जिन लोगों को समय की कीमत पता नहीं होती है, वे समय की बरबादी करते हैं। विद्वान् लोग अपने समय का इस्तेमाल अध्यवसाय में करते हैं। उन्हें यह पता होता है कि बीता हुआ समय कभी वापस नहीं आता, इसलिए वे अपने समय का सदुपयोग करते हैं। लेकिन दुष्ट व्यक्ति अपने समय की कीमत नहीं समझते। उनके दिन की शुरुआत ही गलत कामों से होती है।

भगवान् की प्रार्थना

स्वहस्तग्रथिता माला स्वहस्तघृष्टचन्दनम्।
स्वहस्तलिखितं स्तोत्रं शक्रस्यापि श्रियं हरेत्॥12॥

आचार्य चाणक्य का कहना है कि अपने हाथ से गुँथी माला, अपने हाथ से घिसा चंदन तथा स्वयं अपने हाथों से लिखा स्तोत्र इंद्र की शोभा को भी जीत लेते हैं।

सोना तपकर शुद्ध होता है

इक्षुदण्डास्तिलाः क्षुद्राः कान्ता हेम च मेदिनी।
चन्दनं दधि ताम्बूलं मर्दनं गुणवर्धनम्॥13॥

यहाँ आचार्य चाणक्य दबाए जाने की गुणवत्ता का प्रतिपादन करते हुए कहते हैं कि ईख, तिल, क्षुद्र व्यक्ति, पत्नी, सोना, पृथ्वी, चंदन, दही तथा तांबूल (पान) इनके मर्दन से ही इनका गुण बढ़ता है।

जब गन्ने और तिल को दबाया जाता है तो एक में से रस और दूसरे में से तेल निकलता है। सोने को आग में तपाने से उसमें निखार आता है। खेत को जोतकर उसमें बीज डालकर उसमें फसल उगाई जाती है। चंदन को घिसने से उसमें से सुगंध निकलती है और दही को मथने से उसमें से मक्खन निकलता है।

एक क्षुद्र व्यक्ति को डराकर उससे ज्यादा काम कराया जा सकता है। एक स्त्री पर जब दबाव पड़ता है, तभी उसके गुण निखरकर सामने आते हैं।

यथार्थ आशीर्वाद की गुणवत्ता

दरिद्रता धीरतया विराजते कुवस्त्रता शुभ्रतया विराजते।
कदन्नता चोष्णतया विराजते कुरूपता शीलतया विराजते॥14॥

आचार्य चाणक्य सापेक्ष गुण से प्रभाव की चर्चा करते हुए कहते हैं कि धीरज से निर्धनता भी सुंदर लगती है, स्वच्छ रहने पर मामूली वस्त्र भी अच्छे लगते हैं। गरम करने पर बासी भोजन भी स्वादिष्ट जान पड़ता है और शील स्वभाव होने पर कुरूपता भी सुंदर लगती है।

अगर किसी व्यक्ति में अच्छे गुण हों तो उसकी सारी गलतियाँ क्षमा करने योग्य होती हैं।

□

अध्याय-10

आटा में अनाज से दस गुना ज्यादा शक्ति होती है। दूध आटा से दस गुना ज्यादा पोषण प्रदान करनेवाला होता है। मांस में दूध से आठ गुना ज्यादा शक्ति होती है, जबकि घी मांस से दस गुना ज्यादा पोषण प्रदान करनेवाला होता है।

शिक्षा का आभूषण

धनहीनो न हीनश्च धनिकः स सुनिश्चयः।
विद्यारत्नेन यो हीनः स हीनः सर्ववस्तुषु॥1॥

यहाँ पर आचार्य चाणक्य विद्या को अर्थ से बड़ा धन बताते हुए कहते हैं कि धनहीन व्यक्ति हीन नहीं कहा जाता। उसे धनी ही समझना चाहिए। जो विद्या-रत्न से हीन है, वस्तुतः वह सभी वस्तुओं में हीन है।

कहने का तात्पर्य यह है कि विद्वान् व्यक्ति यदि निर्धन है तो उसे हीन नहीं माना जाता, बल्कि वह श्रेष्ठ ही माना जाता है। विद्याहीन व्यक्ति को सभी गुणों से हीन माना जाता है, चाहे वह धनी ही क्यों न हो; क्योंकि विद्या के गुण या हुनर से व्यक्ति धनोपार्जन कर सकता है। इसलिए व्यक्ति को चाहिए कि वह विद्या का उपार्जन करे, कोई ऐसा हुनर सीखे, जिससे उसे धन की प्राप्ति हो सके और वह अपने जीवन का सही ढंग से यापन कर सके।

एक विद्वान् का सबसे बड़ा गुण उसकी विद्या और उसका अच्छा व्यवहार है। एक धनी व्यक्ति, जो विद्या के आभूषण से वंचित है, वह कभी भी अच्छा और सुसंस्कृत व्यवहार करना नहीं सीख सकता है। जिस व्यक्ति के पास विद्या का धन नहीं है, वास्तव में वह सबसे गरीब है।

संतुलित प्रगति

दृष्टिपूतं न्यसेत् पादं वस्त्रपूतं पिबेज्जलम्।
शास्त्रपूतं वदेद् वाक्यं मनःपूतं समाचरेत्॥2॥

आचार्य चाणक्य कर्म के प्रतिपादन की चर्चा करते हुए कहते हैं कि आँख से अच्छी तरह देखकर पाँव रखना चाहिए, जल वस्त्र से छानकर पीना चाहिए। शास्त्रों के अनुसार ही बात कहनी चाहिए तथा मन जिस कार्य को करने की आज्ञा दे, वही करना चाहिए।

किसी भी नए रास्ते पर जाने से पहले प्रत्येक व्यक्ति को उसका हानि-लाभ जान लेना चाहिए। कोई भी कार्य पूरी तरह से भावनाओं में आकर नहीं करना चाहिए। कोई भी कार्य करने से पहले सारी स्थितियों का अच्छी तरह से विश्लेषण करना चाहिए। यदि आप इस बात पर अमल किए बिना कोई कार्य करते हैं तो कोई भी आपको धोखा दे सकता है।

शुद्ध पानी अच्छी सेहत के लिए जरूरी है। जिनका शरीर स्वस्थ होता है, उनका मन भी स्वस्थ होता है। किसी भी क्षेत्र में सफलता के लिए अच्छी सेहत सबसे पहली जरूरत है।

शास्त्र हमें ज्ञान देने के साथ-साथ जीवन जीने की सही सीख भी देते हैं। प्रत्येक व्यक्ति को अपनी प्रतिदिन की दिनचर्या में शास्त्रों के ज्ञान को शामिल करना चाहिए। जो भी निर्णय आपकी पसंद के अनुरूप होते हैं, वे सफलता दिलानेवाले होते हैं। जो काम आपको पसंद न हो, उसे कहीं पर भी नहीं करना चाहिए। सही निर्णय लीजिए और अपने काम को आधे-अधूरे मन से नहीं, संपूर्ण समर्पण के साथ कीजिए।

मनोरंजन या शिक्षा

सुखार्थी वा त्यजेद्विद्यां विद्यार्थी वा त्यजेत् सुखम्।
सुखार्थिनः कुतो विद्या विद्यार्थिनः कुतो सुखम्॥3॥

यदि सुखों की इच्छा है तो विद्या का त्याग कर दो, यदि विद्या की इच्छा है तो सुखों का त्याग कर दो। सुख चाहनेवाले को विद्या कहाँ और विद्या चाहनेवाले को सुख कहाँ।

शिक्षा के लिए कठिन श्रम की जरूरत होती है। अगर आप जीवन के सारे

आनंद लेना चाहते हैं तो आप शिक्षा ग्रहण नहीं कर पाएँगे। शिक्षा के लिए संपूर्ण समर्पण और परिश्रम की जरूरत होती है। सरस्वती (ज्ञान की देवी) की उपासना के लिए जीवन के सभी भोग-विलास से मुक्त होने की जरूरत होती है।

कवि, स्त्री और कौए की योग्यता

कवयः किं न पश्यन्ति किं न कुर्वन्ति योषितः।
मद्यपाः किं न जल्पन्ति किं न भक्षन्ति वायसाः॥4॥

आचार्य चाणक्य व्यक्ति की अपेक्षा (सीमा) से अधिक कल्पना व कर्म की चर्चा करते हुए कहते हैं कि कवि अपनी कल्पना की उड़ान से कहीं भी पहुँच सकते हैं, एक स्त्री कुछ भी प्राप्त करने की योग्यता रखती है, शराबी व्यक्ति कुछ भी अनाप-शनाप बक सकता है तथा कौए भक्ष्य-अभक्ष्य क्या नहीं खाते?

कल्पना की कोई सीमा नहीं होती है। एक कवि की कल्पना कहीं तक पहुँच जाती है। वह धरती से आकाश तक कहीं पर भी अपनी कल्पना के घोड़े दौड़ा सकता है। एक स्त्री अच्छे-बुरे दोनों कार्य करने में माहिर होती है। वह मानसिक तौर पर एक पुरुष से ज्यादा मजबूत होती है। एक बार वह किसी काम को करने का निर्णय ले ले तो कोई भी उसे रोक नहीं सकता है।

एक शराबी व्यक्ति का अपने आप पर कोई नियंत्रण नहीं रहता है। वह कहीं पर भी अनाप-शनाप बोल सकता है। कभी-कभी वह अपने मालिक के साथ भी दुर्व्यवहार कर देता है और जो उसे समझाने जाता है, उसके साथ भी दुर्व्यवहार करने लगता है। अपनी इंद्रियों पर खुद का नियंत्रण न होने की वजह से वह किसी के साथ और कहीं पर भी दुर्व्यवहार कर देता है।

भाग्य सर्वोच्च है

रङ्कं करोति राजानं राजानं रङ्कमेव च।
धनिनं निर्धनं चैव निर्धनं धनिनं विधिः॥5॥

यहाँ पर आचार्य चाणक्य भाग्य की चर्चा करते हुए कहते हैं कि भाग्य रंक को राजा तथा राजा को रंक बना देता है। धनी को निर्धन तथा निर्धन को धनी बना देता है, अर्थात् भाग्य बड़ा बलवान् होता है।

भाग्य बहुत शक्तिशाली होता है। बुरा भाग्य होने पर कोई अमीर आदमी भी अपनी सारी संपत्ति को खोकर गरीब बन जाता है।

इसी तरह से अच्छा भाग्य होने पर एक व्यक्ति मिट्टी से भी सोना उपजा सकता है। भाग्य किसी की भी जीवन में महत्त्वपूर्ण भूमिका निभाता है। इसके प्रभाव से अमीर आदमी गरीब और गरीब आदमी अमीर बन सकता है।

ये शत्रु दिखते हैं

लुब्धानां याचकः शत्रुर्मूर्खाणां बोधकः रिपुः।
जारस्त्रीणां पतिः शत्रुश्चोराणां चन्द्रमा रिपुः॥6॥

आचार्य चाणक्य कहते हैं कि लोभी व्यक्तियों के लिए भीख, चंदा तथा दान माँगनेवाले लोग शत्रु रूप होते हैं; क्योंकि माँगनेवाले को देने के लिए उन्हें अपनी गाँठ का धन निकालना पड़ता है। इसी प्रकार, मूर्खों को भी समझाने-बुझानेवाला व्यक्ति अपना शत्रु लगता है, क्योंकि वह उनकी मूर्खता का समर्थन नहीं करता। दुराचारिणी स्त्रियों के लिए पति ही उनका शत्रु होता है, क्योंकि उसके कारण उनकी स्वतंत्रता और स्वच्छंदता में बाधा पड़ती है। चोर चंद्रमा को अपना शत्रु समझते हैं, क्योंकि उनके लिए अँधेरे में छिपना सरल होता है, चाँद की चाँदनी में नहीं।

एक लालची व्यक्ति को अपना पैसा खर्च करना बुरा लगता है, इसलिए वह भीख और चंदा माँगनेवाले लोगों से घृणा करता है; क्योंकि उनकी वजह से लोभी व्यक्ति का पैसा खर्च होता है। एक दुराचारी पत्नी को अपना पति सबसे बड़ा दुश्मन लगता है, क्योंकि वह उस पर अंकुश लगाता है। वह उसकी जीवनचर्या के लिए सबसे बड़ा बाधक होता है। एक चोर को अँधेरा पसंद होता है, क्योंकि इसमें वह चोरी कर सकता है। उसे चाँद की रोशनी से नफरत होती है, क्योंकि चाँद के उजाले में वह अपना काम नहीं कर पाता है।

वह व्यक्ति, जो पशुवत् व्यवहार करता है

येषां न विद्या न तपो न दानं न ज्ञानं न शीलं न गुणो न धर्मः।
ते मर्त्यलोके भुवि भारभूता मनुष्यरूपेण मृगाश्चरन्ति॥7॥

आचार्य चाणक्य विद्या, दान, शील आदि गुणों से हीन व्यक्ति की निरर्थकता

की चर्चा करते हुए कहते हैं कि जिनमें विद्या, तपस्या, दान देना, शील-गुण तथा धर्म में से कुछ भी नहीं है, वे मनुष्य पृथ्वी पर भार हैं। वे मनुष्य के रूप में पृथ्वी पर पशु हैं, जो मनुष्यों के बीच घूमते रहते हैं।

एक व्यक्ति की चार विशिष्टताएँ होती हैं—शिक्षा, ध्यान, दर्शन और दयालुता। जिन व्यक्तियों में ये गुण नहीं होते हैं, उनसे अच्छे व्यवहार की अपेक्षा नहीं की जा सकती है। जिन व्यक्तियों में शिक्षा, ध्यान, दर्शन और दयालुता का गुण न हो, वे पृथ्वी पर पशुओं के समान होते हैं।

उपदेश सुपात्र को ही दें

अन्तःसारविहीनानामुपदेशो न जायते।
मलयाऽचलसंसर्गात् न वेणुश्चन्दनायते॥8॥

यहाँ आचार्य चाणक्य उपदेश देने के लिए सुपात्र की महत्ता की चर्चा करते हुए कहते हैं कि जो व्यक्ति अंदर से खोखले हैं और उनके भीतर समझने की शक्ति नहीं है, ऐसे व्यक्तियों को उपदेश देने का कोई लाभ नहीं; क्योंकि वे बेचारे समझने की शक्ति के अभाव के कारण शायद चाहते हुए भी कुछ समझ नहीं पाते। जैसे मलयाचल पर उगने पर भी तथा चंदन के साथ रहने पर भी बाँस सुगंधित नहीं हो जाते, ऐसे ही विवेकहीन व्यक्तियों पर भी सज्जनों के संग का कोई प्रभाव नहीं पड़ता।

जो व्यक्ति ज्ञान ग्रहण करने के योग्य न हो, उसे कुछ भी सिखाना बेकार है। ऐसे व्यक्ति को विद्वानों की संगति भी बदल नहीं सकती है। जो व्यक्ति अच्छे विचारों को ग्रहण न कर सकें, उनके लिए कुछ भी करना अपने समय की बरबादी करना ही है।

शास्त्रों का दोष नहीं

यस्य नास्ति स्वयं प्रज्ञा शास्त्रं तस्य करोति किम्।
लोचनाभ्यां विहीनस्य दर्पणः किं करिष्यति॥9॥

जो लोग शास्त्रों को समझने की बुद्धि नहीं रखते, शास्त्र उनका क्या और कैसे कल्याण कर सकते हैं? जैसे जिसके दोनों नेत्रों में ज्योति ही नहीं है, जो जन्म से अंधा है, वह दर्पण में अपना मुख किस प्रकार देख

सकता है? अत: जिस प्रकार दर्पण अंधे व्यक्ति के लिए किसी काम का नहीं, अत: इसमें दर्पण को दोष नहीं दिया जा सकता है, ठीक इसी प्रकार से अगर कोई शास्त्रों को समझ नहीं पाता है तो शास्त्रों को दोष नहीं दिया जा सकता है।

जो व्यक्ति सही तरीके से सोच नहीं सकते, उन्हें कुछ भी सिखाना और समझाना असंभव है। ऐसे व्यक्ति अपने किसी भी कार्य के लिए दूसरों पर निर्भर करते हैं। अगर ऐसे व्यक्ति वेदों का पाठ करना सीखना चाहें तो यह उनके लिए असंभव है। ऐसा करके वे अपने समय और ऊर्जा की बरबादी करते हैं।

बुरा व्यक्ति बदलता नहीं

दुर्जनं सज्जनं कर्तुमुपायो न हि भूतले।
अपानं शतधा धौतं न श्रेष्ठमिन्द्रियं भवेत्॥10॥

जिस प्रकार शरीर के कुछ अंग कितना भी साफ करो, वे पूरी तरह से साफ नहीं हो सकते हैं, ठीक उसी प्रकार से बुरे लोग कभी भी नहीं बदलते हैं। भले ही उन्हें कितना भी समझाया-बुझाया क्यों न जाए, वे कभी नहीं सुधरते हैं।

ये आदतें स्वयं को पराजित करती हैं

आत्मद्वेषाद् भवेन्मृत्युः परद्वेषाद् धनक्षयः।
राजद्वेषाद् भवेन्नाशो ब्रह्मद्वेषात्कुलक्षयः॥11॥

आचार्य चाणक्य कहते हैं कि साधु-महात्माओं से शत्रुता करने पर मृत्यु होती है। शत्रु से द्वेष करने पर धन का नाश होता है। राजा से द्वेष-शत्रुता करने पर सर्वनाश हो जाता है और ब्राह्मण से द्वेष करने पर कुल का नाश होता है।

शास्त्र हमें बताते हैं कि प्रत्येक व्यक्ति के अपने स्वयं के सच्चे मित्र और शत्रु होते हैं। जो लोग स्वयं को हीन भावना से ग्रसित मानते हैं, वे स्वयं का ही नुकसान करते हैं। इसी तरह से जो लोग बुरे लोगों को आश्रय देते हैं, वे अपने लिए खुद ही मुसीबत बुलाते हैं। एक व्यक्ति को खुद को किसी भी तरह से कमतर नहीं आँकना चाहिए।

परिवारजनों पर निर्भर न रहें

वरं वनं व्याघ्रगजेन्द्रसेवितं द्रुमालयः पत्रफलाम्बुभोजनम्।
तृणेषु शय्या शतजीर्णवल्कलं न बन्धुमध्ये धनहीनजीवनम्॥12॥

आचार्य चाणक्य कहते हैं कि मनुष्य हिंसक जीवों—बाघ, हाथी, सिंह जैसे भयंकर जीवों से घिरे हुए वन में रह ले; वृक्ष पर घर बनाकर, फल-पत्ते खाकर और पानी पीकर निर्वाह कर ले; धरती पर घास-फूस बिछाकर सो ले और वृक्षों की छाल को ओढ़कर शरीर को ढक ले; परंतु धनहीन होने पर अपने बंधुजनों के साथ कभी भी न रहे, क्योंकि इससे उसे अपमान और उपेक्षा का जो कड़वा घूँट पीना पड़ता है, वह सर्वथा असहनीय होता है।

एक ब्राह्मण के गुण

विप्रो वृक्षस्तस्य मूलं च सन्ध्या वेदाः शाखा धर्मकर्माणि पत्रम्।
तस्मान्मूलं यत्नतो रक्षणीयं छिन्ने मूले नैव शाखा न पत्रम्॥13॥

एक ब्राह्मण वृक्ष के समान है। संध्या-वंदन उसकी जड़ है, वेद उसकी शाखाएँ हैं और धर्म उसके पत्ते हैं; इसलिए जड़ की हरसंभव रक्षा करनी चाहिए। जड़ के टूट जाने पर न तो शाखाएँ रहती हैं और न पत्ते, अर्थात् संध्या-वंदन अवश्य करनी चाहिए।

एक ब्राह्मण की तुलना वृक्ष से की जाती है। वह संध्या के समय ईश्वर की आराधना करता है। ऐसी परंपरा और संस्कार इस वृक्ष को पुष्पित व पल्लवित करते हैं। इस वृक्ष की जड़ों को पोषण की जरूरत होती है, ताकि यह वृक्ष हमेशा हरा-भरा बना रहे। यहाँ आचार्य चाणक्य एक शिक्षित व्यक्ति के महत्त्व को प्रतिपादित कर रहे हैं।

घर ब्रह्मांड का प्रतीक होता है

माता च कमलादेवी पिता देवो जनार्दनः।
बान्धवा विष्णुभक्ताश्च स्वदेशो भुवनत्रयम्॥14॥

यहाँ आचार्य तीनों लोकों के सुख की चर्चा करते हुए कहते हैं कि

जिस मनुष्य की माँ लक्ष्मी के समान हैं, पिता विष्णु के समान हैं और भाई-बंधु विष्णु के भक्त हैं, उसके लिए अपना घर तीनों लोकों अर्थात् ब्रह्मांड के समान है।

जहाँ पर प्रेम, सम्मान और स्नेह हो, वह एक परिवार है। जिस घर में परिवार के सदस्यों के बीच में ये सारी चीजें होती हैं, ऐसा घर तीनों लोकों के समान है, जहाँ पर भगवान् का वास होता है।

शोक न करें

एकवृक्षसमारूढा नाना वर्णाः विहङ्गमाः।
प्रभाते दिक्षु दशसु का तत्र परिवेदना॥15॥

आचार्य चाणक्य विश्राम के लिए अपने घोंसलों में आकर सबके मिलने और सवेरा होने पर भोजन की तलाश में अलग-अलग चल पड़ने की प्रवृत्ति को बताते हुए कहते हैं कि एक ही वृक्ष पर बैठे हुए अनेक रंग के पक्षी प्रातःकाल अलग-अलग दिशाओं में उड़ जाते हैं। इसमें कोई नई बात नहीं है। उसी प्रकार परिवार के सभी सदस्य परिवार रूपी वृक्ष पर आ बैठते हैं और समय आने पर चल देते हैं। इसमें दुःख या निराशा क्यों? आवागमन या संयोग-वियोग तो प्रकृति का नियम है। जो आया है, वह एक दिन चला जाएगा ही। इसलिए इस भावुकता से बचना चाहिए और किसी के जाने पर शोक नहीं मनाना चाहिए।

जिस प्रकार से रात को चिड़िया पेड़ पर शरण लेती है, ठीक उसी प्रकार से हमारे जीवन में मित्र और संबंधी आते हैं। जिस प्रकार सुबह होते ही चिड़ियाँ अपने भोजन की तलाश में अलग-अलग दिशाओं में निकल पड़ती हैं, ठीक उसी तरह से मित्र और संबंधी भी अपने भले के लिए अपने-अपने रास्ते पर निकल पड़ते हैं। अपने जीवन में हम सभी ठीक उसी प्रकार से मिलते हैं, जैसे रात को पेड़ पर चिड़ियाँ दूसरे पक्षी से मिलती-जुलती हैं। इसलिए किसी भी व्यक्ति को किसी से अलग होने पर दुःख नहीं मनाना चाहिए।

बुद्धिमत्ता ही शक्ति है

बुद्धिर्यस्य बलं तस्य निर्बुद्धेस्तु कुतो बलम्।
वने सिंहो मदोन्मत्तः शशकेन निपातितः॥16॥

जिस व्यक्ति के पास बुद्धि होती है, बल भी उसी के पास होता है। बुद्धिहीन का तो बल भी निरर्थक है, क्योंकि बुद्धि के बल पर ही वह उसका प्रयोग कर सकता है, अन्यथा नहीं। बुद्धि के बल पर ही एक बुद्धिमान खरगोश ने एक अहंकारी शेर को वन के कुएँ में गिराकर मार डाला था।

'पंचतंत्र' में शेर और खरगोश की एक बहुत प्रसिद्ध कहानी है। इस कहानी में एक चतुर व बुद्धिमान खरगोश ने शेर को कुएँ में अपनी ही परछाईं दिखाकर गिराकर मार डाला था। एक कमजोर खरगोश के एक शक्तिशाली शेर से जीतने की वजह थी उसकी बुद्धिमत्ता।

यह भगवान् की दुनिया है

का चिन्ता मम जीवने यदि हरिर्विश्वम्भरो गीयते
नो चेतर्भकजीवनाय जननीस्तन्यं कथं निर्मयेत्।
इत्यालोच्य मुहुर्मुहुर्यदुपते लक्ष्मीपते केवलं
त्वत्पादाम्बुजसेवनेन सततं कालो मया नीयते॥17॥

आचार्य चाणक्य कहते हैं कि मुझे जीवन में क्या चिंता, जब हरि का अस्तित्व हो। यदि ऐसा नहीं होता तो बच्चे के जीवन के लिए माँ के स्तनों में दूध कैसे हो जाता। यही समझकर हे यदुपति! लक्ष्मीपति! मैं आपके चरणों का ध्यान करता हुआ समय व्यतीत करता हूँ।

यह पूरा संसार भगवान् की रचना है। वही इसके निर्माता हैं और वही अपने संसार का ध्यान रखते हैं। इसलिए मनुष्य को चिंता नहीं करनी चाहिए। प्रत्येक व्यक्ति को अपना मन पवित्र रखना चाहिए और अच्छे कार्य करने चाहिए। कमजोर और शक्तिशाली दोनों को निर्द्वंद्व होकर अपना कार्य करना चाहिए। एक हाथी और चींटी दोनों ही संसार में भगवान् के आशीर्वाद की वजह से ही अपना जीवन-यापन करते हैं। अपनी चिंताओं को छोड़कर खुद को भगवान् को समर्पित कर दें, सबकुछ अच्छा होगा।

अन्य भाषाओं के प्रति सम्मान

गीर्वाणवाणीषु विशिष्टबुद्धिस्तथापि भाषान्तरलोलुपोऽहम्।
यथा सुराणाममृते स्थितेऽपि स्वर्गाङ्गनानामधरासवे रुचिः॥18॥

आचार्य चाणक्य कहते हैं कि संस्कृत भाषा का विशेष ज्ञान होने पर भी मैं अन्य भाषाएँ सीखना चाहता हूँ। स्वर्ग में देवताओं के पास पीने के लिए अमृत होता है, फिर भी वे अप्सराओं के अधरों का रस पीना चाहते हैं।

मुझे संस्कृत से बहुत प्रेम है, बावजूद इसके मैं दूसरी भाषाएँ भी सीखता हूँ। ज्ञान किसी भी जगह से मिले, उसका स्वागत करना चाहिए। इसलिए ज्यादा-से-ज्यादा भाषाओं का ज्ञान होना चाहिए, जिससे भाषा आपके सीखने के मार्ग की बाधा न बन सके।

घी अमृत-तुल्य है

अन्नाद्दशगुणं पिष्टं पिष्टाद्दशगुणं पयः।
पयसोऽष्टगुणं मांसं मांसाद्दशगुणं घृतम्॥19॥

आटा में अनाज से दस गुना ज्यादा शक्ति होती है। दूध आटा से दस गुना ज्यादा पोषण प्रदान करनेवाला होता है। मांस में दूध से आठ गुना ज्यादा शक्ति होती है, जबकि घी मांस से दस गुना ज्यादा पोषण प्रदान करनेवाला होता है।

शाकेन रोगा वर्धन्ते पयसा वर्धते तनुः।
घृतेन वर्धते वीर्यं मांसान्मांसं प्रवर्धते॥20॥

सब्जियाँ रोग फैलाती हैं। दूध पीने से वजन बढ़ता है। घी से ताकत मिलती है और मांस मांसपेशियों को मजबूत बनाता है।

अगर सब्जियों को सही तरीके से साफ किए बिना खाया जाए तो इससे बीमारी फैलती है। दूध पीने से शरीर का वजन बढ़ता है। मांस खाने से शरीर की मांसपेशियाँ मजबूत होती हैं। इन सारी खानेवाली चीजों में से घी सबसे ज्यादा ताकतवर है।

□

अध्याय-11

एक विद्यार्थी को इन आठ चीजों—भोग-विलास, क्रोध, स्वाद, साज-सज्जा, उत्सुकता, लंबी नींद और कई घंटों की नौकरी से बचना चाहिए।

व्यक्ति की प्राकृतिक अच्छी आदतें

दातृत्वं प्रियवक्तृत्वं धीरत्वमुचितज्ञता।
अभ्यासेन न लभ्यन्ते चत्वारः सहजा गुणाः॥1॥

आचार्य चाणक्य व्यक्ति के जन्मजात गुणों की चर्चा करते हुए कहते हैं कि दान देने की आदत, प्रिय बोलना, धीरज तथा उचित ज्ञान—ये चार व्यक्ति के सहज गुण होते हैं, जो अभ्यास से नहीं आते।

एक व्यक्ति का जन्म उपर्युक्त चार प्राकृतिक गुणों के साथ ही होता है। पहला है धर्म का अलौकिक रास्ता, जिसके तहत वह जो व्यक्ति दान लेने का उचित अधिकारी हो, उसे अपने हाथों से दान देने की आदत। जो व्यक्ति दुःखों से गुजर रहा हो, उसकी मदद करना ही सच्चा धर्म है।

हर किसी को मीठा बोलनेवाला व्यक्ति पसंद आता है। संतों का ऐसा मानना है कि अगर आपको किसी से कोई कड़वी बात भी कहनी हो तो उसे इस तरीके से कहें कि सामनेवाले को बुरा न लगे। कहने का मतलब है कि अपनी जबान को हमेशा मीठा रखना चाहिए। जीवन में सफलता पाने के लिए हर किसी को धैर्य धारण करने की जरूरत होती है। योग्यता होने के बावजूद जो व्यक्ति धैर्यपूर्वक कार्य न करनेवाला हो, वह अकसर गलतियाँ कर देता है। अत्यधिक उतावलापन हार का कारण बन जाता है।

एक व्यक्ति को सही और गलत में परख करनेवाला भी होना चाहिए। इन सारी बातों पर अमल किए बिना कोई व्यक्ति सही निर्णय नहीं ले सकता है।

विनाश

आत्मवर्गं परित्यज्य परवर्गं समाश्रयेत्।
स्वयमेव लयं याति यथा राजाऽन्यधर्मतः॥2॥

आचार्य चाणक्य जाति या वर्ग से हटकर सहायता लेने का निषेध करते हुए कहते हैं कि अपने वर्ग को छोड़कर दूसरे वर्ग का सहारा लेनेवाला व्यक्ति उसी प्रकार से नष्ट हो जाता है, जैसे अधर्म से एक राज्य नष्ट हो जाता है।

'श्रीमद्भगवद्गीता' में श्रीकृष्ण अर्जुन को समझाते हुए कहते हैं कि भले ही कितनी भी बेकार स्थिति क्यों न हो, हर हाल में अपने धर्म पर अडिग रहना चाहिए; क्योंकि हर हाल में अपना धर्म ही सबसे श्रेष्ठ होता है। किसी भी व्यक्ति को दूसरे को अपना धर्म छोड़ने के लिए बाध्य नहीं करना चाहिए।

इसी तरह से जब कोई व्यक्ति अपने समूह को छोड़कर दूसरे के समूह में जा मिलता है तो न चाहते हुए भी वह खुद का ही विनाश करता है। किसी भी व्यक्ति को अपनी ज़ड़ों को छोड़कर दूसरी जगह नहीं जाना चाहिए। नए परिवेश में खुद को ढाल पाना बहुत कठिन कार्य होता है।

आकार मजबूती को नहीं दरशाता

हस्ती स्थूलतनुः स चाङ्कुशवशः किं हस्तिमात्रोऽङ्कुशो
दीपो प्रज्वलिते प्रणश्यति तमः किं दीपमात्रं तमः।
वज्रेणापि हताः पतन्ति गिरयः किं वज्रमात्रो गिरिम्
तेजो यस्य विराजते स बलवान् स्थूलेषु कः प्रत्ययः॥3॥

यहाँ पर आचार्य चाणक्य वस्तु या व्यक्ति के आकार की अपेक्षा गुणवत्ता पर बल देते हुए कहते हैं कि स्थूल शरीर वाला होने पर भी हाथी अंकुश से वश में किया जाता है, तो क्या अंकुश हाथी के बराबर होता है? दीपक जलने पर घने अंधकार को दूर कर देता है, तो क्या अंधकार दीपक के

बराबर ही होता है ? वज्र के आघात से पहाड़ टूटकर गिर पड़ते हैं, तो क्या पहाड़ वज्र के बराबर ही होते हैं ? नहीं, जिसमें तेज होता है, वही बलवान् होता है। मोटा-ताजा होने से कोई लाभ नहीं होता।

जब गुणों और बुद्धिमत्ता का मेल हो जाता है तो मजबूती मिलती है। एक बहुत बड़े हाथी को महावत एक छोटे से अंकुश से नियंत्रित कर लेता है।

एक छोटा सा दीया घनघोर अँधेरे को दूर कर देता है। छोटे से वज्र के आघात से बड़े-बड़े पहाड़ टूट जाते हैं। आकार मजबूती का प्रतीक नहीं होता है।

कलियुग का प्रभाव

कलौ दशसहस्रेषु हरिस्त्यजंति मेदिनीम्।
तदर्धं जाह्नवीतोयं तदर्धं ग्रामदेवता॥4॥

आचार्य चाणक्य कहते हैं कि कलियुग के दस हजार वर्ष बीत जाने पर भगवान् पृथ्वी को छोड़ देते हैं; इसके आधे समय में गंगा अपने जल को छोड़ देती है तथा इसके भी आधे समय में ग्राम देवता पृथ्वी को छोड़ देते हैं।

शास्त्रों में बताया गया है कि कलियुग का आगमन होते ही पूरे संसार में हिंसा और झूठ का बोलबाला हो जाएगा। जब ब्राह्मण नगर छोड़कर चले जाएँगे तो पूरा सामाजिक जीवन अस्त-व्यस्त हो जाएगा।

कलियुग के आगमन के साथ ही जीवनदायी नदी गंगा सूख जाएगी और धीरे-धीरे यह विलुप्त हो जाएगी। इसी तरह से ग्राम देवता पृथ्वी को छोड़कर चले जाएँगे। पूरी दुनिया में दुष्ट, कलंकित और दुराचारी लोगों का राज हो जाएगा।

गुणवत्ता के आधार पर परिणाम

गृहाऽऽसक्तस्य नो विद्या नो दया मांसभोजिनः।
द्रव्यलुब्धस्य नो सत्यं स्त्रैणस्य न पवित्रता॥5॥

आचार्य चाणक्य असंभव पर चर्चा करते हुए कहते हैं कि गृहासक्त को विद्या प्राप्त नहीं होती। मांस खानेवाले में दया नहीं होती। धन के लोभी

में सत्य तथा स्त्रैण स्वभाववाले में पवित्रता का होना असंभव है।

जो हर समय अपने घर के बारे में ही सोचता रहता है, वह कभी भी पढ़ाई में ध्यान नहीं लगा सकता है। जो पशुओं का मांस खाता है, वह कभी भी दयालु नहीं हो सकता, क्योंकि उसका हृदय कठोर हो जाता है।

सत्य और लालच कभी भी एक साथ नहीं रह सकते। एक लालची व्यक्ति धन पाने के लिए किसी भी हद तक गिर सकता है। वह अपने उद्‍देश्य की प्राप्ति के लिए कोई भी रवैया अपनाने से हिचकता नहीं है, भले ही इसके लिए उसे अपनी नैतिकता ही क्यों न खोनी पड़े। वह इससे भी पीछे नहीं हटता है। इसी प्रकार से अगर कोई व्यक्ति हर समय स्त्रियों की संगति में रहता है तो उसके अंदर पवित्रता के भाव नहीं आ पाते। दिन-प्रतिदिन उसका पतन ही होता जाता है।

नीम की पत्तियाँ कभी मीठी नहीं होतीं

न दुर्जनः साधुदशामुपैति बहुप्रकारैरपि शिक्ष्यमाणः।
आमूलसिक्तः पयसा घृतेन न निम्बवृक्षो मधुरत्वमेति॥6॥

आचार्य चाणक्य दुष्ट स्वभाव की चर्चा करते हुए कहते हैं कि दुष्ट को सज्जन नहीं बनाया जा सकता। दूध और घी से नीम को जड़ से चोटी तक सींचे जाने पर भी नीम का वृक्ष मीठा नहीं बनता।

यह नीम का व्यवहार है कि वह स्वाद में कड़वा होता है। वह घी और दूध जैसे अमृत समान वस्तुओं में डुबोकर रखने पर भी अपना कड़वापन छोड़ नहीं पाता है। इसी तरह दुष्ट व्यक्ति के व्यवहार में धूर्तता ही रहती है। उसे भले ही कितनी भी सीख दी जाए, वह अपना व्यवहार नहीं बदल पाता है। एक विद्वान् होने के बावजूद रावण अपनी दुष्टता से बच नहीं पाया। वह जानता था कि अगर उसने अपना व्यवहार परिवर्तित नहीं किया तो उसका विनाश हो जाएगा; किंतु उसने अपने व्यवहार में कोई परिवर्तन नहीं किया।

दुष्टों के लिए निर्वाण नहीं

अन्तर्गतमलो दुष्टस्तीर्थस्नानशतैरपि।
न शुध्यति यथा भाण्डं सुराया दाहितं च सत्॥7॥

आचार्य चाणक्य पापी को सुरा पात्र की संज्ञा देते हुए कहते हैं कि जैसे सुरा पात्र अग्नि में जलाने पर भी शुद्ध नहीं होता, उसी प्रकार से जिसके मन में मैल हो, वह दुष्ट चाहे सैकड़ों तीर्थ कर ले, वह कभी शुद्ध नहीं होता।

जिस प्रकार से अग्नि में जलाने के बावजूद सुरा पात्र शुद्ध नहीं हो पाता है, उसी प्रकार से किसी भी संत की संगति में रहने के बावजूद दुष्ट व्यक्ति के दिमाग से दुष्टता नहीं जाती है। पवित्र नदी में डुबकी लगा लेने से शरीर भले ही साफ हो जाए, लेकिन खराब मानसिकतावाले व्यक्ति का मन उससे पवित्र नहीं हो पाता है।

अशिक्षित में होती है ज्ञान की कमी

न वेत्ति यो यस्य गुणप्रकर्षं स तं सदा निन्दति नाऽत्र चित्रम्।
यथा किराती करिकुम्भजाता मुक्ताः परित्यज्य बिभर्ति गुञ्जाः॥8॥

आचार्य चाणक्य वस्तु की गुण-ग्राहकता की चर्चा करते हुए कहते हैं कि जो जिसके गुणों को जानता ही नहीं, वह यदि उसकी निंदा करे तो इसमें आश्चर्य ही क्या है। जैसे किराती (भीलनी) हाथी के मस्तक के मोती को छोड़कर गुँजा की माला पहनती है।

वन में रहनेवाली स्त्री मोती-माणिक्य जैसे महँगे पत्थरों की महिमा को नहीं समझ पाती है। वह तो फूलों के बगीचे में ही खुश रहती है। इसी तरह से एक मूर्ख व्यक्ति विद्वान् व्यक्ति के गुणों को ज़ाने बिना ही उसकी आलोचना करता है। ऐसे व्यक्ति किसी की भी योग्यता को समझ पाने में असमर्थ होते हैं।

चुप रहना भी तपस्या है

यस्तु संवत्सरं पूर्णं नित्यं मौनेन भुञ्जति।
युगकोटिसहस्रं तु स्वर्गलोके महीयते॥9॥

यहाँ पर आचार्य चाणक्य मौन के महत्त्व को प्रतिपादित करते हुए कहते हैं कि मौन रहना एक प्रकार की तपस्या है। जो व्यक्ति केवल एक साल तक मौन रहता हुआ भोजन करता है, उसे करोड़ों युगों तक स्वर्गलोक के सुख प्राप्त होते हैं।

संतों का मानना है कि चुप रहना भी अतुलनीय खुशी है। चुप रहना आसान नहीं है, इसलिए इसकी तुलना तपस्या से की जाती है। चुप रहने से शरीर में ज्यादा ऊर्जा आती है। जब जुबान बंद रहती है तो मन में अच्छे विचारों का आदान-प्रदान होता है।

विद्यार्थी को इनसे बचना चाहिए

कामं क्रोधं तथा लोभं स्वादं शृङ्गारकौतुके।
अतिनिद्राऽतिसेवे च विद्यार्थी ह्यष्ट वर्जयेत्॥10॥

आचार्य चाणक्य विद्यार्थी के लिए वर्जित प्रवृत्तियों की चर्चा करते हुए कहते हैं कि काम, क्रोध, लोभ, स्वाद, शृंगार, कौतुक, अधिक सोना, अधिक सेवा करना—इन कामों को विद्यार्थी छोड़ दे।

अगर पढ़ाई करते समय पूरा ध्यान पढ़ने में न लगाया जाए तो सफलता नहीं मिलती है। इसलिए एक विद्यार्थी को इन सभी आदतों का परित्याग करना चाहिए।

अपने लक्ष्य तक पहुँचने के लिए एक विद्यार्थी को अच्छी आदतें और सभ्य व्यवहार को अपनाना चाहिए। क्रोध और अच्छी आदतें एक साथ नहीं रह सकतीं। जो विद्यार्थी ज्यादा देर तक सोते हैं, वे अपनी पढ़ाई से विमुख होते हैं। अच्छी-अच्छी चीजें खाने की अपनी आदत और इसके पीछे अपना समय बरबाद करने तथा दूसरों को गुमराह करने की आदत से एक विद्यार्थी को हमेशा दूर ही रहना चाहिए। विद्यार्थी को हमेशा अपना ध्यान अपने लक्ष्य पर रखना चाहिए।

पुण्यात्मा ब्राह्मण

अकृष्टफलमूलेन वनवासरतः सदा।
कुरुतेऽहरहः श्राद्धमृषिर्विप्रः स उच्यते॥11॥

आचार्य चाणक्य ऋषि के रूप की चर्चा करते हुए कहते हैं कि जो ब्राह्मण बिना जोती भूमि से फल व मूल आदि का भोजन करता है, सदा वन में रहता है तथा नित्य श्राद्ध करता है, उसे 'ऋषि' कहा जाता है।

जो ब्राह्मण अपना घर छोड़कर वन में रहते हैं; जो कुछ भी प्राकृतिक तरीके से उगा हुआ मिल जाए, उसे खाकर अपना भरण-पोषण करते हुए निरंतर भगवान् का ध्यान करते हुए खुशहाल जीवन बिताते हैं, वे पूरी तरह से सांसारिक आकर्षणों

से मुक्त रहते हैं। प्राकृतिक तौर पर उगा हुआ भोजन बिना जोती हुई भूमि में होता है। यह भोजन इसका सेवन करनेवाले को न केवल स्वस्थ रखता है, बल्कि उनके अच्छे विचारों का भी पोषण करनेवाला होता है।

ब्राह्मण का पुनर्जन्म

एकाहारेण सन्तुष्टः षट्कर्मनिरतः सदा।
ऋतुकालाभिगामी च स विप्रो द्विज उच्यते॥12॥

आचार्य चाणक्य द्विज के गुणों के बारे में चर्चा करते हुए कहते हैं कि दिन में एक ही बार भोजन करनेवाला, अध्ययन व तप आदि छह कार्यों में लगा रहनेवाला तथा ऋतुकाल में ही पत्नी से संभोग करनेवाला ब्राह्मण 'द्विज' कहा जाता है।

वेदों में ब्राह्मण, क्षत्रिय और वैश्य को द्विज जातियों के रूप में विभक्त किया गया है। जो भी व्यक्ति अपनी जातियों के लिए दिए गए नियमों पर चलते हुए अपने जीवन का यापन करते हैं, उनका पुनर्जन्म ब्राह्मण के रूप में होता है।

ब्राह्मण वैश्य की तरह होता है

लौकिके कर्मणि रतः पशूनां परिपालकः।
वाणिज्यकृषिकर्ता यः स विप्रो वैश्य उच्यते॥13॥

यहाँ आचार्य चाणक्य ब्राह्मण द्वारा किए गए उन कर्मों की चर्चा कर रहे हैं, जिनके कारण वह वैश्य कोटि में आ जाता है। आचार्य का कहना है कि जो ब्राह्मण सांसारिक कार्यों में लगा रहता है, पशु-पालन करता है, व्यापार एवं खेती करता है, उसे 'वैश्य' कहा जाता है।

एक ब्राह्मण के जीवन का मुख्य उद्देश्य क्षत्रिय और वैश्य बालकों को शिक्षित करना होता है। एक ब्राह्मण, जो अपने प्राथमिक कर्तव्यों का पालन करता है, उसकी तुलना क्षत्रिय से की जा सकती है।

जिसने अपने गुणों को छोड़ दिया, वह ब्राह्मण नहीं

लाक्षादितैलनीलानां कुसुम्भमधुसर्पिषाम्।
विक्रेता मद्यमांसानां स विप्रः शूद्र उच्यते॥14॥

यहाँ आचार्य चाणक्य कहते हैं कि जो ब्राह्मण लाक्ष (लाख) आदि तेलों, नील, शहद, घी, शराब एवं मांस आदि का व्यापार करता है, वह ब्रह्मण नहीं बल्कि शूद्र है।

बिल्ली के समान ब्राह्मण

परकार्यविहन्ता च दाम्भिकः स्वार्थसाधकः।
छली द्वेषी मृदुः क्रूरो विप्रो मार्जार उच्यते।।15॥

दूसरे का काम बिगाड़नेवाला, दंभी, स्वार्थी, छली-कपटी, द्वेषी; मुँह से मीठा, किंतु हृदय से क्रूर ब्राह्मण बिल्ली के समान माना जाता है।

एक बिल्ली हमेशा काम बिगाड़ती है, दूसरों को परेशान करती है। वह भले ही देखने में भली और मीठी लगती हो, लेकिन वास्तविकता इससे दूर होती है। अपने स्वार्थी व्यवहार के कारण बिल्ली थोड़े से समय में ही किसी दूसरे का खाना चुराकर खा जाती है। जो ब्राह्मण स्वार्थी व्यवहार वाले होते हैं, वे बिल्ली की तरह होते हैं।

ब्राह्मण, जो म्लेच्छ (शूद्र) होता है

वापी-कूप-तडागानामाराम-सुर-वेश्मनाम्।
उच्छेदने निराऽऽशङ्कः स विप्रो म्लेच्छ उच्यते॥15॥

जो ब्राह्मण किसी कुएँ या तालाब के पानी को अपवित्र करता हो, किसी देव स्थान को नष्ट करता हो, वह म्लेच्छ (शूद्र) के समान होता है।

जल ही जीवन है। कुआँ, तालाब, नदी आदि इसके स्रोत हैं। अगर कोई इसे नष्ट करता है तो इसका मतलब यह है कि वह जीवन को नष्ट कर रहा है। मंदिर विश्वास का प्रतीक है। मंदिर का विनाश करनेवाला कौन हो सकता है? इस तरह के खराब बरताव की उम्मीद एक दानवी प्रवृत्ति के व्यक्ति से ही की जा सकती है। एक ब्राह्मण, जो कि पानी और पवित्र धार्मिक स्थलों को हानि पहुँचानेवाला हो, वह शूद्र माना जाता है।

निम्न जाति का

देवद्रव्यं गुरुद्रव्यं परदाराऽभिमर्शनम्।
निर्वाहः सर्वभूतेषु विप्रश्चाण्डाल उच्यते॥17॥

आचार्य चाणक्य कहते हैं कि जो ब्राह्मण देवताओं या गुरुओं की वस्तुओं की चोरी करता है, दूसरे की स्त्री से संभोग करता है और सभी प्राणियों के बीच में निर्वाह कर लेता है, उसे 'चांडाल' कहते हैं।

वैदिक संस्कृति में जाति का वर्गीकरण व्यक्ति के कर्म के आधार पर किया गया है। एक व्यक्ति, जिसका किसी पराई स्त्री के साथ संबंध हो और जो किसी भी तरह के व्यक्ति के साथ मिल जाता हो, उसे निम्न जाति का माना जाता है, भले ही वह ब्राह्मण कुल में ही उत्पन्न क्यों न हुआ हो। अगर आपका काम आपके जन्म को उचित नहीं सिद्ध करता है तो आप निम्न जाति के माने जाएँगे।

भोजन एवं दान का महत्त्व

देयं भोज्यधनं सदा सुकृतिभिर्नो सञ्चितव्यं कदा
श्रीकर्णस्य बलेश्च विक्रमपतेरद्यापि कीर्तिः स्थिता।
अस्माकं मधु दानभोगरहितं नष्टं चिरात्सञ्चितं
निर्वाणादिति पाणिपादयुगले घर्षन्त्यहो मक्षिकाः॥18॥

आचार्य चाणक्य दान की चर्चा करते हुए कहते हैं कि महापुरुष भोज्य पदार्थों तथा धन का दान करें। इसका संचय करना उचित नहीं है। कर्ण, बलि आदि की कीर्ति आज तक बनी हुई है। हमारा लंबे समय से संचित शहद, जिसका हमने दान या भोग नहीं किया है, नष्ट हो गया है, यही सोचकर मधुमक्खियाँ अपने दोनों पाँवों को घिसती हैं।

दान धर्म के समान है। वैदिक संस्कृति में दान किसी भी व्यक्ति के जीवन का महत्त्वपूर्ण हिस्सा था। जो भी महान् सिद्ध हुए हैं, वे बहुत बड़े दानी थे। उन्होंने जरूरतमंदों को भोजन और धन का दान किया है। अगर भोजन और धन को बचाकर रखा जाए तो वह खराब हो जाता है, लेकिन उसे खर्च किया जाए तो वह बढ़ता है।

एक मधुमक्खी न तो अपने शहद को खुद खाती है, न ही किसीं दूसरे को देती है। अगर शहद को कोई मधुमक्खी के छत्ते से निकाल ले तो वह दुःखी और

क्षुब्ध हो जाती है। उसका पूरा जीवन शहद को बचाकर रखने में ही बीत जाता है। मधुमक्खी द्वारा सहेजकर रखा गया वह खजाना या तो भालू चुरा लेता है या मधु का व्यापार करनेवाला निकाल ले जाता है। इसी तरह से धन को रोककर रखनेवाले व्यक्ति के साथ भी होता है—या तो उसका सारा धन चोरी हो जाता है या नष्ट हो जाता है। धन को सहेजकर रखने की बजाय उसका इस्तेमाल दूसरों की भलाई के लिए करने से वह बढ़ता है।

□

अध्याय-12

जिस प्रकार कोई पात्र बूँद-बूँद पानी से भरता है, उसी प्रकार धन, शिक्षा और अच्छे कर्म भी धीरे-धीरे इकट्ठा होते हैं और एक दिन अच्छाई का खजाना बन जाते हैं।

घरेलू कर्तव्य

सानन्दं सदनं सुताश्च सुधयः कान्ता प्रियलापिनी
इच्छापूर्तिधनं सन्मित्रं स्वयोषिति रतिः स्वाऽऽज्ञापराः सेवकाः।
आतिथ्यं शिवपूजनं प्रतिदिनं मिष्टान्नपानं गृहे
साधोः सङ्गमुपासते च सततं धन्यो गृहस्थाऽऽश्रमः॥1॥

यहाँ आचार्य चाणक्य गृहस्थ की चर्चा करते हुए कहते हैं कि जिस गृहस्थ के घर में निरंतर उत्सव, यज्ञ, पाठ और कीर्तन आदि होता रहता है; संतान सुशिक्षित होती है, स्त्री मधुर भाषिणी एवं मीठा बोलनेवाली होती है, आवश्यकताओं की पूर्ति के लिए पर्याप्त धन होता है, पति-पत्नी एक-दूसरे में अनुरक्त होते हैं, सेवक स्वामी-भक्त और आज्ञापालक होते हैं, अतिथि का भोजन आदि से सत्कार और शिव का पूजन होता रहता है, घर में भोज आदि से मित्रों का स्वागत होता रहता है तथा महात्मा आदि का भी आना-जाना लगा रहता है, ऐसे पुरुष का गृहस्थ आश्रम सचमुच प्रशंसनीय है। ऐसा व्यक्ति अत्यंत सौभाग्यशाली और धन्य होता है।

ब्राह्मण को दान

आर्तेषु विप्रेषु दयान्वितश्च यत् श्रद्धया स्वल्पमुपैति दानम्।
अनन्तपारं समुपैति राजन् यद्दीयते तन्न लभेद् द्विजेभ्यः॥2॥

आचार्य चाणक्य कहते हैं कि दीन-दु:खियों और विद्वानों को जो थोड़ा सा भी धन दान में देता है, उसका उसे कई गुना फल मिलता है।

इस संबंध में संत कबीरदास भी कहते हैं कि दान देने से धन कभी भी कम नहीं होता है।

बुद्धिमान का व्यवहार समाज में सुव्यवस्था लाता है

दाक्षिण्यं स्वजने दया परजने शाठ्यं सदा दुर्जने
प्रीतिः साधुजने स्मयः खलजने विद्वज्जने चार्जवम्।
शौर्यं शत्रुजने क्षमा गुरुजने नारीजने धृष्टता
इत्थं ये पुरुषाः कलासु कुशलास्तेष्वेव लोकस्थितिः॥3॥

जो अपने लोगों से प्रेम, परायों पर दया, दुष्टों के साथ कठोरता, सज्जनों से प्रीति, मूर्खों से परहेज, विद्वानों का आदर, शत्रुओं के साथ वीरतापूर्ण क्षमा और गुरुजनों का सम्मान करते हैं; जिन्हें स्त्रियों से लगाव नहीं होता है, ऐसे लोगों को महापुरुष कहा जाता है। ऐसे लोगों के कारण ही दुनिया टिकी हुई है।

एक बुद्धिमान व्यक्ति अपने मित्रों व संबंधियों से हमेशा अच्छा और शालीन व्यवहार करता है। जो लोग मुश्किलों के दौर से गुजरते हैं, उनके लिए उसके मन में सहानुभूति का भाव होता है, लेकिन दुष्ट लोगों के प्रति उसका रवैया कठोर होता है। वह सज्जन व्यक्तियों के साथ प्रीति-भाव रखता है और विद्वानों के प्रति उसका व्यवहार आदरपूर्ण होता है; शारीरिक रूप से सशक्त अपने दुश्मन के सामने बहादुरी से लड़ता है, लेकिन अवसर आने पर क्षमा कर देता है। स्त्रियों के प्रति उसका व्यवहार विनम्रतापूर्ण होता है, ऐसे व्यक्तियों की वजह से ही समाज में सुव्यवस्था बनी रहती है।

धूर्त व्यक्ति

हस्तौ दानविवर्जितौ श्रुतिपुटौ सारस्वतद्रोहिणौ
नेत्रे साधुविलोकनेन रहिते पादौ न तीर्थं गतौ।
अन्यायार्जितवित्तपूर्णमुदरं गर्वेण तुंगं शिरो
रे रे जम्बुक मुञ्च मुञ्च सहसा नीचं सुनिन्द्यं वपुः॥4॥

आचार्य चाणक्य कहते हैं कि हाथों से दान नहीं दिया, कानों से कोई ज्ञान की बात नहीं सुनी, नेत्रों से किसी साधु के दर्शन नहीं किए, पाँवों से कभी किसी तीर्थस्थान पर नहीं गए, अन्याय से कमाए गए धन से पेट भरते हो। अरे गीदड़, ऐसे निकृष्ट व निंदनीय शरीर को शीघ्र छोड़ दो।

भाग्य से नहीं बच सकते

पत्रं नैव यदा करीरविटपे दोषो वसन्तस्य किं
नोलूकोऽप्यवलोकते यदि दिवा सूर्यस्य किं दूषणम्।
वर्षा नैव पतन्ति चातकमुखे मेघस्य किं दूषणं
यत्पूर्वं विधिना ललाटलिखितं तन्मार्जितुं कः क्षमः॥5॥

आचार्य चाणक्य कहते हैं कि यदि करील में पत्ते नहीं आते हैं तो वसंत का क्या दोष? यदि उल्लू दिन में नहीं देखता तो सूर्य का क्या दोष? वर्षा चातक के मुँह में न पड़े तो बादल का क्या दोष? भाग्य ने जो कुछ ललाट पर लिख दिया, उसे कौन मिटा सकता है?

संगति का प्रभाव

सत्सङ्गाद् भवति हि साधुता खलानां
साधूनां न हि खलसङ्गमात् खलत्वम्।
आमोदं कुसुम-भवं मृदेव धत्ते
मृद्गन्धं न हि कुसुमानि धारयन्ति॥6॥

यहाँ आचार्य चाणक्य सत्संग की महिमा का प्रतिपादन करते हुए कहते हैं कि सत्संगति से दुष्टों में भी साधुता आ जाती है; किंतु दुष्टों की संगति से साधुओं में दुष्टता नहीं आती है। मिट्टी फूलों की सुगंध को धारण कर लेती है, किंतु फूल मिट्टी की गंध को नहीं अपनाते।

साधु पुरुषों की संगति से लाभ

साधूनां दर्शनं पुण्यं तीर्थभूता हि साधवः।
कालेन फलते तीर्थं सद्यः साधुसमागमः॥7॥

इस श्लोक में आचार्य चाणक्य कहते हैं कि साधुओं के दर्शन से पुण्य मिलता है। साधु तीर्थों के समान होते हैं। तीर्थों का फल कुछ समय बाद मिलता है, किंतु साधु समागम तुरंत फल देता है।

समझौता ही जीवन है

विप्राऽस्मिन्नगरे महान् कथय कस्तालद्रुमाणां गणः
को दाता रजको ददाति वसनं प्रातर्गृहीत्वा निशि।
को दक्षः परदारवित्तहरणे सर्वोऽपि दक्षो जनः
कस्माज्जीवसि हे सखे विषकृमिन्यायेन जीवाम्यहम्॥8॥

एक यात्री एक नगर में गया। उसने एक ब्राह्मण से पूछा कि इस नगर में सबसे बड़ा कौन है?
"ताड़ का पेड़।" ब्राह्मण ने जवाब दिया।

यात्री ने फिर पूछा, "सबसे बड़ा दानी कौन है?"

"धोबी, जो सुबह कपड़े धुलने के लिए ले जाता है और शाम को उसे धोकर वापस कर देता है।" ब्राह्मण ने जवाब दिया।

यात्री ने फिर से दूसरा प्रश्न किया, "सबसे चतुर व्यक्ति कौन है?"

ब्राह्मण ने जवाब दिया, "प्रत्येक वह व्यक्ति, जो दूसरों का धन चुराने में और दूसरे की स्त्रियों को हरने में माहिर हो।"

यात्री हैरान होते हुए बोला, "इस स्थिति में तुम यहाँ किस प्रकार से रहते हो?"

ब्राह्मण ने जवाब दिया, "मैं ऐसे कीड़े के समान हूँ, जो गंदी-जहरीली नाली में रहता है। वह उसी में पैदा होता है, उसी में जीवित रहता है और उसी में मर जाता है। मैं भी अपना जीवन इसी तरह निर्वाह करता हूँ।"

यहाँ पर ब्राह्मण ने ताड़ वृक्ष को नगर के नेता के रूप में प्रतिबिंबित किया है। यह ऐसा नगर है, जहाँ पर कोई दानी और विद्वान् व्यक्ति नहीं है। यह अयोग्य व्यक्तियों का नगर है। अपनी परिस्थितियों के वशीभूत ब्राह्मण भी समझौता करके ऐसे लोगों के साथ अपने जीवन का निर्वाह कर रहा है।

मृत घर

न विप्रपादोदककर्दमानि न वेदशास्त्रध्वनिगर्जितानि।
स्वाहा-स्वधाकार-विवर्जितानि श्मशानतुल्यानि गृहाणि तानि॥9॥

ऐसा घर, जहाँ पर किसी ब्राह्मण के पैर न धोए गए हों, जहाँ पर वेदोच्चार न किया गया हो, ऐसा घर मृत घर के समान है।

यहाँ पर आचार्य चाणक्य का तात्पर्य यह है कि जहाँ पर किसी विद्वान् व्यक्ति का सम्मान न होता हो और जहाँ पर कोई धार्मिक आयोजन न किया जाता हो, ऐसा घर जीवित नहीं प्रतीत होता है।

संतों का परिवार

सत्यं माता पिता ज्ञानं धर्मो भ्राता दया स्व सा।
शान्तिः पत्नी क्षमा पुत्रः षडेते मम बान्धवाः॥10॥

आचार्य चाणक्य व्यक्ति के गुणों को उसका परम हितैषी बताते हुए कहते हैं कि सत्य मेरी माता है, ज्ञान पिता है, धर्म भाई है, दया मित्र है, शांति पत्नी है तथा क्षमा पुत्र है। ये छह ही मेरे सगे-संबंधी हैं।

धार्मिक बनो

अनित्यानि शरीराणि विभवो नैव शाश्वतः।
नित्यं सन्निहितो मृत्युः कर्तव्यो धर्मसंग्रहः॥11॥

यह शरीर नश्वर है। धन-संपत्ति भी किसी व्यक्ति के पास हमेशा नहीं रहती है। एक-न-एक दिन सबको मृत्यु आती है, इसलिए प्रत्येक व्यक्ति को धार्मिक बनना चाहिए।

कोई भी मृत्यु से भाग नहीं सकता। एक-न-एक दिन मृत्यु सबको अपने चंगुल में ले लेती है। इसलिए आपको जो भी जीवन मिला है, उसमें धर्म का पालन करें।

मैं भगवान् कृष्ण को समर्पण करता हूँ

आमन्त्रणोत्सवा विप्रा गावो नवतृणोत्सवाः।
पत्युत्साहयुता नार्यः अहं कृष्णरणोत्सवः॥12॥

आचार्य चाणक्य कहते हैं कि जिस प्रकार यजमान से निमंत्रण पाना ही ब्राह्मण के लिए प्रसन्नता का अवसर होता है, अर्थात् निमंत्रण पाकर ब्राह्मणों को स्वादिष्ट भोजन तथा दान-दक्षिणादि सुलभ होते हैं, और हरी घास मिल जाने पर गायों के लिए उत्सव या प्रसन्नतादायक बात होती है, उसी प्रकार पति की प्रसन्नता स्त्रियों के लिए उत्सव के समान होती है। परंतु मेरे लिए तो भीषण रणों में अनुराग ही जीवन की सार्थकता का उत्सव है।

सत्य का रहस्योद्घाटन

मातृवत् परदारांश्च परद्रव्याणि लोष्ठवत्।
आत्मवत् सर्वभूतानि यः पश्यति स पश्यति॥13॥

व्यक्ति को चाहिए कि वह अन्य व्यक्तियों की स्त्रियों को माता के समान समझे, दूसरों के धन पर नजर न रखे, उसे पराया समझे और सभी व्यक्तियों को अपनी तरह समझे। आचार्य चाणक्य मानते हैं कि दूसरों की स्त्रियों को माता के समान, पराए धन को मिट्टी के ढेले के समान और सभी प्राणियों को अपने समान माननेवाला ही सच्चे अर्थों में ऋषि और विवेकशील पंडित कहलाता है।

समर्पण और विश्वास

धर्मे तत्परता मुखे मधुरता दाने समुत्साहता
मित्रेऽवञ्चकता गुरौ विनयता चित्तेऽति गम्भीरता।
आचारे शुचिता गुणे रसिकता शास्त्रेषु विज्ञानता
रूपे सुन्दरता शिवे भजनता सत्स्वेव संदृश्यते॥14॥

धर्म में तत्परता, मुख में मधुरता, दान में उत्साह, मित्रों के साथ निष्कपटता, गुरु के प्रति विनम्रता, चित्त में गंभीरता, आचरण में पवित्रता, गुणों के प्रति आदर, शास्त्रों का विशेष ज्ञान, रूप में सुंदरता तथा शिव में भक्ति—ये सब गुण राघव! एक साथ आप में ही हैं।

राम का नाम है श्रेष्ठ

काष्ठं कल्पतरुः सुमेरुरचलश्चिन्तामणिः प्रस्तरः
सूर्यस्तीव्रकरः शशी क्षयकरः क्षारो हि वारां निधिः।
कामो नष्टतनुर्बलिर्दितिसुतो नित्यं पशुः कामगौ-
र्नैतांस्ते तुलयामि भो रघुपते कस्योपमा दीयते॥15॥

आचार्य चाणक्य कहते हैं कि कल्पवृक्ष काष्ठ है। सुमेरु पहाड़ है। पारस केवल एक पत्थर है। सूर्य की किरणें तीव्र हैं। चंद्रमा घटता रहता है। समुद्र खारा है। कामदेव का शरीर नहीं है। बलि दैत्य है। कामधेनु पशु है। हे राम! मैं आपकी तुलना किसी से नहीं कर पा रहा हूँ। आपकी उपमा किससे दी जाए।

क्या सीखें और किससे

विनयं राजपुत्रेभ्यः पण्डितेभ्यः सुभाषितम्।
अनृतं द्यूतकारेभ्यः स्त्रीभ्यः शिक्षेत् कैतवम्॥16॥

आचार्य चाणक्य कहते हैं कि व्यक्ति सभी से कुछ-न-कुछ सीख सकता है। उसे राजपुत्रों से विनयशीलता और नम्रता की, पंडितों से बोलने के उत्तम ढंग की, जुआरियों से असत्य भाषण के रूप-भेदों की तथा स्त्रियों से छल-कपट की सीख लेनी चाहिए।

बरबाद न करें

अनालोक्य व्ययं कर्ता ह्यनाथः कलहप्रियः।
आतुरः सर्वक्षेत्रेषु नरः शीघ्रं विनश्यति॥17॥

आचार्य चाणक्य सोच-समझकर कर्म करने का परामर्श देते हुए कहते हैं कि बिना सोचे-समझे व्यय करनेवाला, अनाथ, झगड़ालू तथा सभी क्षेत्रों में हस्तक्षेप करने को आतुर रहनेवाला व्यक्ति शीघ्र ही नष्ट हो जाता है।

प्रत्येक के लिए उपलब्ध

नाहारं चिन्तयेत्प्राज्ञो धर्ममेकं हि चिन्तयेत्।
आहारो हि मनुष्याणां जन्मना सह जायते॥18॥

बुद्धिमान व्यक्ति अपने भाग्य को लेकर चिंतित नहीं होते हैं; बल्कि वे अपना पूरा ध्यान धार्मिक क्रिया-कलापों पर लगाते हैं। यह प्रत्येक व्यक्ति को उसके जन्म के समय से ही उपलब्ध होता है।

प्रत्येक व्यक्ति के भाग्य का निर्धारण उसके जन्म के साथ ही हो जाता है। जीवन में हम वही करते हैं, जो पहले से हमारे भाग्य में लिखा होता है। इसलिए बुद्धिमान व्यक्ति अपने भाग्य को लेकर चिंतित नहीं होते हैं। वे खुद को पूरी तरह से धर्म के प्रति समर्पित कर देते हैं।

आदर्श कार्य

जलबिन्दुनिपातेन क्रमशः पूर्यते घटः।
स हेतुः सर्वविद्यानां धर्मस्य च धनस्य च॥19॥

आचार्य चाणक्य अल्प बचत का महत्त्व बताते हुए कहते हैं कि एक-एक बूँद डालने से क्रमशः घड़ा भर जाता है। इसी प्रकार से विद्या, धर्म और धन का भी संचय करना चाहिए।

दुष्टता कभी नहीं जाती

वयसः परिणामेऽपि यः खलः खल एव सः।
सुपक्वमपि माधुर्यं नोपयातीन्द्रवारुणम्॥20॥

एक दुष्ट व्यक्ति अपनी दुष्टता को कभी नहीं छोड़ सकता, भले ही वह कितनी ही उम्र का क्यों न हो जाए। उसकी धूर्तता उसका साथ नहीं छोड़ती। ठीक इसी प्रकार से एक कद्दू भले ही कितना मीठा क्यों न हो जाए, लेकिन वह तरबूज की मिठास का सामना नहीं कर सकता।

यह बिल्कुल जरूरी नहीं है कि एक व्यक्ति की उम्र बड़ी हो जाए तो वह अपने व्यवहार और अपने रवैए को छोड़ दे। कोई भी व्यक्ति अपने मूल स्वभाव को बदलने में असमर्थ रहता है।

□

अध्याय-13

महान् लोगों की सोच जीवन के प्रति अलग होती है। उनके लिए धन महत्त्वपूर्ण नहीं होता; बल्कि वे जब इसे इकट्ठा कर लेते हैं, तब और भी विनम्र व शिष्ट हो जाते हैं।

श्रेष्ठ जीवन

मुहूर्तमपि जीवेत् नरः शुक्लेन कर्मणा।
न कल्पमपि कष्टेन लोकद्वयविरोधिना॥1॥

आचार्य चाणक्य यहाँ कर्म की प्रधानता और उपयोगिता की चर्चा करते हुए कहते हैं कि उज्ज्वल कर्म करनेवाला मनुष्य क्षण भर भी जिए तो अच्छा, किंतु दोनों के विरुद्ध काम करनेवाले मनुष्य का एक क्षण भी जीना व्यर्थ है।

आचार्य चाणक्य कहते हैं कि केवल भाग्य से ही मनुष्य योनि में जन्म होता है, इसलिए किसी भी व्यक्ति को इसे व्यर्थ नहीं करना चाहिए।

वर्तमान में जिएँ

गते शोको न कर्तव्यो भविष्यं नैव चिन्तयेत्।
वर्तमानेन कालेन प्रवर्तन्ते विचक्षणाः॥2॥

आचार्य चाणक्य बीती बात को भुलाकर आगे की सुध लेने पर बल देते हुए कहते हैं कि बीती बातों पर दुःख नहीं करना चाहिए। भविष्य के विषय में भी नहीं सोचना चाहिए। बुद्धिमान लोग वर्तमान समय के अनुसार ही चलते हैं।

अतीत में क्या हुआ सोचकर अपना समय व्यर्थ गँवाने की बजाय अपने आज को भरपूर आनंद लेते हुए जीना चाहिए।

मधुर वाणी

स्वभावेन हि तुष्यन्ति देवाः सत्पुरुषाः पिता।
ज्ञातयः स्वन्नपानाभ्यां वाक्यदानेन पण्डिताः॥3॥

यहाँ पर आचार्य चाणक्य प्रसन्नता के संबंध में चर्चा करते हुए कहते हैं कि विद्वान् लोग, श्रेष्ठ जन और पिता—ये स्वभाव से; बंधु-बांधव स्वादिष्ट भोजन एवं मधुर पेय से तथा विद्वान् मधुर वाणी से प्रसन्न होते हैं।

महान् आत्माएँ

अहो बत विचित्राणि चरितानि महाऽऽत्मनाम्।
लक्ष्मीं तृणाय मन्यन्ते तद्भारेण नमन्ति च॥4॥

महापुरुषों के विनय की चर्चा करते हुए आचार्य चाणक्य कहते हैं कि महापुरुषों का चरित्र भी विचित्र होता है। लक्ष्मी को मानते वह तिनके के समान हैं, किंतु उसके भार से वे झुक जाते हैं।

महान् लोग विपरीत परिस्थितियों में भी अपना संयम नहीं खोते। वे हर स्थिति का डटकर मुकाबला करते हैं। वे धन के पीछे नहीं भागते; लेकिन अगर उनके पास धन होता है तो वे उसका घमंड नहीं करते हैं।

बहुत ज्यादा लगाव दुःखदायी होता है

यस्य स्नेहो भयं तस्य स्नेहो दुःखस्य भाजनम्।
स्नेहमूलानि दुःखानि तानि त्यक्त्वा वसेत् सुखम्॥5॥

किसी के प्रति प्रेम होता है तो उसी से भय भी होता है। प्रीति दुःखों का आधार है। स्नेह ही सारे दुःखों का मूल है। अतः स्नेह-बंधनों को तोड़कर सुखपूर्वक रहना चाहिए।

केवल योद्धा ही विजयी होता है

अनागतविधाता च प्रत्युत्पन्नमतिस्तथा।
द्वावेतौ सुखमेधेते यद्भविष्यो विनश्यति॥6॥

जो व्यक्ति भविष्य में आनेवाली विपत्ति के प्रति जागरूक रहता है और जिसकी बुद्धि भी तेज होती है, वही व्यक्ति सुखी रहता है। इसके विपरीत, भाग्य के भरोसे बैठा रहनेवाला व्यक्ति नष्ट हो जाता है।

प्रत्येक व्यक्ति को अपने भविष्य की चिंता करके परेशान होने की बजाय वर्तमान में जीना चाहिए। जो भाग्य भरोसे बैठे रहने की बजाय जीवन में संघर्ष करता है, वही सफलता का स्वाद चख पाता है। जो अपनी कठिनाइयों से हारने की बजाय उनका डटकर सामना करता है, अंत में वही जीवन के संघर्ष में विजय प्राप्त करता है।

जैसा राजा वैसी प्रजा

राज्ञिधर्मिणि धर्मिष्ठाः पापे पापाः समे समाः।
राजानमनुवर्तन्ते यथा राजा तथा प्रजाः॥7॥

यहाँ पर आचार्य चाणक्य 'यथा राजा तथा प्रजा' की उक्ति को स्पष्ट करते हुए कहते हैं कि राजा के पापी होने पर प्रजा भी पापी, धार्मिक होने पर धार्मिक तथा सम होने पर सम हो जाती है। प्रजा सदैव राजा का अनुसरण करती है।

मध्य काल में राजा अपनी प्रजा का आदर्श हुआ करता था। आज भी जो लोग शक्ति-संपन्न हैं, लोग उन्हीं की बातों को मानते हैं। प्रजातंत्र में लोग अपना शासक वोट देकर खुद ही चुनते हैं। इसलिए वे जब भी भुगतते हैं, उसके जिम्मेदार खुद ही होते हैं।

धर्म ही जीवन है

जीवन्तं मृतवन्मन्ये देहिनं धर्मवर्जितम्।
मृतो धर्मेण संयुक्तो दीर्घजीवी न संशयः॥8॥

आचार्य चाणक्य कहते हैं कि धर्म से हीन प्राणी को मैं जीते हुए भी

मृत समझता हूँ। धर्मपरायण व्यक्ति मृत होते हुए भी दीर्घजीवी है। इसमें कोई संदेह नहीं है।

धार्मिक सोचवाला व्यक्ति अपने पूरे जीवन काल में हमेशा ही अच्छे निर्णय लेता है। उसके द्वारा लिये गए अच्छे निर्णय और काम उसे ऐसा बना देते हैं कि मरने के बाद भी लोग उसे याद करते हैं।

बिना उद्देश्य का जीवन

धर्मार्थकाममोक्षाणां यस्यैकोऽपि न विद्यते।
अजागलस्तनस्येव तस्य जन्म निरर्थकम्॥9॥

यहाँ पर आचार्य चाणक्य धर्म की सार्थकता की चर्चा करते हुए कहते हैं कि धर्म, अर्थ, काम एवं मोक्ष में से जिस व्यक्ति को एक भी नहीं मिल पाता, उसका जीवन व्यर्थ है।

संकीर्ण विचारों के लोग

दह्यमानाः सुतीव्रेण नीचाः पर-यशोऽग्निना।
अशक्तास्तत्पदं गन्तुं ततो निन्दां प्रकुर्वते॥10॥

संकीर्ण विचारों का व्यक्ति दूसरों की प्रगति को देखकर जलता है। वह स्वयं प्रगति नहीं कर पाता, इसलिए वह दूसरों की निंदा करने में ही लगा रहता है।

विचार–स्वतंत्रता या कैद

बन्धाय विषयाऽऽसक्तं मुक्त्यै निर्विषयं मनः।
मन एव मनुष्याणां कारणं बन्धमोक्षयोः॥11॥

बुराइयों में मन लगाना ही बंधन है और इससे मन को हटा लेना ही मोक्ष का मार्ग दिखाता है। इस प्रकार, यह गन ही बंधन या मोक्ष देनेवाला है।

किसी भी मनुष्य का जीवन उसके विचारों के आधार पर आगे बढ़ता है। अच्छे और बुरे जो भी कार्य वह करता है, वे उसके विचारों से ही उत्पन्न होते हैं।

अभिमान श्रेष्ठ आत्मा बनने की राह में बाधक है

देहाभिमाने गलिते विज्ञाते परमात्मानि।
यत्र यत्र मनो याति तत्र तत्र समाधयः॥12॥

आचार्य चाणक्य समाधि की अवस्था की चर्चा करते हुए कहते हैं कि परमात्मा का ज्ञान हो जाने पर देह का अभिमान गल जाता है। तब मन जहाँ भी जाता है, उसे वहीं समाधि लग जाती है।

किसी भी व्यक्ति का शरीर और आत्मा दोनों अलग-अलग हैं। जब व्यक्ति के सामने यह रहस्य उजागर हो जाता है कि शरीर नश्वर है, वह एक दिन नष्ट हो जाएगा तो व्यक्ति अपने शरीर के मोह को भूल जाता है। वह जहाँ भी रहता है, समाधि की अवस्था में रहने लगता है।

संतुष्ट व्यक्ति हमेशा खुश रहता है

ईप्सितं मनसः सर्वं कस्य सम्पद्यते सुखम्।
दैवाऽऽयत्तं यतः सर्वं तस्मात् सन्तोषमाश्रयेत्॥13॥

मन के चाहे सारे सुख किसी को भी नहीं मिल पाते हैं, क्योंकि सबकुछ भाग्य के अधीन है। अतः व्यक्ति को उसके पास जो भी है, उसी में संतोष करना चाहिए।

कर्मयोग

यथा धेनुसहस्रेषु वत्सो गच्छति मातरम्।
तथा यच्च कृतं कर्म कर्तारमनुगच्छति॥14॥

आचार्य चाणक्य का कहना है कि जैसे हजारों गायों में भी बछड़ा अपनी ही माँ के पास जाता है, उसी प्रकार किया हुआ कर्म भी कर्ता के पीछे-पीछे जाता है।

प्रत्येक व्यक्ति को उसके कर्मों का फल मिलता है। अगर उसने अच्छे कर्म किए हैं तो उसका अच्छा परिणाम मिलता है; लेकिन अगर उसने बुरे कर्म किए हैं तो उसे इसके लिए सजा भी मिलती है। व्यक्ति के कर्म उसकी मृत्यु हो जाने के बाद भी उसका पीछा करते हैं। इसलिए बुद्धिमान व्यक्ति हमेशा ही अच्छे कर्म करते हैं।

अपूर्ण कार्य

अनवस्थितकार्यस्य न जने न वने सुखम्।
जने दहति संसर्गो वने सङ्गविवर्जनम्॥15॥

आचार्य चाणक्य चंचलता के दुःख की चर्चा करते हुए कहते हैं कि जिसका चित्त स्थिर नहीं होता, उस व्यक्ति को न तो लोगों के बीच में सुख मिलता है और न ही वन में। लोगों के बीच में रहने पर उनका साथ जलाता है तथा वन में अकेलापन सताता है।

जो व्यक्ति अपने जीवन में स्थिर नहीं होते हैं, वे किसी भी काम को पूरे करने में किसी नियम-कानून को नहीं मानते हैं। इसीलिए उनके सारे कार्य अपूर्ण रह जाते हैं। उन्हें अपने काम में सफलता नहीं मिलती है। यह स्थिति उनके लिए दुःखदायी होती है।

सेवाओं के लिए पुरस्कार

यथा खात्वा खनित्रेण भूतले वारि विन्दति।
तथा गुरुगतां विद्यां शुश्रूषुरधिगच्छति॥16॥

जैसे फावड़े से खोदकर भूमि से जल निकाला जाता है, ठीक उसी प्रकार से गुरु की सेवा करनेवाला शिष्य गुरु से विद्या प्राप्त करता है।

पहले के जमाने में कोई लिखित पुस्तक नहीं होती थी, केवल गुरु ही ज्ञान का एकमात्र स्रोत था। इसलिए जो शिष्य गुरु को अपनी सेवाओं से प्रसन्न कर लेते थे, उन्हें गुरु से अच्छी शिक्षा मिलती थी।

कर्म के अनुरूप परिणाम

कर्मायत्तं फलं पुंसां बुद्धिः कर्मानुसारिणी।
तथापि सुधियश्चाऽऽर्याः सुविचार्यैव कुर्वते॥17॥

आचार्य चाणक्य विचार के महत्त्व को प्रतिपादित करते हुए कहते हैं कि हालाँकि मनुष्य को फल कर्मों के अनुरूप मिलता है और बुद्धि भी कर्म के अधीन है, फिर भी बुद्धिमान व्यक्ति हमेशा विचार करके ही कोई कर्म करता है।

भगवान् श्रीकृष्ण ने 'गीता' में उपदेश दिया है कि फल की चिंता किए बिना प्रत्येक व्यक्ति को अपने कर्म पर ध्यान देना चाहिए। आप जो भी कार्य जिस ढंग से करते हैं, उसका परिणाम भी उसी के अनुरूप होता है। हालाँकि प्रत्येक व्यक्ति के कर्म भाग्य द्वारा निर्धारित होते हैं, लेकिन प्रत्येक व्यक्ति को अपने कार्यों को संतुलित रवैए के साथ करना चाहिए। अगर आप कोई कार्य गलत तरीके से करते हैं तो उसके परिणाम अच्छे नहीं होते हैं।

गुरु का सम्मान

एकाक्षरप्रदातारं यो गुरुं नाभिवन्दति।
श्वानयोनिशतं भुक्त्वा चाण्डालेष्वभिजायते॥18॥

यहाँ पर आचार्य चाणक्य कृतघ्न शिष्य की चर्चा करते हुए कहते हैं कि जो एकाक्षर का ज्ञान देनेवाले गुरु की वंदना नहीं करता है, वह सौ बार कुत्ते की योनि में जन्म लेकर फिर चांडाल बन जाता है।

गुरु अपने शिष्यों को परम सत्य 'ओ३म' से परिचित कराते हैं। इसलिए प्रत्येक शिष्य को अपने गुरु का सम्मान करना चाहिए, क्योंकि वही उन्हें परमात्मा के समीप पहुँच पाने का ज्ञान देते हैं।

एक आदर्श व्यक्ति के कर्तव्य

युगान्ते प्रचलते मेरुः कल्पान्ते सप्त सागराः।
साधवः प्रतिपन्नार्थान् न चलन्ति कदाचन॥19॥

युग का अंत होने पर भले ही सुमेरु पर्वत अपने स्थान से हट जाए और कल्प का अंत होने पर भले ही सातों समंदर विचलित हो जाएँ, किंतु श्रेष्ठ पुरुष अपने मार्ग से कभी भी विचलित नहीं होते हैं।

यहाँ आचार्य चाणक्य प्रकृति में होनेवाले परिवर्तनों को परिभाषित करते हुए आदर्श व्यक्ति के कर्तव्यों को बता रहे हैं। प्रकृति में भले ही कितने भी बदलाव क्यों न हो जाएँ, आदर्श व्यक्ति हर हाल में अपने पथ पर अडिग रहते हैं। वे अपना कोई भी काम अधूरा नहीं छोड़ते हैं।

□

अध्याय-14

हे मनुष्य! यदि तुम केवल एक कर्म से पूरे विश्व को नियंत्रित करने का प्रयास कर रहे हो तो अपनी जिह्वा को नियंत्रित करो, जो दूसरों की आलोचना करती है।

तीन आभूषण

पृथिव्यां त्रीणि रत्नानि जलमन्नं सुभाषितम्।
मूढैः पाषाणखण्डेषु रत्नसंज्ञा विधीयते॥1॥

आचार्य चाणक्य पृथ्वी के सम्मुख तीनों रत्नों की चर्चा करते हुए कहते हैं कि अन्न, जल तथा मधुर वचन—ये तीनों ही पृथ्वी के तीन रत्न हैं। लेकिन मूर्खों ने पत्थर के टुकड़ों को रत्न का नाम दे दिया है।

पृथ्वी के ये तीनों रत्न हीरे-मोती जैसे रत्नों से ज्यादा मूल्यवान् और महत्त्वपूर्ण हैं।

जो बोओगे, वही काटोगे

आत्माऽपराधवृक्षस्य फलान्येतानि देहिनाम्।
दारिद्र्यरोगदुःखानि बन्धनव्यसनानि च॥2॥

आचार्य चाणक्य कहते हैं कि दरिद्रता, रोग, दुःख, बंधन और व्यसन—ये सभी मनुष्य के अपराध रूपी वृक्षों के फल हैं।

एक व्यक्ति को उसके द्वारा किए गए कर्मों के अनुरूप ही फल मिलता है। किसी भी व्यक्ति के जीवन में जो कुछ भी अनिच्छित चीजें होती हैं, वे व्यक्ति के

अनैतिक कार्यों की वजह से ही होती हैं। इसलिए हँसी-खुशी से परिपूर्ण जीवन के लिए प्रत्येक व्यक्ति को अपने कार्यों पर नियंत्रण रखना चाहिए। उसे कोई भी ऐसा कार्य नहीं करना चाहिए, जिसका परिणाम दुःखद हो।

आपके पास एक ही जीवन है

पुनर्वित्तं पुनर्मित्रं पुनर्भार्या पुनर्मही।
एतत्सर्वं पुनर्लभ्यं न शरीरं पुनः पुनः।।3।।

आचार्य चाणक्य मानव शरीर की महत्ता को प्रतिपादित करते हुए कहते हैं कि व्यक्ति को जीवन में धन, मित्र, पत्नी, पृथ्वी—ये सब फिर मिल सकते हैं, किंतु एक बार जीवन का अंत हो जाने पर वह दोबारा नहीं मिलता है।

सांसारिक समृद्धि और वस्तुएँ एक बार नष्ट हो जाने के बाद दोबारा मिल सकती हैं; लेकिन अगर किसी व्यक्ति का स्वास्थ्य खराब हो जाता है तो उसका शरीर दिन-प्रतिदिन कमजोर होने लगता है। जीवन बहुत ही मूल्यवान् है। यह एक बार जाने के बाद दोबारा नहीं मिलता है। इसलिए प्रत्येक व्यक्ति को अपने जीवन का मोल समझते हुए खुद को स्वस्थ रखना चाहिए।

एकता की ताकत

बहूनां चैव सत्त्वानां समवायो रिपुञ्जयः।
वर्षधाराधरो मेघस्तृणैरपि निवार्यते।।4।।

आचार्य चाणक्य एकता की शक्ति के महत्त्व को प्रतिपादित करते हुए कहते हैं कि बहुत से साधारण लोग भी मिलकर शत्रु को जीत लेते हैं। मूसलधार वर्षा को भी हजारों तिनके मिलकर रोक लेते हैं।

जिस परिवार में एकता न हो, वह जल्दी नष्ट हो जाता है। उसे कोई भी आसानी से हरा सकता है। लेकिन जिस परिवार में एकता होती है, वह शक्तिशाली शत्रु से भी आसानी से निबट लेता है। पेड़ की एक अकेली टहनी को कोई बच्चा भी आसानी से तोड़ सकता है, लेकिन एक साथ इकट्ठा की हुई बहुत सी टहनियों को शक्तिशाली व्यक्ति भी नहीं तोड़ पाता है।

ये चारों फैलते हैं

जले तैलं खले गुह्यं पात्रे दानं मनागपि।
प्राज्ञे शास्त्रं स्वयं याति विस्तारं वस्तुशक्तितः॥5॥

यहाँ पर आचार्य चाणक्य थोड़े में भी अधिक विस्तार पानेवाली चीजों के बारे में बताते हुए कहते हैं कि जल में तेल, दुष्ट से कही गई गुप्त बात, योग्य व्यक्ति को दिया गया दान तथा बुद्धिमान को दिया गया ज्ञान थोड़ा सा भी होने पर आगे अपने आप विस्तार पा लेता है।

तेल पानी में तेजी से फैलता है। एक दुष्ट व्यक्ति अपने अंतर में किसी के रहस्य को सँभालकर नहीं रह सकता। अगर उसे कोई अपना रहस्य बताता है तो वह उसे सब जगह प्रकट कर देता है। अगर योग्य व्यक्ति को दान दिया जाए तो वह सब ओर फैलता है। इसी तरह से विद्वान् व्यक्ति दूसरों को ज्ञान ही देता है।

जब एक अलग हो जाता है

धर्माऽऽख्याने श्मशाने च रोगिणां या मतिर्भवेत्।
सा सर्वदैव तिष्ठेच्चेत् को न मुच्येत बन्धनात्॥6॥

आचार्य चाणक्य वैराग्य की महता को प्रतिपादित करते हुए कहते हैं कि धार्मिक कथाओं को सुनने पर, श्मशान में तथा रोगियों की देख-रेख करके व्यक्ति की बुद्धि को जो वैराग्य हो जाता है, ऐसा वैराग्य यदि सदा बना रहे तो भला कौन ऐसा होगा, जो बंधन से मुक्त न हो जाए!

पाप करने से पहले सोचें

उत्पन्नपश्चात्तापस्य बुद्धिर्भवति यादृशी।
तादृशी यदि पूर्वं स्यात् कस्य न स्यान्महोदयः॥7॥

यहाँ पर आचार्य चाणक्य कर्म के बाद पश्चात्ताप की निरर्थकता की चर्चा करते हुए कहते हैं कि गलती हो जाने पर जो पछतावा होता है, यदि ऐसी मति गलती करने से पहले ही आ जाए तो भला कौन उन्नति नहीं करेगा और किसे पछताना पड़ेगा!

अगर आप कोई बुरा कार्य करने से पहले ही सोच लें तो बाद में काम करने के बाद पछताना नहीं पड़ेगा। किसी भी व्यक्ति को कोई पापकर्म करने से पहले दो बार सोचना चाहिए। जब आप सोच-विचार करके काम करेंगे तो कोई गलत काम नहीं करेंगे, जिसकी वजह से आपका जीवन में कभी मुश्किलें नहीं आएँगी और आपका जीवन खुशियों से भरा रहेगा।

अहंकार न करें

दाने तपसि शौर्ये वा विज्ञाने विनये नये।
विस्मयो न हि कर्तव्यो बहुरत्ना वसुन्धरा॥8॥

मानवमात्र में कभी भी अहंकार की भावना नहीं रहनी चाहिए। उसे अपनी दानशीलता, तप, शूरता, विद्वत्ता, सुशीलता और नीति-निपुणता का कभी भी घमंड नहीं करना चाहिए; क्योंकि इस धरती पर एक से बढ़कर एक दानी, तपस्वी, शूरवीर, विद्वान् और नीति-निपुण व्यक्ति उपस्थित हैं। कहा भी जाता है कि सेर को सवा सेर बहुत मिल जाते हैं। अतः किसी भी कार्यक्षेत्र में अपने को अति विशिष्ट मानना मूर्खता है। यह अहंकार ही व्यक्ति के दुःखों का कारण बनता है और उसे ले डूबता है।

इस दुनिया में बहुत सारे ऐसे व्यक्ति हैं, जो अच्छे काम करते हैं। इसलिए अगर आप कोई अच्छा काम कर रहे हैं तो उस पर घमंड न करें।

क्या दूर है, क्या पास

दूरस्थोऽपि न दूरस्थो यो यस्य मनसि स्थितः।
यो यस्य हृदये नास्ति समीपस्थोऽपि दूरतः॥9॥

यहाँ पर आचार्य चाणक्य समीपता के स्थान की अपेक्षा हृदय से मापते हुए कहते हैं कि जो व्यक्ति हृदय में रहता है, वह दूर होने पर भी दूर नहीं है। जो हृदय में नहीं रहता, वह समीप रहने पर भी दूर है।

जहाँ पर सच्चा प्यार होता है, वहाँ पर दूरी मायने नहीं रखती है। भले ही आप जिसे प्यार करते हैं, वह व्यक्ति आपसे दूर ही क्यों न हो, आपके मन में उसके लिए फिर भी प्रेम रहता है।

धीमा जहर

यस्य चाप्रियमिच्छेत तस्य ब्रूयात् सदा प्रियम्।
व्याधो मृगवधं कर्तुं गीतं गायति सुस्वरम्॥10॥

आचार्य चाणक्य वाणी की मधुरता को प्रतिपादित करते हुए कहते हैं कि जिससे अपना कोई कल्याण करना हो, उसके सामने सदा मीठा बोलना चाहिए, ठीक उसी प्रकार से जैसे बहेलिया हिरण को मारते समय मधुर स्वर में गीत गाता है।

न ही दूर, न ही पास

अत्यासन्ना विनाशाय दूरस्था न फलप्रदाः।
सेवितव्यं मध्यभागेन राजा वह्निर्गुरुः स्त्रियः॥11॥

राजा, अग्नि, गुरु और स्त्री के अधिक समीप रहने पर विनाश होता है तथा दूर रहने पर कोई फल भी नहीं मिलता है। इसलिए इनके साथ मध्यम दूरी बनाकर रहना चाहिए। न तो इनसे ज्यादा दूर रहना चाहिए, न ज्यादा समीप रहना चाहिए।

उपर्युक्त चार से संबंध रखते हुए किसी को भी सावधान रहना चाहिए।

इन छहों से सावधान रहें

अग्निरापः स्त्रियो मूर्खाः सर्पा राजकुलानि च।
नित्यं यत्नेन सेव्यानि सद्यः प्राणहराणि षट्॥12॥

प्रत्येक व्यक्ति को इन छह चीजों—आग, पानी, स्त्री, मूर्ख, साँप और राजसी परिवार से सावधान रहना चाहिए। इन छहों में से कोई भी आपके जीवन के लिए घातक सिद्ध हो सकता है।

आग आपको जला सकती है, पानी के बहाव का कुछ पता नहीं होता है कि वह कब तेज हो जाए। साँप के व्यवहार को भी जाना नहीं जा सकता है। वह कभी भी डस सकता है। किसी स्त्री के साथ बहुत ज्यादा लगाव भी हानिकारक होता है। किसी को भी किसी मूर्ख व्यक्ति पर निर्भर नहीं रहना चाहिए। राजसी परिवार के अधिक निकट रहने से आप किसी दूसरे द्वारा की गई चुगली के शिकार बन सकते हैं।

निरर्थक जीवन

स जीवति गुणा यस्य यस्य धर्मः स जीवति।
गुणधर्मविहीनस्य जीवितं निष्प्रयोजनम्॥13॥

जिसमें गुण है, वास्तव में वही मनुष्य जीवित है। जिसमें धर्म है, वही मनुष्य जीवित है। गुण और धर्म से हीन मनुष्य का जीवन बेकार है।

जो भी धर्म के मर्म को समझ जाता है और अपने नैतिक आचरण को शुद्ध बनाए रखता है, उसी का जीवन सार्थक है। जो व्यक्ति न धर्म के महत्त्व को समझता है, न ही उसके अंदर कोई गुण है, ऐसे व्यक्ति का जीवन बेकार है।

आलोचना न करें

यदीच्छसी वशीकर्तुं जगदेकेन कर्मणा।
परापवादसस्येभ्यो गां चरन्तीं निवारय॥14॥

यदि एक ही कर्म से सारे संसार को वश में करना चाहते हो तो दूसरों की बुराई में लगी हुई वाणी को रोक लो।

अगर हम दूसरों की आलोचना करना बंद कर दें तो पूरी दुनिया को अपनी मुट्ठी में कर सकते हैं। ऐसे में हमें सभी का सहयोग और साथ मिलेगा। जो व्यक्ति किसी दूसरे की बुराई करने में अपना समय व्यर्थ नहीं गँवाता है, उसे जीवन में कभी भी किसी कठिन स्थिति का सामना नहीं करना पड़ता है।

पंडित

प्रस्तावसदृशं वाक्यं प्रभावसदृशं प्रियम्।
आत्मशक्तिसमं कोपं यो जानाति स पण्डितः॥15॥

यहाँ पर आचार्य चाणक्य पंडित के बारे में बताते हुए कहते हैं कि जो प्रसंग के अनुसार बातें करनेवाला, दूसरों पर प्रभाव डालनेवाला, प्रेम करनेवाला तथा अपनी शक्ति के अनुरूप क्रोध करना जानता हो, वही व्यक्ति पंडित है।

सभी व्यक्तियों को समय और स्थितियों को देखते हुए ही अपने विचार व्यक्त करने चाहिए। व्यक्ति को इस बात का ध्यान रखना चाहिए कि बोलने से उसका सम्मान बढ़ या घट सकता है। इसलिए उसे वही बोलना चाहिए, जो उचित हो। क्रोध भी व्यक्ति को अपनी शक्ति के अनुरूप करना चाहिए। बुद्धिमान और समझदार व्यक्ति अवसर को देखकर ही व्यवहार करते हैं।

एक विषय, अलग-अलग विचार

एक एव पदार्थस्तु त्रिधा भवति वीक्षितः।
कुणपः कामिनी मांसं योगिभिः कामिभिः श्वभिः॥16॥

एक ही वस्तु को व्यक्ति अलग-अलग रूप में देखते हैं; जैसे स्त्री के शरीर को कामी लोग कामिनी के रूप में, योगी दुर्गंधपूर्ण शव के रूप में तथा कुत्ते मांस के रूप में देखते हैं।

एक ही वस्तु को देखने का लोगों का नजरिया अलग-अलग होता है। यह देखनेवाले की बुद्धि और उसके भाव पर निर्भर करता है।

रहस्य बनाए रखें

सुसिद्धमौषधं धर्मं गृहच्छिद्रं च मैथुनम्।
कुभुक्तं कुश्रुतं चैव मतिमान्न प्रकाशयेत्॥17॥

बुद्धिमान व्यक्ति सिद्धि, औषधि, धर्म, अपने घर की कमियों, मैथुन और खाए हुए खराब भोजन तथा सुनी हुई बातों को गुप्त ही रखते हैं।

सही समय का इंतजार करें

तावन्मौनेन नीयन्ते कोकिलैश्चैव वासराः।
यावत्सर्वजनानन्ददायिनी वाक्प्रवर्तते॥18॥

कोयल तब तक मौन रहकर दिनों को बिताती है, जब तक उसकी मधुर वाणी नहीं फूट पड़ती है। उसकी यह वाणी सबको आनंद देनेवाली होती है।

किसी भी काम को करने के लिए किसी व्यक्ति को चुप रहकर सही समय का इंतजार करना चाहिए। समय आने पर ही उसे अपने विचार व्यक्त करने चाहिए।

इनका पालन करें

धर्मं धनं च धान्यं च गुरोर्वचनमौषधम्।
सुगृहीतं च कर्तव्यमन्यथा तु न जीवति॥19॥

आचार्य चाणक्य कहते हैं कि धर्म, धन-धान्य, गुरु की सीख तथा औषधि—इनका संग्रह करना चाहिए। इनके बिना व्यक्ति जीवित नहीं रह सकता है। इनकी जरूरत जीवन में कभी भी पड़ सकती है।

जो व्यक्ति उपर्युक्त बातों पर अमल नहीं करते हैं, उनका जीवन निरुद्देश्य होता है।

अच्छे काम करें

त्यज दुर्जनसंसर्गं भज साधुसमागमम्।
कुरु पुण्यमहोरात्रं स्मर नित्यमनित्यताम्॥20॥

आचार्य चाणक्य कहते हैं कि दुष्टों का साथ छोड़ दो, सज्जनों के साथ रहो, रात-दिन अच्छे काम करो तथा सदा ईश्वर का स्मरण करो। यही मानव का सच्चा धर्म है।

□

अध्याय-15

चोरी, जुआ, अन्याय और धोखा देकर कमाया हुआ धन स्थिर नहीं रहता। वह बहुत शीघ्र ही नष्ट हो जाता है। इस संबंध में आचार्य चाणक्य ऐसे धन के स्थिर रहने की सीमा का निर्धारण करते हुए कहते हैं कि अन्याय, धूर्तता या बेईमानी से कमाया और इकट्ठा किया हुआ धन दस वर्षों तक ही रहता है। ग्यारहवें वर्ष से बढ़ा हुआ धन मूल धन के साथ नष्ट हो जाता है। अतः व्यक्ति को कभी भी अनुचित तरीके से धन कमाने के लिए तत्पर नहीं होना चाहिए।

दयालुता धर्म का मूल है

यस्य चित्तं द्रवीभूतं कृपया सर्वजन्तुषु।
तस्य ज्ञानेन मोक्षेण किं जटाभस्मलेपनैः॥1॥

जिस व्यक्ति का हृदय सभी प्राणियों के लिए दया से द्रवीभूत हो जाता हो, उसे ज्ञान, मोक्ष, जटा एवं भस्म-लेपन आदि से क्या लेना।

सभी धर्मों में दयालुता को सबसे बड़ा माना गया है। एक दयालु व्यक्ति को कभी भी पाप के बोझ से दबना नहीं पड़ता है। जो व्यक्ति हमेशा दूसरों की मदद करने के लिए तत्पर रहता है, उसे किसी विशिष्ट ज्ञान और मोक्ष-प्राप्ति के लिए किसी संत की संगति की जरूरत नहीं पड़ती है।

गुरु की महिमा

एकमेवाक्षरं यस्तु गुरुः शिष्यं प्रबोधयेत्।
पृथिव्यां नास्ति तद्द्रव्यं यद्दत्वा चाऽनृणी भवेत्॥2॥

जो गुरु एक अक्षर का भी ज्ञान कराता है, उसके ऋण से मुक्त होने के लिए उसे देने योग्य पृथ्वी पर कोई पदार्थ नहीं है।

अर्थात् 'गुरु' शब्द का अर्थ है—अज्ञान को हटाकर ज्ञान का प्रकाश करनेवाला। ऐसा गुरु ब्रह्मा, विष्णु और साक्षात् परब्रह्म के समान है। एकाक्षर ओम को परब्रह्म माना गया है। यदि उसी एकाक्षर ओम का ज्ञान गुरु ने करा दिया तो उसके अतिरिक्त बचा ही क्या? वेदों में तो यहाँ तक कहा गया है कि एक शब्द के उचित प्रयोग और ज्ञान से ही स्वर्गलोक और इस लोक में सारी इच्छाओं की पूर्ति हो जाती है।

किसी भी व्यक्ति को परब्रह्म के ज्ञान से ज्यादा की इच्छा नहीं होती है। यह ज्ञान गुरु ही प्रदान करते हैं। इस संसार में ऐसी कोई भी वस्तु नहीं है, जिसे गुरुदक्षिणा के रूप में देकर गुरु द्वारा दिए गए इस ज्ञान का मूल्य चुकाया जा सके।

दुष्टों से कैसे बचें

खलानां कण्टकानां च द्विविधैव प्रतिक्रिया।
उपानान्मुखभङ्गो वा दूरतो वा विसर्जनम्॥3॥

आचार्य चाणक्य दुष्टों के उपचार के बारे में चर्चा करते हुए कहते हैं कि दुष्टों एवं काँटों का दो ही प्रकार से उपचार किया जा सकता है—जूतों से कुचल देना या दूर से ही छोड़ देना।

आचार्य चाणक्य दुष्टों की तुलना काँटों से कर रहे हैं। इनसे बचने का यही तरीका है—या तो इन्हें नष्ट कर दिया जाए या इनसे दूरी बनाकर रहा जाए।

अनुशासन और स्वच्छता

कुचैलिनं दन्तमलोपसृष्टं बह्वाशिनं निष्ठुरभाषिणं च।
सूर्योदये चास्तमिते शयानं विमुञ्चति श्रीर्यदि चक्रपाणिः॥4॥

गंदे वस्त्र पहननेवाले, गंदे दाँतोंवाले, अधिक भोजन करनेवाले, कठोर शब्द बोलनेवाले, सूर्योदय से सूर्यास्त होने तक सोते रहनेवाले व्यक्ति का लक्ष्मी त्याग कर देती है—चाहे वह व्यक्ति साक्षात् चक्रपाणि भगवान् विष्णु ही क्यों न हों।

आचार्य चाणक्य स्वच्छता के महत्त्व को प्रतिपादित करते हुए कहते हैं कि शरीर की सफाई से मन की सफाई भी होती है। अगर आपका शरीर स्वच्छ रहेगा तो आपके मस्तिष्क में अच्छे विचार आएँगे। सुस्त और गंदे तरीके से रहनेवाले व्यक्ति को अपने आचार-व्यवहार में स्वच्छता अपनानी चाहिए, क्योंकि लक्ष्मी गंदे लोगों के पास नहीं टिकती हैं।

धन है सच्चा साथी

त्यजन्ति मित्राणि धनैर्विहीनं दाराश्च भृत्याश्च सुहृज्जनाश्च।
तं चार्थवन्तं पुनराश्रयन्ते अर्थो हि लोके पुरुषस्य बन्धुः॥5॥

जब किसी व्यक्ति का धन समाप्त हो जाता है तो उसके मित्र, पत्नी और नौकर इस दुःख के समय में उसका त्याग कर देते हैं। जब उसके पास धन आ जाता है तो सब फिर से उसके आसपास दिखाई देने लगते हैं। धन ही किसी भी व्यक्ति का सच्चा साथी होता है।

एक धनी व्यक्ति जीवन के सारे सुखों को भोगता है। लेकिन जब उसके धन का नाश हो जाता है तो उसके सारे करीबी उसका साथ छोड़कर चले जाते हैं। सभी लोग सिर्फ खुशियों के ही भागीदार बनना चाहते हैं। दुःख में कोई भी साथ नहीं निभाता। संबंध अपने स्वार्थ पर टिके हुए हैं। एक सुखी जीवन जीने के लिए प्रत्येक व्यक्ति को धन की आवश्यकता होती है; लेकिन हाँ, वह धन सही तरीके से कमाया गया हो।

धन को परिश्रमपूर्वक कमाना चाहिए

अन्यायोपार्जितं द्रव्यं दश वर्षाणि तिष्ठति।
प्राप्ते चैकादशे वर्षे समूलं तद्विनश्यति॥

अनुचित साधनों से अर्जित धन एक दशक तक रहता है। ग्यारहवें वर्ष

से यह धीरे-धीरे घटता हुआ पूरी तरह समाप्त हो जाता है।

गलत तरीके से कमाए गए धन से कभी भी खुशियाँ नसीब नहीं होती हैं। दूसरों के साथ बेईमानी करके कमाया हुआ धन किसी के पास भी नहीं टिकता है। जो धन आपने अपनी मेहनत से कमाया होता है, वही अंत तक आपके पास रहता है।

समर्थ का कोई दोष नहीं होता

अयुक्तं स्वामिनो युक्तं युक्तं नीचस्य दूषणम्।
अमृतं राहवे मृत्युर्विषं शङ्करभूषणम्।।7।।

समर्थ व्यक्ति द्वारा किया गया गलत काम भी सही होता है, जबकि दुष्ट आचरण के व्यक्ति द्वारा किया गया सही कार्य का भी गलत प्रभाव पड़ता है। उदाहरण के लिए, अमृत राक्षस राहु की मृत्यु का कारण बना, लेकिन भगवान् शंकर द्वारा किए गए विषपान से उन पर विष का कोई गलत प्रभाव नहीं पड़ा।

जब समुद्र-मंथन किया गया तो उसमें से निकले विष को भगवान् शंकर ने पी लिया। इसका उनके ऊपर कोई गलत प्रभाव नहीं पड़ा। उनके कंठ में नीला निशान पड़ने की वजह से उन्हें 'नीलकंठ' कहा जाने लगा। जब एक समर्थ व्यक्ति किसी खराब वस्तु को भी छूता है तो उसका महत्त्व बढ़ जाता है।

स्नेह और धर्म

तद् भोजनं यद् द्विजभुक्तशेषं तत्सौहृदं यत् क्रियते परस्मिन्।
स प्राज्ञता या न करोति पापं दम्भं विना यः क्रियते स धर्मः।।8।।

एक सज्जन व्यक्ति ब्राह्मणों, अतिथियों और विद्वानों को भोजन करवाने के बाद ही स्वयं भोजन ग्रहण करता है।

इसी प्रकार से सच्चा स्नेह वही होता है, जो हम उन लोगों को देते हैं, जो हमसे संबंधित नहीं होते हैं। हम अपने संबंधियों से प्यार करते हैं। इसमें कुछ भी विशेष नहीं है। बुद्धिमान व्यक्ति धर्म का पालन करते हैं। वे कोई भी पाप कर्म नहीं करते हैं। लेकिन जिसमें कोई भी भेदभाव न हो, वही सच्चा धर्म है।

प्रत्येक भूखे व्यक्ति को भोजन कराने के बाद ही खाना चाहिए। अनजान लोगों की सेवा करना सच्ची समाज-सेवा है। केवल बुद्धिमान व्यक्ति ही इस तरह का व्यवहार करते हैं। धर्म में दिखावे के लिए कोई जगह नहीं होती है। जो सच्चे मन से किया जाए, वही धर्म है।

वास्तविक मूल्यांकन

मणिर्लुण्ठति पादाग्रे काचः शिरसि धार्यते।
क्रयविक्रयवेलायां काचः काचो मणिर्मणिः॥9॥

भले ही मणि पैरों के आगे लोटती हो और काँच सिर पर रखा हो, किंतु क्रय-विक्रय के समय काँच, काँच ही होता है और मणि, मणि ही। कहने का तात्पर्य यह है कि परिस्थितियों के वश कभी योग्य और विद्वान् को भी आदर नहीं मिल पाता; जबकि एक मूर्ख और निकम्मा व्यक्ति एक ऊँची जगह पर पहुँच जाता है। परंतु जब कभी किसी योग्य व्यक्ति की जरूरत पड़ती है, तब योग्यता की कीमत का पता चलता है।

यदि एक अयोग्य व्यक्ति को महत्त्वपूर्ण पद मिल जाए तो इसका यह अर्थ नहीं कि इससे उसका महत्त्व बढ़ गया है। मूल्यांकन के समय एक योग्य व्यक्ति को ही सम्मान मिलता है।

धर्म की प्रवृत्ति

अनन्तशास्त्रं बहुलाश्च विद्याःअल्पश्च कालो बहुविघ्नता च।
यत्सारभूतं तदुपासनीयंहंसो यथा क्षीरमिवाम्बुमध्यात्॥10॥

वेद ज्ञान के द्वीप के समान है। ज्ञान के बहुत सारे स्रोत हैं, लेकिन हमारा जीवन सीमित है और हमारे मार्ग में बहुत सारी अड़चनें भी हैं। इसलिए यह बेहद जरूरी है कि जिस प्रकार से हंस दूध और पानी को अलग कर देता है, ठीक उसी प्रकार से शास्त्रों में से श्रेष्ठ ज्ञान को चुनकर उसे अपने जीवन का हिस्सा बनाएँ।

शास्त्रों का अध्ययन करने और उसे याद करने की बजाय व्यक्ति को उसके अर्थों को समझकर उसमें निहित जीवन-मूल्यों को भी अपनाना चाहिए।

अतिथि देवता के समान

दूरागतं पथि श्रान्तं वृथा च गृहमागतम्।
अनर्चयित्वा यो भुङ्क्ते स वै चाण्डाल उच्यते॥11॥

आचार्य चाणक्य चांडाल की चर्चा करते हुए कहते हैं कि जो दूर से थककर घर आए व्यक्ति को या बिना किसी कारण के भी आए अतिथि को उचित सम्मान दिए बिना स्वयं भोजन कर लेता है, उस व्यक्ति को चांडाल कहा जाता है।

भारतीय परंपरा में अतिथि को बहुत ज्यादा महत्त्व दिया गया है। अगर कोई उसका तिरस्कार करे तो यह पाप है। अगर कोई अजनबी यात्री भी आपके दरवाजे पर आ जाए तो उसका भी पूरा सम्मान करना चाहिए और उसे भोजन आदि की सुविधा प्रदान करनी चाहिए। अगर आप मेहमान का स्वागत करेंगे तो समाज में सभी आपका सम्मान करेंगे।

आत्मज्ञान ही सच्चा ज्ञान है

पठन्ति चतुरो वेदान् धर्मशास्त्राण्यनेकशः।
आत्मानं नैव जानन्ति दर्वी पाकरसं यथा॥12॥

मूर्ख व्यक्ति चारों वेदों तथा अनेक धर्मशास्त्रों को पढ़ते हैं, फिर भी जैसे कड़छी भोजन के स्वाद को नहीं जान पाती है, उसी प्रकार से मूर्ख अपनी आत्मा को नहीं जानते हैं।

बुद्धिमान व्यक्ति शास्त्रों के अध्ययन के साथ ही उसे सही तरीके से अपने जीवन में लागू करते हैं। जो व्यक्ति सिर्फ ज्ञान की पुस्तकें ही पढ़ते हैं, लेकिन उसे अपने जीवन में अपनाते नहीं हैं, उनका प्रयास व्यर्थ ही जाता है; क्योंकि वे यह नहीं समझ पाते हैं कि उसका इस्तेमाल किस तरह से करना है।

ब्राह्मण का सम्मान

धन्या द्विजमयी नौका विपरीता भवार्णवे।
तरन्त्यधोगताः सर्वे उपरिस्थाः पतन्त्यधः॥13॥

यह संसार समस्याओं का सागर है। समस्याओं से भरे समुद्र में ब्राह्मण नौका के समान है। जो लोग चुपचाप इस नौका में बैठ जाते हैं, वे भवसागर को आसानी से पार कर जाते हैं और अपने गंतव्य तक पहुँच जाते हैं। लेकिन जो लोग इसमें बैठने में संकोच करते हैं, वे जीवन की कठिनाइयों से जूझते रहते हैं।

जो लोग ब्राह्मण की सेवा और सम्मान करते हैं, वे सुखी रहते हैं; लेकिन जो ब्राह्मण के साथ दुर्व्यवहार करते हैं और उनका अपमान करते हैं, वे अपने लिए दुर्भाग्य को बुलाते हैं। आचार्य चाणक्य ब्राह्मणों को जीवन के समुद्र में नौका के समान मानते हैं। उसी के सहारे आप अपने जीवन की मुश्किलों से पार पाकर अपने जीवन में खुशियों को आमंत्रित कर सकते हैं।

जो भी आपके पास है, उसमें संतुष्ट रहें

अयममृतनिधानं नायकोऽप्यौषधीनां
अमृतमयशरीरः कान्तियुक्तोऽपि चन्द्रः।
भवति विगतरश्मिर्मण्डलं प्राप्य भानोः
परसदननिविष्टः को लघुत्वं न याति॥14॥

यह अमृत का कोश, औषधियों का पति, अमृत से बने शरीरवाला चंद्रमा सुंदर कांतिवाला होने पर भी सूर्यमंडल में आने पर तेजहीन हो जाता है। दूसरे के घर में निवास करने पर कौन छोटा नहीं हो जाता है।

आशय यह है कि चंद्रमा का शरीर अमृत से बना है। वह अमृत का भंडार है और उसे औषधियों का स्वामी माना जाता है। उसकी सुंदरता अनूठी है। इतना सब होने के बावजूद सूर्य के उग आने पर वह फीका हो जाता है। उसका अमृत भी उसकी रक्षा नहीं कर पाता है। दिन सूर्य का घर है। दूसरे के घर में निवास करने पर किसी को आदर नहीं मिलता है। पराए घर में सभी छोटे हो जाते हैं। पराए घर में रहना दुःख ही देता है।

जो व्यक्ति लगातार किसी के घर पर जाते हैं, उस घर में वे अपना सम्मान खो देते हैं। इसलिए किसी भी व्यक्ति को किसी के घर तभी जाना चाहिए, जब बहुत जरूरी हो। एक राजा का सम्मान भी तभी तक होता है, जब तक वह अपने महल में

रहता है। जितना भी संभव हो सके, किसी भी व्यक्ति को अपने घर का मान बनाए रखना चाहिए। इसके लिए उसे किसी के भी घर बहुत ज्यादा नहीं जाना चाहिए।

समय का प्रभाव

अलिरयं नलिनीदलमध्यगः कमलिनीमकरन्दमदालसः।
विधिवशात् परदेशमुपागतः कुटजपुष्परसं बहु मन्यते॥15॥

एक भौंरा कमल दलों के बीच में रहता था और कमल दलों का रस पीकर अलसाया रहता था। किसी कारण से उसे परदेश जाना पड़ा और अब वह जंगली फूल के रस को ही बहुत समझता है।

सभी जगहों पर एक समान सुविधाएँ नहीं मिलती हैं। अगर कोई व्यक्ति विदेश में बस गया है तो वहाँ पर उसे अपने देश जैसी सुविधाएँ नहीं मिलती हैं। सब समय एक समान नहीं होता है। सुख-दुःख एक-दूसरे के साथ-साथ लगे रहते हैं। घर के जैसा सुख और आनंद कहीं पर भी नहीं मिलता है।

लक्ष्मी अप्रसन्न क्यों हैं?

पीतः क्रुद्धेन तातश्चरणतलहतो वल्लभो येन रोषाद्
आबाल्याद् विप्रवर्यैः स्ववदनविवरे धार्यते वैरिणी मे।
गेहं मे छेदयन्ति प्रतिदिवसमुमाकान्तपूजानिमित्तं
तस्मात् खिन्ना सदाहं द्विजकुलनिलयं नाथ युक्तं त्यजामि॥16॥

आचार्य चाणक्य लक्ष्मी के चरणों की चर्चा करते हुए कहते हैं कि जिसने क्रुद्ध होकर मेरे पिता समुद्र को पी लिया, जिसने क्रुद्ध होकर मेरे पति को लात मारी, जो बचपन से ही अपने मुँह में मेरी वैरिणी सरस्वती को धारण करते हैं और जो शिव की पूजा के लिए प्रतिदिन मेरे कमलों को तोड़ते हैं, उन ब्राह्मणों ने ही मेरा सर्वनाश किया है। अतः मैं उन ब्राह्मणों के घरों को छोड़कर रहूँगी।

यही कारण है कि लक्ष्मी ब्राह्मणों के घर पर नहीं रहती हैं।

प्रेम : एक विशेष संबंध

बन्धनानि खुल सन्ति बहूनि प्रेमरज्जुदृढबन्धनमन्यत्।
दारुभेदनिपुणोऽपि षडंघ्रिर्निष्क्रियो भवति पङ्कजकोशे॥17॥

आचार्य चाणक्य प्रेम के बंधन की चर्चा करते हुए कहते हैं कि बंधन तो अनेक हैं, लेकिन प्रेम की डोर का बंधन अलग ही है। लकड़ी में छेद करने में भी निपुण भौंरा कमल के कोश में निष्क्रिय हो जाता है।

जो भी किसी को प्रेम करता है, उसे नुकसान नहीं पहुँचा सकता है। कभी-कभी आप जिस व्यक्ति से प्रेम करते हैं, वह आपकी समस्याओं का कारण बन जाता है। लेकिन जो सच्चा प्रेमी होता है, वह अपने प्रेम के लिए खुद का बलिदान करने से भी नहीं हिचकता है।

आंतरिक गुण

छिन्नोऽपि चन्दनतरुर्न जहाति गन्धं
वृद्धोऽपि वारणपतिर्न जहाति लीलाम्।
यन्त्रार्पितो मधुरतां न जहाति चेक्षुः
क्षीणोऽपि न त्यजति शीलगुणान् कुलीनः॥18॥

कट जाने पर भी चंदन का वृक्ष सुगंध नहीं छोड़ता। बूढ़ा हो जाने पर भी हाथी अपनी काम-लीलाओं को नहीं त्याग देता। कोल्हू में पेरी जाने पर भी ईख अपनी मिठास को नहीं छोड़ देती। इसी प्रकार गरीब हो जाने के बावजूद कुलीन अपने शील गुणों को नहीं छोड़ता।

अनेक कठिनाइयों के बावजूद एक कुलीन व्यक्ति अपने आचार-व्यवहार को नहीं छोड़ते हैं। वे अपने मार्ग पर अडिग रहते हैं।

□

अध्याय-16

यह संसार एक ऐसे वृक्ष की तरह है, जिस पर कड़वे फलों की भरमार है। केवल दो तरह के फल ही मीठे होते हैं—मीठा बोलनेवाले लोग और सज्जन व्यक्ति की संगति।

अयोग्य पुत्र

न ध्यातं पदमीश्वरस्य विधिवत्संसारविच्छित्तये
स्वर्गद्वारकपाटपाटनपटुर्धर्मोऽपि नोपार्जितः।
नारीपीनपयोधरोरुयुगलं स्वप्नेऽपि नालिङ्गितं।
मातुः केवलमेव यौवनवनच्छेदे कुठारा वयम्॥1॥

संसार से मुक्ति पाने के लिए न तो हमने परमात्मा के चरणों का ध्यान किया, न स्वर्ग द्वार को पाने के लिए धर्म का संचय किया और न कभी स्वप्न में किसी स्त्री के स्तनों एवं जंघाओं का आलिंगन किया। इस प्रकार हमने जन्म लेकर माँ के यौवन रूपी वृक्ष को काटने के लिए कुल्हाड़े का ही काम किया।

इस संसार में हमारा जन्म कुछ अच्छा करने और प्राप्त करने के उद्देश्य से हुआ है। एक माँ जब अपने बच्चे को जन्म देती है तो वह उससे बहुत सारी उम्मीदें रखती है। प्रत्येक व्यक्ति को अपनी माँ के सपनों को पूरा करने के निमित्त अच्छे कार्य करने चाहिए।

स्त्री का स्वभाव

जल्पन्ति सार्धमन्येन पश्यन्त्यन्यं सविभ्रमाः।
हृदये चिन्तयन्त्यन्यं न स्त्रीणामेकतो रतिः॥2॥

स्त्रियाँ बात एक से करती हैं, कटाक्ष से दूसरे को देखती हैं और मन से किसी तीसरे को चाहती हैं। उनका प्रेम किसी एक से नहीं होता है।

यह चाणक्य का स्वयं का अनुभव है, जिसकी वजह से वे हमेशा स्त्रियों की योग्यता पर शक करते हैं।

मूर्खता

यो मोहान्मन्यते मूढो रक्तेयं मयि कामिनी।
स तस्य वशगो भूत्वा नृत्येत् क्रीडा-शकुन्तवत्॥3॥

जो व्यक्ति इस बात पर विश्वास करता है कि एक सुंदर स्त्री सिर्फ उसी से प्रेम करती है, उसका यह विश्वास मूर्खतापूर्ण होता है। ऐसा व्यक्ति स्त्री के इशारे पर कठपुतली की तरह नाचता है।

एक स्त्री बड़ी आसानी से किसी भी पुरुष का विश्वास जीत लेती है और उसे इस बात का एहसास दिला देती है कि वह उसकी सच्ची प्रेमिका है। व्यक्ति ऐसी स्त्री के साथ को खोना नहीं चाहता है। इसके लिए वह उसके आगे-पीछे घूमता है। ऐसा करके वह अपने धन के साथ-साथ समाज में अपना सम्मान भी खो देता है।

अलग होना

कोऽर्थान् प्राप्य न गर्वितो विषयिणः कस्यापदोऽस्तं गताः
स्त्रीभिः कस्य न खण्डितं भुवि मनः को नाम राज्ञां प्रियः।
कः कालस्य न गोचरत्वमगमत् कोऽर्थी गतो गौरवं
को वा दुर्जनवागुरासु पतितः क्षेमेण यातः पथि॥4॥

यहाँ आचार्य चाणक्य कुसंगति या धन, स्त्री या राजा के संपर्क से न बच पाने की स्थिति को स्पष्ट करते हुए कहते हैं कि कौन ऐसा व्यक्ति

है, जिसे धन पाने पर गर्व न हुआ हो? किस विषयी व्यक्ति के दुःख समाप्त हुए हैं? स्त्रियों ने किसके मन को खंडित नहीं किया? कौन व्यक्ति राजा का प्रिय बन सका? काल की दृष्टि किस पर नहीं पड़ी? किस भिखारी को सम्मान मिला? कौन ऐसा व्यक्ति है, जो दुष्टों की दुष्टता में फँसकर सकुशल वापस लौटकर आ सका?

इस दुनिया में बहुत कम ऐसे लोग होते हैं, जो अपनी धन-संपत्ति के खत्म हो जाने के बावजूद खुद को सँभाल पाते हैं। जो लोग बुरी संगति में पड़ जाते हैं, वे धन गँवाने के साथ-साथ अपना सम्मान भी खो देते हैं। ऐसे लोग अपने लिए अनजाने में ही मुसीबतों को न्योता देते हैं।

जब विनाश नजदीक हो, बुद्धि साथ छोड़ जाती है

न निर्मितः केन न दृष्टपूर्वः न श्रूयते हेममयः कुरङ्गः।
तथाऽपि तृष्णा रघुनन्दनस्य विनाशकाले विपरीतबुद्धिः॥5॥

आचार्य चाणक्य 'विनाश आने पर बुद्धि साथ छोड़ देती है' की उक्ति को स्पष्ट करते हुए कहते हैं कि सोने का हिरण न तो किसी ने बनाया, न किसी ने उसे देखा और न यह सुनने में आता है कि हिरण सोने का भी होता है। फिर भी रघुनंदन की तृष्णा तो देखिए! वास्तव में, विनाश आने पर बुद्धि विपरीत हो जाती है।

जब श्रीराम बुरे समय में अपने ऊपर आनेवाले संकट को समझ नहीं पाए तो फिर साधारण व्यक्ति की बात ही क्या है!

महानता

गुणैरुत्तमतां याति नोच्चैरासनसंस्थिताः।
प्रासादशिखरस्थोऽपि काकः किं गरुडायते॥6॥

आचार्य चाणक्य गुणों की महत्ता बताते हुए कहते हैं कि गुणों से ही मनुष्य बड़ा बनता है, न कि किसी ऊँचे स्थान पर बैठ जाने से। राजमहल के शिखर पर बैठ जाने पर भी कौआ गरुड़ नहीं बन जाता।

एक व्यक्ति किसी ऊँचे पद पर बैठकर खुद को महान् नहीं बना सकता है। किसी भी व्यक्ति के चरित्र में नैतिकता का भाव होना ही उसे महान् बनाता है।

अच्छे गुणों का हमेशा सम्मान होता है

गुणाः सर्वत्र पूज्यन्ते न महत्योऽपि सम्पदः।
पूर्णेन्दु किं तथा वन्द्यो निष्कलङ्को यथा कृशः।।7।।

गुण ही सर्वत्र पूजे जाते हैं। धन अत्यधिक होने पर भी सब जगह नहीं पूजा जाता है। क्या पूर्ण चंद्रमा की संसार में वही वंदना होती है, जैसी क्षीण चंद्रमा की होती है!

पूर्ण चंद्रमा भरपूर रोशनी देता है, लेकिन उसमें दाग होने के कारण वह ज्यादा आकर्षक नहीं दिखता है। ठीक इसी तरह अगर किसी व्यक्ति का चरित्र बेदाग हो तो उसे सब जगह सम्मान की दृष्टि से देखा जाता है।

आत्म-प्रशंसा व्यर्थ है

पर-प्रोक्तगुणो यस्तु निर्गुणोऽपि गुणी भवेत्।
इन्द्रोऽपि लघुतां याति स्वयं प्रख्यापितैर्गुणैः।।8।।

अपनी प्रशंसा स्वयं करने की प्रवृत्ति पर टिप्पणी करते हुए आचार्य चाणक्य कहते हैं कि दूसरे व्यक्ति यदि गुणी व्यक्ति की प्रशंसा करें तो वह बड़ा हो जाता है। अपनी प्रशंसा स्वयं करने पर इंद्र भी छोटे हो जाते हैं।

यदि किसी भी व्यक्ति की दूसरे लोग प्रशंसा करें तो वह प्रशंसनीय होता है; लेकिन यदि वह अपनी प्रशंसा खुद ही करने लगे तो आलोचना का पात्र बनता है।

प्रतिभा और ललित कलाओं को प्रोत्साहित करें

विवेकिनमनुप्राप्ता गुणा यान्ति मनोज्ञताम्।
सुतरां रत्नमाभाति चामीकरनियोजितम्।।9।।

आचार्य चाणक्य गुण और स्थान के संदर्भ में चर्चा करते हुए कहते हैं

कि गुण भी योग्य व विवेकशील व्यक्ति के पास जाकर ही सुंदर लगता है; क्योंकि सोने में जड़े जाने पर ही रत्न भी सुंदर लगता है।

एक व्यक्ति को हमेशा अपने गुणों को बाहर लाना चाहिए। अगर उसने अपने भीतर के गुणों का अच्छी तरह से इस्तेमाल किया हो तो ऐसा व्यक्ति किसी रत्न के समान बन जाता है।

सहयोग का महत्त्व

गुणैः सर्वज्ञतुल्योऽपि सीदत्येको निराश्रयः।
अनर्घ्यमपि माणिक्यं हेमाश्रयमपेक्षते॥10॥

गुणी व्यक्ति भी उचित आश्रय नहीं मिलने पर दुःखी हो जाता है, क्योंकि निर्दोष मणि को भी आश्रय की आवश्यकता होती है।

हर व्यक्ति को किसी दूसरे के सहारे की जरूरत होती है। कितना भी महँगे-से-महँगा पत्थर क्यों न हो, जब तक उसे गहनों में न जड़ा जाए, वह महत्त्वहीन होता है। ठीक इसी तरह से एक गुणी व्यक्ति का गुण तभी परखा जाता है, जब उसे समाज का सहयोग मिलता है।

अवांछनीय धन

अतिक्लेशेन ये चार्था धर्मस्यातिक्रमेण तु।
शत्रूणां प्रणिपातेन ते ह्यर्था मा भवन्तु मे॥11॥

यहाँ आचार्य चाणक्य अनुचित धन का तिरस्कार करते हुए कहते हैं कि दूसरे को दुःखी करके, अधर्म करके या शत्रुओं की शरण से मिला धन मुझे प्राप्त न हो।

किसी भी व्यक्ति को धन परिश्रमपूर्वक और अच्छे काम करके कमाना चाहिए। उचित ढंग से कमाया हुआ धन जीवनपर्यंत पास में रहता है। लेकिन बुरे कर्मों से

कमाया हुआ धन किसी के लिए भी फायदेमंद नहीं होता है और हमेशा मन पर एक बोझ की तरह बना रहता है।

आदर्श धन

किं तया क्रियते लक्ष्म्या या वधूरिव केवला।
या तु वेश्येव सा मान्या पथिकैरपि भुज्यते॥12॥

आचार्य चाणक्य कहते हैं कि वधू के समान घर के अंदर बंद रहनेवाली लक्ष्मी किसी के काम नहीं आती है। जिस लक्ष्मी का वेश्या के समान सभी भोग करते हैं, ऐसी लक्ष्मी भी किस काम की?

जिस धन को समाज-सुधार में खर्च किया जाए, वही धन आदर्श धन है। अगर धन को किसी एक ही व्यक्ति के पास रोककर रख दिया जाए तो वह बेकार है। इसका इस्तेमाल दूसरों की भलाई में करना चाहिए।

स्थायी असंतुष्टि

धनेषु जीवितव्येषु स्त्रीषु चाहारकर्मसु।
अतृप्ताः प्राणिनः सर्वे याता यास्यन्ति यान्ति च॥13॥

सभी प्राणी धन, जीवन, स्त्री तथा भोजन से सदा अतृप्त रहकर संसार से चले गए, जा रहे हैं और चले जाएँगे।

आशय यह है कि धन, जीवन, स्त्री तथा भोजन की इच्छा कभी पूरी नहीं होती। इनकी चाह सदा बनी रहती है। इसी चाह को लेकर दुनिया के लोग मरते आए हैं, मर रहे हैं तथा आनेवाले समय में भी ऐसा ही होता रहेगा।

सार्थक दान

क्षीयन्ते सर्वदानानि यज्ञहोमबलिक्रियाः।
न क्षीयते पात्रदानमभयं सर्वदेहिनाम्॥14॥

आचार्य चाणक्य कहते हैं कि सभी यज्ञ, दान, बलि आदि नष्ट हो जाते हैं; किंतु सुपात्र को दिया गया दान तथा अभयदान का फल नष्ट नहीं होता।

केवल दान और अनुष्ठान ही प्रभावी नहीं होते हैं। इसे सही व्यक्ति को देना भी उतना ही महत्त्वपूर्ण होता है। इसलिए सभी जीवित प्राणियों को प्रेम और स्नेह देना चाहिए।

भीख माँगना गलत है

तृणं लघु तृणात्तूलं तूलादपि च याचकः।
वायुना किं न नीतोऽसौ मामयं याचयिष्यति॥15॥

तिनका हलका होता है, तिनके से हलकी रुई होती है और याचक रुई से भी हलका होता है। तब इसे वायु उड़ाकर क्यों नहीं ले जाती है ? इसलिए कि वायु सोचती है कि कहीं यह मनुष्य मुझसे भी कुछ न माँग बैठे।

जो व्यक्ति दूसरों से कुछ माँगता है, वह हलकी वस्तुओं से भी ज्यादा हलका रहता है। जो उसे दान देता है, वह महान् होता है। भीख माँगना बुरी बात होती है। जो व्यक्ति किसी से भीख माँगता है, समाज में उसकी कुछ भी इज्जत नहीं होती है।

अपमान : सबसे बड़ा दुःख

वरं प्राणपरित्यागो मानभङ्गेन जीवनात्।
प्राणत्यागे क्षणं दुःखं मानभङ्गे दिने दिने॥16॥

अपना सम्मान खोकर जीने से अच्छा मर जाना है। मृत्यु दुःखदायी याद होती है, जबकि जिस व्यक्ति का अपमान होता है, वह वास्तव में मरने से पहले बार-बार मरता है।

प्रत्येक व्यक्ति को अपना सिर ऊँचा उठाकर सम्मानपूर्वक जीवित रहना चाहिए। अपमान मृत्यु का सामना करने के बराबर है। ऐसा व्यक्ति हमेशा असंतुष्टि में ही जीता है।

मधुर वाणी

प्रियवाक्यप्रदानेन सर्वे तुष्यन्ति जन्तवः।
तस्मात्तदेव वक्तव्यं वचने का दरिद्रता॥17॥

प्रिय व मधुर वाणी बोलने से सभी मनुष्य संतुष्ट हो जाते हैं, अतः प्रत्येक व्यक्ति को मधुर ही बोलना चाहिए। वचनों का गरीब कोई नहीं होता।

मीठी जुबान और अच्छा व्यवहार आपको सर्वप्रिय बनाता है। इसलिए प्रत्येक व्यक्ति को अपने अंदर ऐसी आदतें विकसित करनी चाहिए।

सज्जनों की संगति

संसारकटुवृक्षस्य द्वे फले अमृतोपमे।
सुभाषितं च सुस्वादु सङ्गतिः सुजने जने॥18॥

आचार्य चाणक्य कहते हैं कि इस संसार रूपी वृक्ष के अमृत समान दो फल हैं—सुंदर बोलना तथा सज्जनों की संगति करना।

संसार में बहुत सारी कड़वाहटें हैं, जैसे—अनैतिकता, पाप, बुरी आदतें और दुष्टता। इन सारी बातों के बावजूद सज्जन व्यक्तियों की संगति और मीठे बोल ऐसी चीजें हैं, जिन्हें अपनाकर, जीवन की सारी कड़वाहटों को भुलाकर प्रसन्नतापूर्वक जीवन का निर्वाह कर सकते हैं।

अच्छे कार्य

जन्म-जन्मन्यभ्यस्तं यद् दानमध्ययनं तपः।
तेनैवाऽभ्यासयोगेन तदेवाभ्यस्यते पुनः॥19॥

आचार्य चाणक्य कहते हैं कि जन्म-जन्म तक अभ्यास करने पर ही मनुष्य को दान, अध्ययन और तप प्राप्त होते हैं। इसी अभ्यास में प्राणी बार-बार इन्हें करता है।

अच्छे कार्यों के लिए अच्छी शुरुआत की जरूरत होती है। जो व्यक्ति ऐसे पथ पर चलता है, जीवन के अंत में उसे मोक्ष प्राप्त होता है।

शिक्षा एवं धन का इस्तेमाल

पुस्तकेषु च या विद्या परहस्तेषु यद्धनम्।
उत्पन्नेषु च कार्येषु न सा विद्या न तद्धनम्।।20।।

आचार्य चाणक्य समय पर काम न आनेवालों के बारे में बताते हुए कहते हैं कि जो विद्या पुस्तक में ही है और जो धन दूसरों के हाथ में चला गया है, ये दोनों चीजें समय पर काम नहीं आतीं।

पुस्तकों से प्राप्त ज्ञान का सही समय पर इस्तेमाल करना चाहिए। सच्चा धन वही है, जो अपनी मेहनत से इकट्ठा किया गया हो। वास्तव में, जरूरत पड़ने पर यही धन काम में आता है। अपने धन को अगर आपने किसी दूसरे को दे दिया तो जरूरत के समय आप उसका इस्तेमाल नहीं कर सकते हैं।

□

अध्याय-17

यदि किसी के पास सुंदर व पतिव्रता पत्नी, पर्याप्त धन, आज्ञाकारी पुत्र और पौत्र-पौत्री हों तो यह सुख स्वर्ग के सुख से भी बढ़कर है।

गुरु द्वारा दिया ज्ञान

पुस्तकप्रत्ययाधीतं नाधीतं गुरुसन्निधौ।
सभामध्ये न शोभन्ते जारगर्भा इव स्त्रियः॥1॥

आचार्य चाणक्य विद्याध्ययन के लिए गुरु के महत्त्व को प्रतिपादित करते हुए कहते हैं कि जो व्यक्ति केवल पुस्तकों को पढ़कर विद्या प्राप्त करता है, किसी गुरु से नहीं, उस व्यक्ति का किसी सभा में अवैध संबंध से गर्भवती हुई स्त्री के समान कोई आदर नहीं होता।

पुस्तकों से प्राप्त ज्ञान सीमित होता है, जबकि गुरु द्वारा दिए गए ज्ञान की कोई सीमा नहीं होती। जिस व्यक्ति ने गुरु से ज्ञान प्राप्त किया है, उसका उस व्यक्ति से ज्यादा सम्मान होता है, जिसने पुस्तकों से ही ज्ञान प्राप्त किया है। जिस व्यक्ति का गुरु होता है, वह समाज में सम्मान का पात्र होता है। यहाँ आचार्य चाणक्य पुस्तकों को पढ़कर विद्या प्राप्त करनेवाले की तुलना अवैध संबंधों से गर्भवती हुई स्त्री से कर रहे हैं। न तो ऐसे व्यक्ति को समाज में सम्मान मिलता है, न ही ऐसी स्त्री को।

जैसे को तैसा

कृते प्रतिकृतं कुर्याद् हिंसने प्रतिहिंसनम्।
तत्र दोषो न पतति दुष्टे दुष्टं समाचरेत्॥2॥

आचार्य चाणक्य जैसे को तैसा के व्यवहार की पक्षधरता दिखाते हुए

मजबूरी में अच्छा

अशक्तस्तु भवेत्साधुर्ब्रह्मचारी च निर्धनः।
व्याधिष्ठो देवभक्तश्च वृद्धा नारी पतिव्रता॥6॥

कभी-कभी कोई व्यक्ति परिस्थितियों के हिसाब से अपने व्यवहार को परिवर्तित कर लेता है। एक निर्बल व अशक्त व्यक्ति सज्जन होता है, गरीब व्यक्ति अविवाहित रहता है, बीमारी में वह धार्मिक हो जाता है और एक अधिक आयु की स्त्री पवित्र हो जाती है।

परिस्थितियाँ हमारे व्यवहार को प्रभावित करती हैं। एक निर्बल व अशक्त व्यक्ति के पास सज्जनता बनाए रखने के अलावा कोई अन्य विकल्प नहीं होता है। जो गरीब होता है, उसके पास अविवाहित रहने के अलावा कोई दूसरा चारा नहीं होता है; क्योंकि गरीब होने की वजह से वह अपनी पत्नी का भरण-पोषण नहीं कर सकता है। जो लोग बीमार होते हैं, वे अपनी दु:खदायी स्थिति से बचने के लिए धार्मिक हो जाते हैं। अगर कोई सुंदर और युवा स्त्री पवित्र होती है तो यह गुण होता है, लेकिन वृद्ध के पास इसके अलावा कोई चारा नहीं होता कि वह धर्म के मार्ग पर चले और अपने आचरण में पवित्रता लाए।

माँ से बढ़कर कोई भी नहीं

नाऽन्नोदकंसमं दानं न तिथिर्द्वादशी समाः।
न गायत्र्याः परो मन्त्रो न मातुः परं दैवतम्॥7॥

अन्न और जल से बड़ा कोई भी दान नहीं होता है। महीने का बारहवाँ दिन बहुत पवित्र होता है। गायत्री मंत्र सबसे उच्च मंत्र है। माँ से बढ़कर कोई देवी नहीं होती।

एक भूखे-प्यासे व्यक्ति को भोजन कराने और पानी पिलाने से बढ़कर कोई
हीं होता है। परंपराओं में ऐसा माना गया है कि महीने का बारहवाँ दिन
ोता है। अगर इस दिन कोई कार्य किया जाए तो उसके अच्छे परिणाम
ंत्र को सबसे उच्च और महान् माना गया है। एक माँ, जो बच्चे
स्थान देवियों से भी बढ़कर होता है।

दुष्ट व्यक्ति की दुष्टता

तक्षकस्य विषं दन्ते मक्षिकायास्तु मस्तके।
वृश्चिकस्य विषं पुच्छे सर्वाङ्गे दुर्जने विषम्॥8॥

एक साँप का जहर उसके दाँतों में होता है। बिच्छू का जहर उसकी पूँछ में होता है। कहने का तात्पर्य यह है कि सभी जहरीले प्राणियों का जहर उनके शरीर के किसी खास हिस्से में ही होता है। लेकिन एक दुष्ट व्यक्ति का तो पूरा शरीर ही जहरीला होता है।

एक दुष्ट व्यक्ति किसी के लिए भी अच्छा नहीं सोच सकता है। जहरीले प्राणियों के पास सीमित जहर होता है, लेकिन दुष्ट व्यक्ति में जहर की कोई सीमा नहीं होती है।

बेकार का व्रत

पत्युराज्ञां विना नारी उपोष्य व्रतचारिणी।
आयुष्यं हरते भर्तुः सा नारी नरकं व्रजेत्॥9॥

एक स्त्री यदि पति की अनुमति के बिना व्रत करती है तो वह पति की उम्र को बढ़ाने की बजाय उसे कम करती है। ऐसी स्त्री को जीवन में बहुत सारी मुश्किलों का सामना करना पड़ता है। इतना ही नहीं, मृत्योपरांत भी उसे नरक का दुःख भोगना पड़ता है।

पति की सेवा

न दानैः शुध्यते नारी नोपवासशतैरपि।
न तीर्थसेवया तद्वद् भर्तुः पादोदकैर्यथा॥10॥

एक स्त्री भले ही कितनी पवित्र क्यों न हो, कितना ही दान क्यों न देती हो, उसे मुक्ति नहीं मिलती है। बहुत दिनों तक व्रत करने और तीर्थस्थानों की यात्रा भी उसकी कोई मदद नहीं कर पाती है। किंतु यदि वह पूरे समर्पण के साथ अपने पति की सेवा करती है, तभी उसे मुक्ति मिल सकती है।

चाणक्य के समय में स्त्री और पुरुष के स्तर में बहुत अंतर था। स्त्रियों पुरुषों से कमतर समझा जाता था। यह बात उसी परिप्रेक्ष्य में सही है।

सुंदरता

दानेन पाणिर्न तु कङ्कणेन
स्नानेन शुद्धिर्न तु चन्दनेन।
मानेन तृप्तिर्न तु भोजनेन
ज्ञानेन मुक्तिर्न तु मण्डनेन॥11॥

आचार्य चाणक्य वास्तविक सुंदरता की चर्चा करते हुए कहते हैं कि हाथों की सुंदरता कंगन आदि आभूषण पहनने से नहीं बढ़ती। वह दान करने से ही सुंदर लगता है। शरीर स्नान करने से सुंदर होता है, न कि चंदन का लेप करने से। तृप्ति मान से होती है, न कि भोजन से। मोक्ष ज्ञान से मिलता है, न कि सजने-सँवरने से।

आभूषण, चंदन और भोजन शरीर की जरूरतों को पूरा करते हैं; लेकिन दान, स्नान, दूसरों का सम्मान करना आदि परंपराओं से मुक्ति मिलती है। ये मन को शांति व संतुष्टि प्रदान करते हैं। एक व्यक्ति को वही कार्य करना चाहिए, जिसे करके उसके शरीर को नहीं, उसकी आत्मा को संतुष्टि मिले।

स्त्री : पुरुष की विनाशक

सद्यः प्रज्ञाहरा तुण्डी सद्यः प्रज्ञाकरी वचा।
सद्यः शक्तिहरा नारी सद्यः शक्तिकरं पयः॥12॥

कुछ सब्जियाँ व्यक्ति की बुद्धिमत्ता को नष्ट कर देती हैं, कुछ औषधियाँ बुद्धि को तेज करती हैं। एक स्त्री पुरुष की सारी शक्तियों का क्षय कर देती है; लेकिन दूध पीने से वह पुनः अपनी शक्तियों को प्राप्त कर सकता है।

एक स्त्री के साथ घनिष्ठ संबंध पुरुष की ताकत को नष्ट कर देता है। यह
क है। पुरुष स्त्री के प्रति अपने प्रेम के कारण कमजोर होता है। आचार्य
स्त्रियों के मूल्यांकन की जानकारी मिलती है। यह सच है कि बहुत सारे
स्त्रियों के साथ अधिक लगाव के कारण ही हुआ है।

दूसरों की मदद करें

परोपकरणं येषां जागर्ति हृदये सताम्।
नश्यन्ति विपदस्तेषां सम्पदः स्युः पदे पदे॥13॥

जो लोग दूसरों की मदद करते हैं, उनकी कठिनाइयाँ स्वतः आसान हो जाती हैं। उन्हें बिना अधिक श्रम किए धन की प्राप्ति भी होती है।

जो लोग दूसरों के हित के बारे में सोचते हैं, वे हमेशा सुरक्षित रहते हैं। जो लोग दूसरों का बुरा सोचते हैं, न चाहते हुए भी उन्हें बहुत सारी मुश्किलों का सामना करना पड़ता है। जो किसी को नुकसान नहीं पहुँचाते हैं, उनका सब लोग सम्मान करते हैं।

ज्ञान के बिना व्यक्ति पशु-तुल्य है

आहारनिद्राभयमैथुनानि समानि
चैतानि नृणां पशूनाम्।
ज्ञानं नराणामधिको विशेषो
ज्ञानेन हीनाः पशुभिः समानाः॥14॥

भोजन करना, सोना, भय करना, मैथुन करना—ये सारी बातें मनुष्यों और पशुओं में समान रूप से पाई जाती हैं। एकमात्र ज्ञान-प्राप्ति ही ऐसी चीज है, जो पशु नहीं करते हैं। जो व्यक्ति ज्ञान-प्राप्ति के मार्ग पर नहीं चलते हैं, वे पशु के समान होते हैं।

जो व्यक्ति ज्ञान पर भरोसा नहीं करता, वह अच्छे कर्मों से भी दूर रहता है। पशु भी ज्ञान-प्राप्ति नहीं करते हैं। इसलिए जो व्यक्ति धार्मिक गतिविधियों में हिस्सा नहीं लेते हैं, वे पशुओं की तरह होते हैं।

जितना दे सकें, उतना दान दें

दानार्थिनो मधुकरा यदि कर्णतालैर्
दूरीकृताः करिवरेण मदान्धबुद्ध्या।
तस्यैव गण्डयुगमण्डनहानिरेषा
भृङ्गाः पुनर्विकचपद्मवने वसन्ति॥15॥

आचार्य चाणक्य कहते हैं कि मद में अंधा हुआ हाथी अपने कानों के पास मँडरानेवाले भौंरों को कान से उड़ा देता है; लेकिन इससे भौंरे को क्या हुआ, इससे तो हाथी के गंडस्थलों की शोभा ही कम हुई। भौंरे का क्या, वह तो कमलों के दल में चला जाएगा।

भौंरे और हाथी के उदाहरण के माध्यम से आचार्य चाणक्य यह समझा रहे हैं कि दरवाजे पर आए जरूरतमंद को, अतिथि को सम्मान न देकर आतिथेय ही मुश्किलों का सामना करता है। एक व्यक्ति को वह जितना दे सके, उतना दान देना चाहिए। जरूरतमंद का क्या, उसे तो दूसरी जगह से भी दान मिल जाएगा; लेकिन आपने दान देने का मौका खो दिया।

वे दूसरों के दुःख को नहीं समझते

राजा वेश्या यमो ह्यग्निस्तस्करो बालयाचकौ।
परदुःखं न जानन्ति अष्टमो ग्रामकण्टकः॥16॥

ये आठ लोग किसी दूसरे के दुःख को नहीं समझते हैं—राजा, वेश्या, यमराज, अग्नि, चोर, बालक, भिखारी और लोगों को आपस में लड़ाकर तमाशा देखनेवाला व्यक्ति। ये आठों दूसरे के दुःख को नहीं समझ सकते।

राजा अपनी प्रजा का कष्ट जाने बिना उससे मनमाना कर वसूल करता है। बालक अज्ञानता की वजह से, वेश्या अपने लालच के कारण, अग्नि अपने व्यवहार के कारण, यमराज अपने कर्तव्य के कारण, राजा शक्ति के लिए, चोर अपनी आदत के कारण तथा भिखारी और ज्यादा माँगने की आदत के कारण दूसरों की भावनाओं को नहीं समझते हैं।

... पड़ने पर सब दुःखी होते हैं

अधः पश्यसि किं बाले पतितं तव किं भुवि।
... पर्ख न जानासि गतं तारुण्यमौक्तिकम्॥17॥

... ता है—बालिके, तुम नीचे भूमि में क्या देख रही ... जानते नहीं हो कि मेरे यौवन का मोती खो गया

है ? कहने का तात्पर्य यह है कि किसी युवती ने परपुरुष को देखकर लज्जा से अपना सिर झुका लिया; किंतु वह ढीठ बोला, तुम नीचे जमीन में क्या देख रही हो ? क्या तुम्हारा कुछ खो गया है ? तब वह युवती क्रोध से बोली कि मूर्ख, यहीं मेरी जवानी का मोती गिर गया है, क्या तुम नहीं जानते ?

जिस व्यक्ति ने इस संसार में जन्म लिया है, वह बच्चे से युवा और फिर वृद्ध होता है। कोई भी प्रकृति के इस नियम से बचा नहीं रहता है। केवल वृद्ध व्यक्ति ही यौवन के महत्त्व को समझ पाते हैं। किसी को भी किसी वस्तु का महत्त्व उसके खो जाने पर ही पता चलता है।

एक अच्छी आदत दूसरी बुरी आदत को ढक देती है

व्यालाश्रयाऽपि विफलापि सकण्टकाऽपि
वक्राऽपि पङ्किल-भवाऽपि दुरासदाऽपि।
गन्धेन बन्धुरसि केतकि सर्वजन्तोर्
एको गुणः खलु निहन्ति समस्तदोषान्॥18॥

आचार्य चाणक्य कहते हैं कि हे केतकी ! भले ही तू साँपों का घर है, फलहीन है, काँटों वाली है, टेढ़ी है, कीचड़ में उगी हुई है और तुझ तक कठिनाई से पहुँचा जाता है, फिर भी, सुगंध के कारण तू सबकी प्रिय है। निश्चय ही एक ही गुण सारे दोषों को नष्ट कर देता है। उन्होंने ठीक ही कहा है कि एक ही गुण सारी कमियों को ढक देता है।

किसी भी व्यक्ति का एक अच्छा गुण उसकी सारी कमियों को ढक देता है। उसका यह गुण उसे सम्मान और समाज में ऊँचा स्थान दिलाता है। अगर किसी में अच्छा गुण हो तो भले ही दिखने में वह कितना ही बुरा क्यों न हो, सब लोग उसको प्रेम करते हैं।

स्वर्ग से ज्यादा खुशी

यदि रामा यदि च रमा
यदि तनयो विनयगुणोपतः।
तनयो तनयोत्पत्तिः
सुरवरनगरे किमाधिक्यम्॥19॥

यदि किसी के पास सुंदर व पतिव्रता पत्नी, पर्याप्त धन, आज्ञाकारी पुत्र और पौत्र-पौत्री हों तो यह सुख स्वर्ग के सुख से भी बढ़कर है।

□□□